다시 집으로 가는 길

다시 집으로 가는 길

파커 J. 파머 지음 | 김지수 옮김

한

마치 잭슨과 릭 잭슨에게

감사와 사랑을 담아

이 책은 내가 20대 중반부터 붙들고 씨름했던 네 가지 화두인 온전하게 통합된 삶의 모습, 공동체의 의미, 혁신적 변화를 위한 가르침과 배움, 비폭력적 사회 변혁을 다뤘다.

이전에 낸 여섯 권의 책과 40년의 강의 경력이 보여주듯 난 이 주제에 대해 생각하고 말하고 글 쓰는 걸 좋아한다. 그러나 언어가 얼마나 빨리 현실로부터 멀어질 수 있는지도 잘 알기에 언어가 현실에서 생명력을 얻는 순간을 더 좋아한다. 그래서 이 책의 중요한 개념어들이 이미 현실에서 구현되었음을 떠올릴 때마다 깊이 만족한다. 이를 가능하게 한 것은 내가 감히 동료와 벗이라고 부르는 재능 있는 사람들 덕분이다.

이분들은 미국 전역의 여러 도시에서 '온전한 삶을 향한 여행'에 다른 사람들이 함께할 수 있는 환경을 만들었다. 너무 많아 여기서 일일이 거명하지 못하지만, 이분들의 관심과 헌신에 감사의 뜻을 전하고자 한다.

이 책의 근간이 된 프로젝트를 상당 부분 지원해 주신 페저 연구소Fetzer Institute 스태프분들과 이사회에 감사드린다.

교육자를 비롯하여 다양한 직업에 종사하는 분들의 개인적·직업적 온전성[1]이 깊어지게 한 교사 양성 센터Center for Teacher Formation 스태프분들과 이사회에 감사드린다.

미국과 캐나다에서 열린 교사 양성 센터의 진행자 예비학교facilitator preparation 프로그램을 거쳐 간 100여 분에게 감사드린다. 이분들은 '이중성을 극복한 삶'으로 가는 여행에서 꼭 필요한 신뢰 서클circle of trust을 만들고 진행하는 법을 배우고자 모였다.

자신과 세상을 위해 영혼soul과 역할role을 다시 잇는 일이 필요함을 깨닫고 신뢰 서클에 참여한 교육자, 자선사업가, 의사, 변호사, 사업가, 공동체 조직가, 목회자 등 수많은 분들에게 감사드린다.

이 책을 적극 지원한 '조시 바스 & 존 와일리' 출판사 직원들과 모든 관련자분께 이 책이 표방하는 가치를 믿어 준 데 감사드린다.

이 책과 저자인 나를 돕기 위해 노력을 아끼지 않은 여러 분에게 감사와 사랑을 전한다.

교사 양성 센터의 공동국장 마시 잭슨과 릭 잭슨은 10년 가까이 미국 전역에서 신뢰 서클을 만드는 일에 앞장섰다. 이분들은 노련함, 인내, 지혜, 비전, 사랑으로 그 일을 감당했다. 그들의 경이로운 작업에 경의를 표하고자, 또한 우리의 우정이 내게 얼마나 뜻깊은 것인지 전하고자 이 책을 이분들에게 바친다.

페저 연구소의 롭 리먼 명예 총재 겸 이사장은 강하고 지속적인 비전의 소유자다. 그의 비전은 내면과 바깥의 삶을 결합시키는 것의 중요성에 관한 것이다. 이런 리먼 이사장의 우정과 격려가 없었다면 이 책의 토대가 된 많은 현실 작업도 아마 이루어지지 못했을 것이다.

페저 연구소의 탐 비치 총재는 대학 시절부터 내 소중한 친구였다. 그는 교사 양성 센터의 지역과 전국 조직 업무에 초기부터 개척자로 참여했다. 또한 이중성을 극복한 삶의 역할 모델이 되어 주었다.

페저 연구소의 데이비드 슬루터 책임자문과 믹키 올리반티 프로그램 실장은 1990년대 초에 내가 교사 양성 프로그램을 발족시키던 걸 도와주었고, 그 뒤에도 계속 신실하게 이 프로그램을 지원해 주었다. 흉금을 털어놓을 수 있고 함께 시간을 보낼 수 있는 내 좋은 벗이자 동료인 이분들의 존재는 내게 각별하다.[2]

댈러스 카운티 지역대학 연합Dallas County Community College District의 지도자 얼린 본드, 앤 포크너, 구이 구딩, 수 존스, 일레인 설리번, 빌 터커는 지역대학 양성 센터Center for Formation in the Community College[3]를 통해 각자 몸담은 교육 현실에 양성formation이라는 개념을 도입했다. 그들의 우정과 지원에 감사드린다.

의과대학 교육 인증 평가위원회Accreditation Council for Graduate Medical Education[4]의 사무총장인 데이비드 리치 박사와 다트머스 의과대학 소아과·지역·가정보건학과 교수인 폴 베이탈든 박사는 의료 교육과 보건 체제의 혁신을 위해 일하는 리더들이다. 이분들은 내가 아는 게 부족한 그런 분야에 이 책의 핵심 아이디어들이 어떻게 적용되는지 알려 주었다. 이분들의 격려와 우정은 나에게 너무 소중하다.

책 만들기와 책 마케팅의 달인이자 내 담당 편집자인 셰릴 풀런튼은, 그 신비한 직업에 대한 지혜의 보고다. 그녀는 또한 내가 언제 위로가 필요한지, 언제 도전이 필요한지 헤아릴 줄 아는 보물 같은 친구이기도 하다. 이 책이 나오기까지 열심히 수고한 그녀와 '조시 바스 & 존 와일리' 출판사의 재주 많은 동료들인 조앤 클랩 풀러가, 폴라 골드스타인, 찬드리카 마다반, 샌디 시글, 브루스 에머에게 감사드린다.

나의 가장 친한 친구이자, 내가 가장 신뢰하는 비평가이자 나의 사랑인 셰론 파머는 내가 쓴 모든 글을 맨 처음 접하는 독자다. 보통 스무 장을 쓰면 그중 열아홉 장은 버려야 한다. 그러니 셰론은 엄청난 분량의 독서를 하는 셈이다. 언젠가 아내에게 편집할 때 무엇에 주안점을 두느냐고 묻자 세 가지 질문으로 대답했다. 말할 가치가 있는가? 분명하게 말했는가? 아름답게 말했는가? 이 답변을 보면 내가 버린 종이가 왜 그리 많은지,

왜 아직도 더 많은 글쓰기 수련을 해야 하는지 알 수 있다.

이 책의 가이드북을 제작한 릴리 인다우먼트 재단 법인의 풍성한 지원에 감사드린다.

20년 전 영국에서 여름학기 강의를 할 때 케임브리지 서점에서 작은 시집 한 권을 발견했다. 시집에는 도널드 토머스가 쓴 〈돌Stone〉이라는 짤막한 시가 있었는데, 한 번 읽은 후 뇌리를 떠나질 않았다. 난 그 시를 옮겨 적어 서류 가방에 넣어 두었고, 그 쪽지는 오늘날까지도 내 서류 가방에 있다. 토머스는 '시인'이 한평생 쓰려는 일련의 책 제목에 대해 골똘히 생각하면서 다음의 몇 줄로 시를 맺는다.

> 그리고 일곱 번째 책도 있다. 아마도 일곱 번째일 것이다
> 출판되지 않을 테니까 '일곱 번째 책'이라고 제목을 달려 한다
> 한 아이가 자기가 쓸 수 있다고 생각한 책
> 가장 단단한 돌과 가장 선명한 나뭇잎으로 만들어진
> 사람들이 그것으로 인해 살아가게 되는
> 계속 살아가게 하는 그런 책이다[5]

〈돌〉이라는 시를 처음 접했을 때부터 이 시에는 나를 위한 메시지가 담겨 있다고 생각했다. 작년에 난 《다시 집으로 가는 길》이 내 일곱 번째 책이 될 것임을 알고는, 이 시가 혹시 책을

출판하지 말라는 계시가 아닌가, 불현듯 나 자신에게 그렇게 물었다! 어떤 비평가들은 내가 그리 결론내리길 바랐겠지만, 아시다시피 나는 달리 결정했다.

'돌'은 내가 40년간 계속 글쓰기를 하게 만들었던 소망의 본질을 담고 있다. 난 누군가에게 어떻게든 생명을 줄 수 있는 언어를 찾으려고 소망한다. 이 책에 담긴 말들이 그 소망을 실현할지는 모르겠다. 그러나 이 책의 근거가 된 현실 작업들, 온전함을 재발견하고 되찾기 위해 사람들을 모으는 일은 내가 직업적으로 했던 어떤 일보다 내게 더 큰 생명력의 근원이 되었다. 영혼을 반기는 공동체에는 생명을 주고 세상을 치유하는 힘이 있다. 그 공동체로부터 내가 받은 혜택이 이 책을 통해 더 많은 사람들에게 전달되기를 소망한다.

파커 J. 파머

세상의 눈보라

세상의 눈보라가 문지방을 넘어

영혼의 질서를 뒤엎어 버렸다.

– 레너드 코헨[1]

미국 대평원의 농부들은 눈보라가 다가올 조짐이 보이면 곧바로 뛰쳐나가 뒷문에서 헛간까지 밧줄을 맨다. 눈보라 때문에 뒷마당에서 집안으로 들어가는 길을 잃고 헤매다가 얼어 죽은 사람들의 이야기를 해마다 들었기 때문이다.

오늘날 우리는 색다른 눈보라를 겪고 있다. 경제적 부정 행위, 생태계 파괴, 물리적·영적 폭력, 그리고 이런 것들의 필연적 결과인 전쟁이 그러하다. 세상의 눈보라는 우리를 에워싸고 소용돌이친다. 이 눈보라는 우리 내면에서 불안과 조바심, 탐욕과 속이기, 다른 이의 아픔에 대한 무관심으로 회오리친다. 길을 잃고 이런 광기 속으로 휩쓸려가 자기 자신의 영혼에서 떨어져 나간 사람들, 도덕적 존재감은 물론 목숨까지 잃어버린 사람들의 이야기를 우리 모두 익히 알고 있다. 그들의 이야기가 신문의 머리기사가 되는 이유는 너무 많은 무고한 희생자가 그 눈보라에 의해 양산되고 있어서다.

성직자, 기업 중역, 정치인, 거리의 사람들, 유명 인사, 어린 학생 등 길 잃은 자들은 우리 인생의 이곳저곳에 있다. 우리는 사랑하는 사람이, 또는 우리 자신이 이 눈보라 속에서 실종되지 않을까 두려워한다. 지금 이 순간에도 이미 실종된 사람이 있고, 집으로 가는 길을 찾고자 안간힘을 쓰는 이도 있다. 자기가 실종됐는지조차 깨닫지 못하는 이도 있다. 그리고 이 눈보라의 아수라장을 이득을 취하는 방법으로 삼는 냉혈한도 있다.

이렇다 보니 "세상의 눈보라가 영혼의 질서를 뒤엎어 버렸다"는 시인 레너드 코헨의 말은 상당히 설득력 있게 다가온다. 인간 자아의 중심인 영혼이, 진리와 정의와 사랑과 용서에 대한 허기를 불러일으켜 우리에게 생명을 주는 영혼이, 우리 삶을 인도할 모든 힘을 상실했다는 말은 얼마나 그럴듯한가.

난 부끄러울 정도로 자주 눈보라 속에서 실종되곤 했다. 그러나 실종된 경험을 비롯해 눈보라에 관한 내 경험을 보자면, "영혼의 질서를 뒤엎어 버렸다"는 말은 적절하지 않다. 영혼의 질서는 결코 파괴될 수 없는 무엇이다. 영혼의 질서가 눈보라에 휩싸여 우리가 볼 수 있는 범위 밖으로 벗어날 때도 있다. 때로는 영혼이라는 길잡이가 우리 근처에 있는데도 그 존재를 잊거나 부정할 수도 있다. 그럼에도 우리는 여전히 영혼의 뜰 안에 있으며, 우리의 존재를 되찾을 기회도 끊임없이 찾아온다.

이 책은 눈보라 속에서 다시 집으로 가는 길을 찾으려고 뒷문에서 헛간까지 밧줄을 매는 이야기다. 일단 우리 영혼이 눈앞에 나타나면 우리는 희망을 포기하지 않고 길을 잃지 않고 살아남을 수 있다. 우리 영혼이 눈앞에 나타나면 가정에서, 마을에서, 일터에서, 정치 영역에서, 즉 이 상처 입은 세상에서 치유자가 될 수 있다. 그 와중에 우리는 눈보라의 폭력성의 한가운데서 우리의 숨겨진 온전함hidden wholeness으로 되돌아오라는 부름을 받는다.

| CONTENTS |

CHAPTER 1

온전함의 형상
– '이중성을 극복한 삶' 살기

방크스소나무는 … 목재용 나무가 아니다.
그렇다고 아름다움을 뽐낼 만한 외모도 없다.
허나 뾰족한 바위 위에 고독하게 서 있는 이 용감한 고목은
내겐 살아 있는 그 어떤 것보다 아름답다. …
하늘을 배경으로 쓴 붓글씨 같은 나무.
그 서체에서 풍기는 인상은 강인한 됨됨이 그리고 인내,
바람과 가뭄과 추위와 더위와 벌레를 이긴 살아남음이다. …
그 침묵이 말하는 건 … 온전함이요. …
있는 모습 그대로 존재할 때 풍기는 존엄성이다.
– 더글러스 우드 1)

야 생 속 으 로

매년 여름 나는 미국 미네소타 주와 캐나다 온타리오 주의 접경지대에 있는 100만 에이커짜리 원시림, 바운더리 워터스 Boundary Waters를 찾는다. 몇 년 전 처음 거길 찾았을 때는 단순히 소박한 휴가였다. 허나 물, 돌, 나무, 하늘로 이루어진 이 세상의 바탕이 되는 세계는 계속 날 끌어당겼고, 내 휴가는 점점 더 순례처럼 다가왔다. 영적 필요에 이끌려 매년 성지로 올라가는 순례가 된 것이다. 그 지역의 토박이 나무인 방크스소나무에 대한 더글러스 우드의 명상은 내가 북쪽으로 올라갈 때 추구하는 것이 무엇인지, 존엄성integrity을 가지고 사는 인생이 어떻게 생겼는지 언어로 구체화해 주었다.

토머스 머튼은 "만물엔… 숨겨진 온전함이 있다"고 했다.[2] 그러나 인간들은 방크스소나무처럼 솔직하게 자신을 드러내지 않는다. 이런 인간 세상으로 돌아오면, 만물에는 숨겨진 온전함이 있다는 머튼의 말이 그저 현실과 무관한 희망 사항처럼 들린다. 우리는 내면의 빛이 소멸될까, 또는 내면의 어둠이 드러날까 두려워한다. 그래서 자신의 진정한 정체성을 감춘다. 그 과정에서 우리는 우리의 영혼과 어그러지면서 동떨어진다. 그리고 마침내 우리 내면의 진실에서 너무 멀어져, 있는 모습 그대로 존재할 때의 '온전함'이 어떤 건지 알 수 없는 이중적인 삶 divided life을 살게 된다.

이중적인 삶에 대한 내 지식은 우선 개인적인 체험에서 비롯되었다. 난 온전하기를 갈망하지만 이중적으로 사는 게 더 쉽지 않은가 생각하곤 한다. '나지막하고 조용한 목소리'가 나와 일과 이 세상에 대한 진실을 말하지만, 난 듣고도 못 들은 척 행동한다. 내 재능을 좋은 일에 바치는 데는 소극적이고, 소신에 위배되는 프로젝트에는 눈 딱 감고 뛰어들기도 한다. 신념에 따라 나서거나 싸우게 하는 이슈를 못 본 척한다. 내 속의 어둠을 부인함으로써 어둠이 내게 더 큰 위세를 떨치도록 내버려 둔다. 그리고 내 어둠을 다른 이에게도 표출해 실제로는 존재하지 않는 '적'을 창조하기도 한다.

이중적으로 삶으로써 난 큰 대가를 지불한다. 나 자신이 사기꾼같다거나, 들통 날까 조바심을 내거나, 내 정체성을 부인하고 있다는 사실 때문에 우울해진다. 내 이중성으로 말미암아 내가 딛고 선 토대가 불안해지면, 이제 그 토대를 밟고 선 주변 사람들 역시 대가를 지불한다. 자신의 정체성조차 부인하는데, 어찌 남의 정체성을 긍정하겠는가? 자신의 온전함을 거역하는데, 어찌 남의 온전함을 믿겠는가? 내 인생의 중심을 관통하는 지진대가 갈라져 쩍쩍 벌어질 때마다, 내 속의 진실과 내 실제 언행이 헤어질 때마다, 내 주변은 비틀거리며 무너진다.

그러나 북쪽의 야생 자연 속에서 난 '만물'에 숨어 있는 온전함을 감지한다. 야생 산딸기 맛, 태양열에 달궈진 소나무 향

내, 북극권 오로라의 모습, 해변에 찰싹이는 물소리에는 온전함이 깃들어 있다. 이 모든 것은 영원함의, 한 치의 의심도 파고들 틈이 없는 암반 같은 온전함의 표상들이다. 다시 덧없고 불신으로 뒤엉킨 인간 세상으로 되돌아오면 나나 나 같은 사람들 속에 숨겨진 온전함에 새롭게 눈을 뜬다. 우리의 불완전함조차 사랑할 수 있는 마음이 새롭게 열린다.

사실 야생의 자연이 내게 부단히 일깨워 주는 바는 "온전함은 완전함이 아니다"라는 것이다. 1999년 7월 4일 바운더리 워터스에 20분간 몰아친 허리케인으로 물난리가 나서 2천만 그루의 나무가 쓰러졌다.[3] 한 달 후 나는 북쪽으로 매년 가는 순례 여행을 갔다. 그때 본 폐허는 내 마음을 갈기갈기 찢어 놓았다. 과연 또 오게 될까 싶었다. 그럼에도 불구하고 그 후에도 해마다 그곳을 찾았다. 그리고 그때마다 자연이 어떻게 파괴를 새로운 성장의 자극제로 쓰는지, 어떻게 느리지만 끈질기게 스스로 상처를 치유하는지 보면서 놀라움을 감출 수 없었다.

온전함이 곧 완전함은 아니다. 온전함은 깨어짐을 삶의 불가결한 요소로 받아들이는 걸 의미한다. 이걸 알고서 내게 찾아온 희망은 인간의 온전함이, 나와 당신과 우리의 온전함이 단지 유토피아의 꿈은 아니라는 것을 의미한다. 우리가 폐허를 새 생명의 묘판으로 쓸 수만 있다면 말이다.

윤리를 넘어서

이중적인 삶은 다양한 형태로 나타난다. 다음은 이중적인 삶의 몇 가지 예다.

* 일에 혼신을 다하기를 거부하여 일의 질이 떨어지고, 일로 섬겨야 할 대상과 우리 자신 간에 거리를 둔다.
* 생존에 절박한 것이 아닌데도 근본 가치관에 위배되는 직업으로 밥벌이를 한다.
* 영혼을 죽이는 상황이나 관계에 계속 머물러 있다.
* 개인적인 이득을 얻고자 사실을 은폐하여 남에게 해를 끼친다.
* 갈등, 도전, 변화를 피하려고 우리와 의견을 달리하는 자들 앞에서는 소신을 감춘다.
* 비난, 기피, 공격 대상이 될까 두려워서 진정한 정체성을 감춘다.

이중성은 개인의 병리 현상이지만 이내 다른 사람에게도 문제를 야기한다. 예를 들면 강단과 그 권력 뒤에 숨어 기계적으로 가르치는 선생은 학생에게, '과학'이라는 가면을 방패로 쓰며 의학적으로 무심한 의사는 환자에게, 마음을 써야 할 곳에 인력관리 매뉴얼을 쓰는 상관은 직원에게, 교묘하게 한 입으로 두 말하는 정치 지도자는 시민에게 문제가 되듯이 말이다.

이 글을 쓰는 지금도 언론 보도는 이중적인 자아로 오명을 떨친 사람들의 이야기로 넘쳐난다. 몇 가지 사례만 거론하겠다. 그들은 엔론, 아서앤더슨, 메릴린치, 월드콤 등에서 일했던 사람들이다(2002년에 전 세계를 충격에 빠뜨린 엔론, 아서앤더슨, 메릴린치, 월드콤에 의한 분식회계 사건을 가리킴-옮긴이). 그들도 온전함을 회복하라는 내면의 부름을 들었던 적이 있었으리라. 그러나 그들은 자신의 영혼으로부터 떨어져 나갔다. 아울러 시민과 주주의 신뢰를 배신하는 데까지 나아갔으며, 그 결과 우리의 민주주의와 경제의 신뢰성을 추락시켰다.

이들은 곧 신문 1면에서 사라질 테지만, 이러한 이중적인 삶의 이야기들은 영원히 포털 사이트의 뉴스 게시판을 장식할 것이다. 그 드라마는 영원히 계속되며, 그 사회적 비용은 지대하다. 800년 전 시인 루미는 가차 없는 솔직함으로 이렇게 말했다. "당신이 이곳에 신의 없이 우리와 함께 있다면, 당신은 이미 우리에게 지독한 폐해를 끼치고 있는 셈이다."[4]

이중적인 삶의 병리 현상을 어떻게 이해할 수 있을까? 단지 '윤리적 잣대'를 높임으로써 해결될 문제로만 접근할 수 있을까? 그렇다면 다른 이들에게 장대높이뛰기를 더 많이 하라고 요구하거나, 수준미달자를 더 강력히 처벌하면 되리라. 그러면 한동안은 다들 더 선량해진 듯 싶겠지만, 문제의 근원은 여전히 남아 있을 것이다.

　이중적인 삶은 근본적으로 윤리의 실패가 아니라, 인간 온전성의 실패를 의미한다. 환자를 무시하는 의사, 유권자에게 거짓말하는 정치인, 퇴직자가 저축한 돈을 갈취하는 기업 간부 같은 사람들은 윤리적 지식이나 신념이 모자라지 않았다. 이들은 십중팔구 직업윤리에 대한 강의를 이수했을 것이고, 어쩌면 최고 점수를 받았을지도 모른다. 윤리적인 사안에 대해 연설도 하고 설교도 했을 것이다. 그리고 대개의 경우 자기가 하는 말을 스스로 믿었을 것이다. 허나 그들은 자신의 지식과 신념을 실제 삶과 떨어뜨려 놓는 습관이 굳어진 사람들이었다.

　이 책을 집필할 당시 그 습성의 생생한 사례가 뉴스에 보도되었다. 어느 생명공학 회사의 사장이 내부자 거래로 고소되자 딸과 고령의 아버지를 방패막이로 내세웠다. 애꿎은 딸과 아버지는 법적 소송에 휘말려 곤욕을 치렀고, 그 사장도 결국 기소되어 7년 형을 선고 받았다. 범죄를 저지를 때 무슨 생각을 했느냐는 질문에 그는 이렇게 답했다. "혼자 앉아 있을 때면, 제가 이제껏 생존한 어떤 CEO보다 정직한 사람이라고 생각했습니다. 그리고 동시에… 아무 거리낌 없이 그릇된 일을 하고 합리화했습니다."[5]

　그가 한 말은 전문가가 구획화compartmentalizing라고 부르는 습성이다. 여러 직업 현장에서 높이 추앙받는 힘이지만, 기본적으로 '이중적인 삶'을 음절 수만 달리해서 부르는 것일 뿐이다. 우리 중 그 사장의 운명을 답습할 사람은 많지 않겠지만, 그 사장 같은 구획화의 달인은 많을 것이다. 사실은 그 구획화 능력을 계발한 곳이 학교다. 윤리학을 대부분의 학과 과목처럼 내면의 삶을 건드리지 않은 채 가르치고 있는 곳 말이다.

우리는 십대와 청년기에 직업 현장에서 성공하는 데 있어서 자기 자신에 대한 앎은 별 가치가 없음을 간파한다. 정작 직업 현장에서 진가를 발휘하는 건 세상을 조종하는 데 유용한 '객관적' 지식이다. 이런 맥락에 따라 가르치는 윤리는 위대한 사상가들과 그들의 사상들에 대해 안전거리를 유지한 채 이루어지는 또 다른 학습일 뿐이다. 우리의 마음을 계도하는 데는 실패한, 또 한 번의 데이터 수집 훈련인 것이다.

물론 난 윤리적 기준을 가치 있게 여긴다. 그러나 우리의 문화권처럼 내면의 삶의 실재와 위력을 폄하하거나 무시하는 문화에서 윤리는 외적 행동 강령이 될 뿐이다. 여기서 윤리는 누군가가 따르라고 해서 따르는 객관적 규칙의 집합체일 뿐이다. 우리는 마치 자신을 돋보이게 하고자 갑옷을 입듯이 도덕적 갑옷을 입는다. 갑옷의 문제는 간단하다. 착용하기 쉬운 만큼 벗기도 쉽다는 것이다.

난 온전성을 귀하게 여긴다. 그러나 온전성이라는 단어는 도덕규범을 준수하는 것 이상의 함의를 지니고 있다. 온전성

integrity의 영어 어원 integer나 integral처럼, 온전함이란 '전체로, 충만하게, 깨어지지 않은 채 존재하는 상태나 질'을 뜻한다. 더 깊이 들어가면 온전함이란 '원래 상태에 해당하는, 손상되지 않은, 변조되지 않은, 진정한 상태'에 있는 무엇(방크스소나무나 인간 자신)을 가리킨다.[6]

온전함이 무엇인지 이해한다면 우리는 행동 강령에 그만 집착하고 온전함으로 향하는 더 높은 수준의 여행을 시작해야 한다. 온전함이 무엇인지 이해할 때 우리는 존 미들턴 머리의 바로 이 표현도 이해할 것이다. "좋은 것보다 온전한 것이 더 낫다. 이걸 좋은 사람이 깨닫는 것은 마치 좁고 포장되지 않은 길로 접어드는 것과 같다. 그런 길에 비하면 지난날의 의로움은 모양새 나는 허가증에 불과하다."[7]

'이중성을 극복한 삶' 살기

바위 꼭대기에 고독하게 서 있는 방크스소나무는 내가 아는 가장 매혹적인 경치 중 하나다. 이보다 더 사람을 매료시키는 모습은 온전성이 훼손되지 않은 채 서 있는 남자나 여자다. 로자 파크스(1955년 버스에서 백인에게 자리를 양보하지 않아 마틴 루서 킹 목사가 주도한 인종 차별 반대 운동의 도화선이 된 흑인 여성−옮긴이), 넬슨 만델라 남아공 전 대통령, 그 밖에 당신이 우러러 보는 이들을 떠올려 보라. 당신은 이중적으로 살기를 거부하는 사람들에게서 우러나오는 아름다움의 한 자락을 바라보고 있는 것이다.

물론 온전함은 인간보다는 방크스소나무에 더 자연스러운 개념이다. 방크스소나무는 사고思考를 못하므로 사고事故도 못 치지 않는가! 우리는 의식과 선택, 이 양날의 검의 축복으로 저주 받았다. 이 검 덕분에 우리는 이중적이기도 하고 온전해지기도 한다. 온전함을 선택하는 것은 좋은 일처럼 들리지만 위험 부담이 큰 일이 될 수도 있다. 온전함을 선택한다는 건 우리의 여린 모습까지 드러내는 것이고, 이로 인해 우리는 가급적이면 선택을 피하고 싶어 한다.

이 책을 집필할 당시 〈타임〉 지는 2002년 연말판에서 신시아 쿠퍼, 콜린 롤리, 셰론 왓킨스를 '올해의 인물[8]'로 선정했다. 이 사람들은 각각 월드콤, 미연방수사국FBI, 엔론 내부의 부정부패에 맞섰던 일로, '이중성을 극복한' 삶으로 의식을 돌려 그들 내면의 진실을 가지고 바깥세상에 나아감으로써 이러한 영예를 차지했다. 그들은 그 과정에서 개인의 온전함을 회복했고, 우리 사회가 온전함을 회복하는 데 이바지했다.

슬프게도 요즘 사람들은 이런 용기를 보편적으로 칭송하지는 않는다. 엔론에서 셰론 왓킨스와 같이 일하던 직장 동료들은 그녀가 입만 다물었더라도 회사와 자기들 일자리를 보전할 수 있었으리라 믿는다.[9] 고로 그들은 세론을 증오한다. 엔론이 거대한 사기도박단이었다는 증거가 상당히 나왔음에도 불구하고 동료들의 비난이 시사하는 바는, 온전성은 좋은 사업계획서와 달리 인기를 누리지 못한다는 점이다. "대가를 지불해야 해요." 월드콤에서 일했던 신시아 쿠퍼는 말했다. "저도 한동안은 울음을 멈출 수 없었죠."[10]

쿠퍼와 롤리와 왓킨스의 이야기는 홍수처럼 밀려오는 정보의 격류에 의해 우리 눈앞에서 이내 사라질 것이다. 그러나 이게 과연 정보 과잉 때문일까? 아니면 실생활에서 이중성을 극복한 삶이 가능함을 보여 주는 세 사람의 증언을 우리가 망각하기를 원해서일까? 평범한 세 사람이 거짓되게 살기를 거부했다는 사실은 다른 사람들도 그렇게 할 수 있음을 의미한다. 우리가 온전해지려는 도전을 끌어안을 의지만 있다면 말이다.

이런 도전은 완전히 나 홀로 끌어안을 수 없다. 잠시 그럴 수 있을지는 몰라도 오랫동안 지속적으로 그렇게 할 수는 없다. 이중성을 극복한 삶으로의 여행이 지속 가능하려면 믿을 만한 관계와 끈질기게 지원해 줄 공동체가 필요하다. 물론 그 여행 중 고독한 코스도 있을 것이니, 이는 다른 이의 지원 없이 혼자 하기에는 너무 벅찬 여행이다. 우리는 자기를 속이는 능력이 무한하다. 고로 외부에서 누군가가 교정해 주지 않으면 가는 도중에 실종될 것이다. 지난 몇 년간 난 공동체가 필요했다. 그래서

'영혼과 역할의 재결합'을 향해 서로 격려하며 나아가는 환경을 만들려고 여러 사람과 힘을 모았다. 수확이 하나 있다면 개인적·직업적 온전성이 늘 위협을 당하던 공립학교 교육자들을 대상으로 한 전국 수련회 프로그램이었다. 그 교육자들을 그대로 방치했다간 아이들의 삶이 늘 위태로워질 판이었다.[11]

이 프로그램에 대한 소문이 퍼지자, 다른 직업 종사자들(학부모, 정치인, 성직자, 의료인, 공동체 조직 사업가, 기업 간부, 청년 직장인, 변호사)도 비슷한 도움을 받을 수 있는지 문의해 왔다. 그래서 우리는 프로그램을 확대했고, 다양한 분야의 종사자들이 그들의 온전성을 세상에 더 충실하게 가져가도록 힘썼다.[12]

고로 이 책은 아직 적용 방법을 모색 중인 탁상공론 따위나 담은 게 아니다. 여기서 탐구한 원칙과 수행 방법 들은 현실에서 이미 검증되었다. 이제 세상 속 필요와의 접점에서 이중성을 극복한 삶을 살려는 이들이 있는 현장마다 그것들을 더 폭넓게 적용할 길을 모색해야 한다. 이 책의 전반부에서는 이중성의 원인을 탐구하고, '이중성을 극복한' 삶을 살라는 부름이 어디에서 오는지를 탐구할 것이다. 후반부에서는 이중성을 극복한 삶으로 가는 여행에서 사람들이 서로 버팀목 역할을 하는 환경을 만들기 위한 지침을 제시할 것이다.

CHAPTER 2에서는 이중적인 삶을 진단하고, 이중적인 삶의 개인적·사회적 후과를 검토하며, 영아기부터 장년기까지 온전성이 어떤 모습을 띠는지 스토리텔링으로 그 실례들을 살펴본다.

CHAPTER 3에서는 우리가 세상에 태어날 때 영혼 또는 참된 자아를 가지고 왔다는 주장을 펼치고, 그 주장을 뒷받침할 증거들을 제시하고, 우리가 우리 자신의 진실을 외면하거나 저항하거나 받아들이면 어떤 일이 일어나는지 살펴본다.

CHAPTER 4에서는 하나의 역설을 탐구할 것이다. 그 역설이라는 영혼과 역할의 재결합으로 가는 우리의 고독한 여행에 '더불어 어울리는 관계' 그리고 '신뢰 서클circle of trust'이라고 부르는 진귀하고 참된 공동체가 필요하다는 것이다.

CHAPTER 5에서는 공동체에서 이루어지는 내면 여행이 갈 만한, 즉 가치 있는 곳으로 우리를 데려가려면 어떤 준비물이 필요한지 하나하나 열거할 것이다.

CHAPTER 6, 7, 8, 9에서는 영혼이 안심하고 나타나 우리의 삶을 요구할 수 있을 만한 공간을 우리들 사이에 만들어야 한다는 것과, 그 공간을 만드는 수행 방법을 상세히 묘사할 것이다.

CHAPTER 10에서는 이 책에서 탐구한 원칙과 수행 방법이 우리가 일상생활에서 비폭력의 길을 걷는 데 도움이 된다는 논리를 펼칠 것이다. 영혼을 존귀하게 대하며 생명을 베풀면서 세상에 존재한다면, 과연 점점 증가하는 이 시대의 폭력성에 맞설 수 있을까? 참 많은 것이 이 질문의 답에 달려 있다.

CHAPTER 2

대협곡을 건너다
- 영혼과 역할 다시 잇기

날개 돋은 기쁨의 기운이
어린 시절 어두운 심연 너머로
널 실어 가던 때가 있었지.
이제 상상을 초월한 거대한 다리를 만들어
그 아치를 타고 네 삶을 훌쩍 건너라.
– 라이너 마리아 릴케 1)

한 아이의 비밀 생활

삶에서 스스로를 보호하려는 본능은 어릴 적부터 나타난다. 그러니까 인생의 눈부신 희망과 그늘진 현실 사이의 골에 눈뜨면서 말이다. 어릴 적 우리는 '어두운 심연'을 건널 능력을 지니고 있다. '날개 돋은 기쁨의 기운'을 타고 그 심연을 훌쩍 건너는 것이다. 아이들은 모두 이 재주를 타고난다.

이 기쁨의 기운은 영혼으로부터 샘솟는다. 시인 루미의 표현을 빌자면 이 기운은 "오로지 스스로의 기쁨을 위해 이곳에 존재하는" 아이들에게는 익숙한, 순수한 존재의 정수다.[2] 어린이들이 종종 큰 고난 앞에서 발휘하는 믿기지 않는 복원력은 우리가 영혼이라고 부르는 곳에서 나온다. 영혼은 우리의 여린 자아를 세상의 위협으로부터 방어하기 위해 많은 이가 어릴 적에 했던 '비밀 생활'에 생명력을 불어넣는다.

내 자신의 비밀 생활은 5학년인가 6학년 때 시작되었다. 학교에서 적응하고 싶었던 나는 학교만 가면 외향적이고 자신감 충만한 아이로 변했다. 친구도 쉽게 사귀고, 잘 웃고, 수업 중 손도 번쩍번쩍 들고, 프랭클린 루스벨트 대통령보다 더 많이 이곳저곳에 대표로 나가기도 했다. 비록 농구코트에서는 드리블을 하다가 발이 꼬여 넘어지기 일쑤였지만, 내 어설픔조차 나에게 유리하게 작용했다. 다른 남자아이들에게 위협감을 주지 않는 한편, 여자아이들에게는 모성 본능을 불러일으켰으니까.

그러나 내 공적 역할로 인해 내가 얼마나 속앓이를 했는지 아는 사람은 아무도 없었다. 학교가 끝나면 난 친구들과 놀러 가지 않고 내 침실로 숨었다. 문을 닫아 세상을 차단한 채 책을 읽고, 모형 비행기를 만들고, 라디오에서 나오는 모험물의 판타지로 빠져들었다. 내 방에 있으면 내가 가장 편안하게 느꼈던 내 진짜 모습으로 존재할 수 있었다. 그런 의미에서 내 방은 수도원의 독방이었다. 내가 학교에서 그토록 안간힘을 쓰며 연기했던 외향적인 아이와는 너무 다른, 내향적이고 상상력이 풍부한 아이가 내 진짜 모습이었다.

자세한 부분은 나 홀로 간직하겠지만, 이 이야기는 내가 아는 대부분의 사람들의 이야기이기도 하다. 유아기에서 청년기로 이어지는 가파른 비탈을 오를 때, 우리는 아직 우리의 뿌리에서 가까운 곳에 있으며, 내면의 진실과 잇닿아 있다. 하지만 동시에 '저 바깥세상'에서는 다른 사람 역할을 하라는 압박이 커짐을 느낀다. 이때 우리의 참된 자아는 위협을 느끼기 시작하고, 우리는 그 위협을 극복하려고 어린이 버전의 이중적인 삶을 만들어낸다. 그리곤 공공 영역의 역할과 숨겨진 영역의 영혼, 그 사이를 매일 등하교한다.

아이들의 비밀 생활은 걸출한 문학 작품의 영감의 근원이 되기도 한다. 우리는 C. S. 루이스의 고전 《나니아 연대기》에서 어린 피터, 수전, 에드먼드, 루시가 마법 옷장을 드나들며 심심한 영국 시골과 빛, 그림자, 미스터리와 도덕적 요구가 대칭되는 세계를 넘나드는 이야기를, 내면 여행의 힘겹고도 신선한 도전을 극복하는 이야기를 읽게 된다.[3] 난 나니아 이야기의 진실성을 추호도 의심해 본 적이 없다. 그 마법의 옷장은 내 침실에도 있었으니까!

그러나 문학이 아닌 삶으로 시선을 옮겨 보면, 어린 시절의 이 매력적인 특성들은 성인 병리 현상에 자리를 내주고서 이내 자취를 감춘다. 바깥세상의 요구가 버거워질수록(요즘에는 그 요구 수준이 기괴하리만큼 일찌감치 아이들을 압박한다) 우리는 우리의 방으로 들어가 문을 닫고 옷장 속으로 걸어 들어가 영혼의 세계로 입장하는 일을 멈추게 된다. 성인기에 가까워질수록 우리는 점점 더 그 여행에 필요한 상상력을 억누른다. 인생의 다른 가능성을 상상하면 우리의 참모습과 소위 현실 세계에서 우리가 맡은 역할 간의 고통스러운 틈이 자꾸 일깨워지기 때문이다.

우리가 현실 세계에서 성공하자고, 적어도 살아남자고 마음 먹을수록 우리는 영혼과 단절되고, 우리의 역할 속으로 사라지게 된다. 방과 후의 무해한 비밀을 간직한 아이는 이제 가면과 갑옷 속 어른이 된다. 나와 남에게, 그리고 세상 전체에 상당한 비용을 발생시키면서 말이다. 그 비용은 우리가 익히 알고 있는 다음과 같은 형태로 나타난다.

* 우리 인생에서 뭔가 결핍되어 있음을 감지하고 그걸 찾으려고 세상을 뒤진다. 결여된 그 무엇이 우리 자신이라는 걸 깨닫지 못한 채 말이다.
* 세상에서 우리의 참모습 그대로 있지 않기 때문에 스스로를 사기꾼이나 투명 인간처럼 느낀다.
* 우리 안에 있는 빛이 세상의 어둠을 밝히지 못한다.
* 우리 안에 있는 어둠이 세상의 빛에 의해 밝아지지 못한다.
* 우리 속의 어둠을 다른 이에게 심리적으로 투사하여 그들을 '적'으로 만들고, 그렇게 해서 세상을 더 위험한 곳으로 만든다.
* 우리의 진정성 결여와 심리적 투사 행위는 제대로 된 관계를 이루지 못하게 하고 외로움을 초래한다.
* 우리의 이중성 탓에 세상에 대한 우리의 기여, 특히 하는 일을 통한 기여도가 떨어지고, 참된 자아true self의 생명을 공급하는 에너지를 일에서 발휘할 수 없게 된다.

이건 잘 사는 인생의 특징이라고 보기 어렵다. 그러나 이런 특징은 우리 가운데 드물지 않게 나타난다. 그 이유 중 하나가 그런 특징들을 만들어 내는 이중성을 대중문화에서 높이 추천하기 때문이다. "마음을 소맷자락에 내놓지 말라." "자신의 카드 패를 조끼 가까이 바짝 쥐고 내보이지 말라." 이런 경구들은 '가면과 갑옷'을 입은 상태가 안전하고 정신 건강에도 좋다는 메시지를 담고 있다. 우리가 얼마나 어릴 때부터 이중성을 추앙하는 메시지에 노출되어 왔는가를 보여 주는 대목이다.

우리의 문화는 역주행하고 있다. 우리가 서로에게서 더 많은 이중성을 감지할수록 우리의 안전과 정신 건강은 더 위축된다. 우리는 날마다 가족, 친구, 지인, 낯선 사람과 부대끼며 '저 사람은 겉과 속이 같을까?' 하고 스스로에게 묻는다. 그리고 다른 이들도 모두 우리에 대해 똑같은 의문을 품을 것이다! 겉과 속의 일치에 대해 경계하는 것은 위태한 세상에서 인류 종種이 안전을 추구하며 오랫동안 갈고 닦은 습성이다.

"과연 겉과 속이 같을까?" 이 의문을 아이가 부모를 향해 품는다. 학생은 교사를 향해, 직원은 상사를 향해, 부모는 의사를 향해, 시민은 위정자를 향해 이러한 의문을 품는다. 대답이 '예'라면, 우리는 긴장을 풀고 온전함의 영역에 들어왔다고 믿고서 안심한다. 그런 다음 그 관계나 그것을 둘러싼 모든 것에 우리 자신을 쏟는다.

대답이 '아니오'라면 우리는 경계 태세로 돌입한다. 우리가 마주하는 게 누구인지, 무엇인지 모른다고 판단한다면 우리는 심리적 여우굴에 숨는다. 그러고는 우리 에너지와 재능을 쏟거나 헌신하기를 거부한다. 학생은 배움에 필요한 고통을 짊어지기를 꺼리고, 직원은 업무에 마음을 쏟지 않고, 환자는 치유를 위해 의료진과 동반자 관계 맺기를 거부하고, 시민은 정치로부터 등을 돌린다. 겉과 속의 불일치를 깨닫게 되면 우리는 다른 이에게, 다른 이는 우리에게 진정성이 없다는 것도 깨닫게 된다. 그러면 우리의 사기는 저하되고, 우리의 인간관계와 선한 일을 할 힘도 뿌리부터 지속적으로 뒤흔들린다.

'가면과 갑옷'은 안전하거나 건전한 삶의 방식이 아니라는 것은 확실하다. 고로 우리의 역할이 영혼 속에 있는 진실에 의해 더 깊숙이 일깨워진다면, 정신 건강과 안전의 전반적 수준이 향상될 것이다. 학생들에게 자신의 정체성을 내보이는 선생이, 울타리 뒤에서 지식 부스러기들을 던져 주는 선생보다 더 나은 교사일 것이다. 진정성을 가지고 지도하는 상관은 매뉴얼대로 지도하는 상관보다 아랫사람들이 일을 더 잘하게 만들 것이다. 치료에 자기 자신을 쏟는 의사가 안전거리를 두고 환자를 대하는 의사보다 더 나은 치유자가 될 것이다. 온전함을 가지고 리더십을 발휘하는 정치인은 대중의 신뢰를 되찾고, 참된 민주주의를 값싼 아류 민주주의와 차별화시킬 것이다.

온전한 어른 되기

이중적인 삶은 전염병일 수 있으나, 온전함은 늘 선택이다. 일단 나의 이중성에 눈뜬 후 계속 모순된 삶을 살 것인가? 아니면 내면과 외부 세계의 조화를 되찾으려 노력할 것인가?

'온전하다'는 그 자체로 좋은 일이다. 숫제 갑론을박조차 할 필요가 없다. 그러니까 위 질문에 대한 답은 자명해 보인다. 허나 우리 모두 익히 알다시피 실상은 그렇게 전개되지 않는다. 우리는 거듭하여 회피라는 익숙한 패턴으로 미끄러져 들어가 온전함에 반反하는 선택을 한다.

* 먼저 현실 부인이 일어난다. '내 자신에 대해 내가 본 건 절대 사실일 리 없어!'

* 다음은 논점 흐리기다. '내면의 목소리는 부드럽게 말한다는데. 게다가 진실은 워낙 미묘해서 미꾸라지 같은 건데, 내 영혼이 무슨 말을 하는지 어떻게 확실히 알겠어?'

* 그다음에는 두려움이 찾아온다. '만약 내면의 목소리가 내 삶의 형태를 주무르게 놔둔다면, 때때로 진정성마저 처벌당하는 세상에서 어떤 불이익을 당할까?'

* 그리고 비겁함이 임한다. '이중적인 삶이 파괴적이긴 하지만 최소한 내가 잘 아는 익숙한 영토잖아. 저 너머에 있는 건 미지의 영토 아닌가?'

* 그런 후 탐욕이 임한다. '내 영혼을 억눌렀기 때문에 보상을 받는 상황도 있잖아!'

이런 '자기 회피' 패턴은 강력하고 끈덕지다. 허나 용기를 내이 패턴을 깨고 자신의 진실을 끌어안은 사람에 대한 현실 세계의 사례가 있다.

워싱턴 D.C.의 임명직·선출직 공무원 20여 명을 대상으로 내가 진행했던 수련회에서 일어난 일이다. 그들은 모두 공직자로서 시민들을 섬긴다는 마음을 품고 정부에 들어갔다. 허나 힘의 논리가 지배하는 정치 현실에 애써 눈감아야 하는 상황을 겪으면서 하나같이 고통스러운 부대낌을 느끼고 있었다. 모두들 '이중성을 극복한' 삶을 추구하는 여행을 하기를 원했고, 여행의 버팀목이 될 무언가도 찾고 있었다.

미국 아이오와 주 동북부에서 25년간 농사를 짓다 농무부 공무원으로 10년간 일한 사람이 있었다. 그 무렵 그의 책상에는 중서부 표토층 보존에 관련된 제안서가 올라와 있었다. 지구의 안위보다 눈앞의 이익을 앞세우는 농업 전문 기업들의 행태로 중서부 표토층은 급격히 황무지처럼 되어 갔다. 그 남자는 '농부의 가슴'으로 그 제안서를 어떻게 처리할지 알고 있다고 거듭 말했다. 그러나 그의 정치적 본능은 가슴을 따라가면 당장 직속상관과 심각하게 부딪힐 거라고 경고를 보냈다.

마지막 모임이 있던 날 아침, 간밤에 잠 못 이루며 고민한 그 남자는 사무실로 돌아가면 농부의 가슴을 따르겠다고, 충혈된

눈으로 말했다.

잠시 사려 깊은 침묵이 흘렀다. 누군가 침묵을 깨고 물었다.

"상관과는 어쩌려고요? 당신이 하려는 일에 반대한다면서요?"

"쉽진 않겠죠. 그러나 이 수련회에서 전 중요한 무언가를 기억해냈어요. 제가 보고해야 할 이는 윗사람이 아니라 땅입니다."

이 이야기는 실화이므로 내가 동화 같은 엔딩으로 마무리할 수는 없다. 그가 일터에 돌아가 말한 그대로 실행에 옮겼는지조차 모른다. 막상 집에 돌아가니 결심이 약해졌을 수도 있다. 굳건히 나아갔더라도 중서부 농경지의 표토층이 보존되지 못했을 수도 있다. 정책 과정은 한 사람의 판단으로 방향을 돌리기에는 너무 복잡다단하기 때문이다. 농무부의 그 남자는 인간 마음의 야생지로 순례의 길을 떠났다. 그 순례가 그의 문제나 표토층의 문제를 해결했다고까지 자신하진 못하겠다. 바운더리 워터스로 가는 순례길이 나 자신의 문제나 세상의 문제를 해결했다고 자신할 수 없는 것처럼 말이다.

그러나 내가 자신할 수 있는 게 하나 있다. 우리가 내면에 있는 진실의 근원과 잇닿을 때마다 관련된 모든 이를 위한 도덕적 순이익이 창출된다는 것이다. 영혼과 잇닿은 후에도 영혼의 안내를 온전히 따라가진 못할지라도 우리는 그 방향으로 살짝 떠밀려 갈 것이다. 이 다음에 또다시 내면의 진실과 외부 현실 사이에서 갈등하게 된다면, 그때는 우리 삶에 대한 소유권을 주장하기를 원하는 내면 스승이 있다는 사실을 잊거나 부인하기가 그만큼 더 어려워진다.

내면 스승에 대한 깨달음이 우리 내면에서 커지면 무슨 일이 일어날까? 1989년에 체코슬로바키아의 공산 정권을 무너뜨린 벨벳 혁명의 고안자이고, 체코 공화국의 첫 대통령이며, 정치적 온전성을 추구한 정치가인 바츨라프 하벨의 말대로 "거짓 안에서 살다가 불현듯 어느 한순간 진실의 힘에 강타당한 모든 사람" 속에서 발견되는 잠재성이, "사회 전역에 걸쳐 숨겨진" 개인과 사회의 변화를 위한 잠재성과 합류하는 것이다.[4)]

이중적인 삶은 상처 입은 삶이며, 영혼은 그 상처를 치유하라고 우리에게 부단히 호소한다. 그 호소를 외면하면 우리는 스스로 선택한 마취제로 고통스러워하는 몸을 마비시키려고 애쓰는 자신을 발견하게 될 것이다. 약물 남용, 일 중독, 소비주의, 정신을 멍하게 만드는 미디어 소음 등 마취 방법은 각양각색이다. 우리 자신이 계속 이중적이면서 몸이 마비된 채 고통에 시달리며 방치되기를 원하는 사회에서는 이런 마취법을 쉽게 손에 넣을 수 있다. 개인의 병리 현상인 이중적 삶이 사회 시스템에는, 특히 도덕적으로 미심쩍은 기능을 하는 사회 시스템에는 득이 될 수 있기 때문이다.

농무부의 그 남자가 자신의 영혼과 거리를 두면, 그의 부서는 땅보다 농업 전문 기업의 로비 담당 부서에 보고하기가 더 쉬울 것이다. 하지만 그나 우리 중 누구라도 영혼과 역할을 재결합시키면 상황은 달라진다. 우리가 일하는 사회 제도하에서 기업의 욕심을 채우기 위해 생태계를 파괴하거나, 부자의 이윤 극대화를 위해 가난한 근로자 수만 명을 해고하거나, 싱글맘과 그 아이들의 처지를 악화시키는 소위 복지 개혁(?) 법안을 통과시키는 일 등이 좀 더 어려워질 것이다.

물론 농무부의 그 남자가 '땅에 보고하기'를 원했다면 그 남자에 대한 윗사람의 호감도는 떨어질 가능성이 크다. "자리로 돌아가 자네 일이나 하게" 같은 소리를 들었을 수도 있다. 아니면 영향력을 잃거나 일자리를 잃었을 수도 있다. 알다시피 사회에서는 온전한 삶을 사는 사람들이 불이익을 당하는 경우가 적지 않다.

이중성을 극복한 삶을 살고자 불이익을 당하고 싶은 사람은 없을 것이다. 그러나 평생 거짓말을 하며 살아야 하는 것보다 더 큰 아픔이 있을까. 우리 안에 사는 진실 쪽으로 더 다가갈수록, 결국 마지막에 가장 중요한 건 우리 자신에게 진실한가, 이걸 아는 것이다. 이 점을 인식할 때 사회 제도는 우리 삶에 대한 영향력을 상실하기 시작한다.

우리가 사회 제도를 포기해야 한다는 의미는 아니다. 사실 영혼의 명령을 따라 살 때 우리는 사회 제도에 더 충실하게 봉사할 용기를 얻게 된다. 그 결과 사회에 뿌리를 깊이 내리고 있는 직무를 내버려 두려는 마음을 물리칠 수 있다. 즉, 농무부의 그 사람이 '농부의 가슴'에 따라 행동했더라도 그가 속한 부서의 의무 사항을 거부한 것이 아니다. 오히려 더 충실하게 받아들인 것이다. 그 과정에서 그는 소속 부서가 더 고귀한 목표로 돌아가는 데 일조했을 것이다.

영혼과 역할을 다시 잇는 일은 쉬운 작업이 아니다. 이 장 서두에 소개한 릴케의 시에 어린 시절의 "날개 돋은 기쁨의 기운"이라는 구절이 나온다. 같은 시의 마지막 연에서 시인은 성년기의 요구 사항에 대해 이렇게 썼다.

> 당신이 가진 힘을 가져다 널리 펼쳐라
> 두 모순 사이의 골을 메울 수 있을 때까지…
> 신神은 당신 속에서 자신을 보고 싶어 하니까[5]

성인으로서 온전히 통합된 삶을 사는 것은 두 세계 사이를 넘나드는 어린 시절의 능력을 재발견하는 것보다 더 어렵다. 어른으로서 우리는 내면과 외부 현실 사이의 모순을 메우는 복합적 통합을 이루어야만 한다. 그 과정에서 개인의 온전성과 공공선公共善, 이 양자를 모두 떠받칠 수 있어야 한다. 그렇다. 이건 결코 쉬운 일이 아니다. 시인 릴케가 암시하듯 내면과 외부의 조화에 몰입함으로써 우리는 세상의 삶에 우리 내면의 성스러움을 선사하는 것이다.

가짜 공동체

이중적이 된 자아가 어떻게 온전해질 수 있을까? 헌데 "어떻게 할까?"라는 문제는 우리의 실용주의 문화에서 흔히 대두되는 질문이다. 물론 이런 질문이 종종 끌어내는 기계적인 답변 역시 흔하게 접할 수 있다. "여기 당신의 집안에서(혹은 JFK 공항을 출발해 LAX 공항으로 가는 비행기 안에서) 편안히 따라할 수 있는 10단계 프로그램이 있습니다. 온전한 삶을 이루십시오! 이 훈련으로 당신의 인생에 혁신을 일으키십시오!"

이런 해법은 물론 사기성이 농후한 만병통치약이다. 온전함을 향해 가는 평생의 여행에서 참을성이 부족한 세상을 지배하는 급속 처방 따위나 찾는 정서는 우리의 주의력을 흐트러트릴 뿐이다. 우리 시대에 큰 인기를 구가하는 자기 계발 방법들은 우리 내면으로의 여행에 보탬이 되기도 하지만, 우리가 영원히 나홀로 갈 수 있다는 커다란 미국식 착각을 강화시키기도 한다.

고독은 개인이 온전해지는 데 필수적이다. 우리 삶의 풍경화에는 길동무 없이 홀로 가야만 하는 지점이 있기 마련이다. 그러나 우리는 상호 지원이 필요한 집단적 동물이다. 우리는 혼자 내버려두면 자기 매몰과 자기기만에 빠지는 능력을 넘치도록 소유한 능력자들이다. 그러므로 공동체는 영혼soul과 역할role을 재결합시키는 데 고독만큼 필수적이다.

농무부 공무원 이야기가 좋은 예다. 분명히 그의 여행의 한 차원은 고독이다. 몇 주 동안 문제를 은밀히 혼자서 곱씹었고, 우리가 아는 가장 고독한 시간대 중 하나인 불면의 밤 깊숙한 곳에서 돌파구가 마련되었다. 그러나 수련회에서 그를 에워쌌던 그런 공동체 없이 돌파구를 찾을 수 있었을까? 딜레마에 빠져 끝없이 자기 안에 맴도는 걸 피하기 위해 그는 자기 영혼의 목소리를 토로할 수 있는 다른 사람들의 존재감이 필요했다.

그런 방식의 공동체, 영혼을 환영하고 듣도록 우리를 도와주는 노하우를 알고 있는 사람들로 이루어진 공동체를 난 '신뢰 서클circle of trust'이라고 부른다.[6]

사람이 서클에 모이는 것은 원시 시대부터 계속된 인간의 행동 양식이다. 이는 우리 시대에 새롭게 부흥하고 있다. 여기저기서 서클이 만들어진다. 의사소통 개선을 위한 대화 서클이 있고, 감정을 탐색하기 위한 심리 치료 서클도 있으며, 난제를 풀기 위한 문제 해결 서클, 공동의 목표를 응원하기 위한 팀 구축 서클, 교육을 심화시키기 위한 스터디 서클도 있다. 이런 서클들은 모두 가치 있는 목표를 가지고 있지만, 그 어느 것도 신뢰 서클이 지향하는 독특한 의도성은 없다. 즉, 신뢰 서클을 만든다는 것은 바로 영혼이 자기 모습을 드러내고, 우리의 길잡이 노릇을 할 수 있는 영혼을 위한 안전 공간을 만드는 것을 의미한다.

사실 영혼이 전혀 안심할 수 없는 서클도 많다. 그것은 내가 1960년대 버클리 대학원생 시절에 힘겹게 배운 사실이다. 그 시기의 많은 미국 젊은이처럼 난 내면의 힘으로 다양한 사회악을 극복하겠다면서 내면의 삶을 공부했다. 내가 속했던 서클은 내면의 삶을 찾는다며 아이디어 탐구, 혁명 모의, 아마추어 그룹 치료, 또는 이 세 가지 모두를 섞어 만든 광란의 혼합주를 마셨다. 그때 나도 그 속에 있었다.

처음에는 이런 모임이 가슴을 설레게 했다. 늘 일렬종대로 앉도록 교육받았던 금욕주의적인 1950년대에 성장한 내게 버클리의 서클들은 이색적이고, 활기 넘치며, 나를 흥분시켰다. 그러나 내 흥분은 곧 사그라졌다. 어떤 서클은 다람쥐 쳇바퀴 돌듯 공회전만 할 뿐, 세상에 유익한 어떤 목적지로도 인도해 주지 못했다. 어떤 서클은 한 꺼풀만 벗기면 드러나는 얄팍한 자아도취와 과장된 경건함을 통한 자기 미화에 불과했다. 그리고 인간 공동체에 완전히 해로운 서클도 있었다. 그 서클에 참여한 사람들은 그 그룹에 의해 조종당하거나 심지어 망가졌다.

모든 서클이 영혼을 존귀하게 여기는 건 아니다. 어떤 서클은 영혼을 모독하고 침범한다. 1960년대에 생겨난 소위 T그룹이나 인카운터 그룹이 바로 그 예다(Training Group이나 Encounter

Group 등 소모임 교류를 통한 집단 심리 치료 기법을 말함—옮긴이). 이런 서클의 기본 규칙은 "참가자들이 자신이 그때 그 순간 그룹의 다른 구성원에게 느끼는 감정을 기꺼이 드러내야 하고, 자신에 대한 다른 구성원의 피드백을 이끌어 내려는 의지가 있어야 한다"는 것이다.[7]

이런 원칙을 실행하는 것이 감정적 솔직함을 불러일으킬 수는 있다. 그러나 그런 솔직함은 '그때 그 순간의' 감정이 얼마나 찰나적이고 믿을 바가 못 되는지를 사람들이 깨달으면서 후회의 대상이 되었다. 그 순간의 감정을 불러일으키는 것이 보탬이 되는 상황도 있기 때문이다. 그러나 T그룹은 가장 최선의 순간에도 영혼을 반기지 않는다. 영혼은 잘못을 대놓고 지적하는 방법을 통한 탐험을 신뢰하지 않는다. 지적의 역학은 찰나의 느낌보다 훨씬 더 여파가 깊기 때문이다.

영혼을 겁주어 도망치게 하는 서클은 오늘날에도 찾을 수 있다. 심지어 대항문화의 잔재뿐 아니라 우리의 지배적 사회 제도의 한복판에서도 찾을 수 있다. 〈포춘〉지 선정 500대 기업에 든 회사의 중역과 이야기를 나눈 적이 있다. 그의 회사는 업무 수행 능력을 개선하기 위해 '조직을 평평하게' 만들려고 기업 문화를 혁신하는 중이었다. 사무실 벽에서 조직 위계도도 떼어 냈다. 이제 피라미드식 위계 구조 대신 고객 관리 부서 사람들이 공장 사람들과 정보를 다 함께 가지고 있으며 문제를 파악하고 의사 결정을 한다.

그러나 이 중역을 포함한 회사 사람 몇몇은 이 '평등주의' 서클에 몸담고 있으면서도 마음속에는 위계질서를 품고 있는 사람이 많음을 알게 되었다. 그가 묘사한 상황은 다음과 같다.

사람들이 빙 둘러 앉은 둥그런 서클의 한쪽에는 관리자가 앉아 무언의 독백을 한다. "좋아. 이 게임에 얼마 동안은 참가하겠어. 그러나 결정적인 순간이 오면 올바른 의사 결정을 내릴 노하우를 보유한 건 나니까, 또 난 그 일을 하라고 돈을 받는 거니까 결정은 내가 해야지. 내 사무실로 돌아가면 이 그룹이 제시하는 건 뭐든 둘러막을 방법을 찾아야지. 난 이 서클 게임을 하긴 하겠지만, 나 자신을 여기 쏟진 않을 거야."

원탁의 다른 쪽 자리에서는 매장에서 올라온 사람이 앉아 무언의 독백을 한다. "좋아. 이 게임에 얼마 동안은 참가하겠어. 그러나 이런 문제로 골치 썩을 정도로 월급이 많지는 않잖아. 퇴근 후에는 내 생활을 할 거야. 집에 일을 끌고 가긴 싫어. 게다가 관리자들이 모든 문제를 어떻게 풀지 방법을 찾아내겠지. 난 이 서클 게임을 하긴 하겠지만, 나 자신을 여기 쏟진 않을 거야."

당신이 1960년대 버클리대 학생들처럼 하지 않았고, T그룹이 당신의 취향이 아니더라도 당신은 내가 방금 묘사한 이런 방식의 게임에 내키지 않지만 참여했을 수 있다. 너무 많은 일터에서 이런 일이 표준화되어 가고 있다. 의자를 둥그렇게 배치해 서클을 만들 수는 있겠지만, 자리에 앉은 사람들이 마음속에 위계질서를 품고 있는 한 그 서클 자체가 이중적인 삶이 될 것이다. 그 서클은 또 다른 형태의 '거짓 속에 사는 삶'이 될 것이다. 즉, 가짜 공동체인 것이다.

참된 공동체

버클리대를 졸업한 지 5년 후 난 다시 서클 속에 앉아 있었다. 이번에는 필라델피아 근처에 있던 삶과 배움의 공동체인 펜들 힐Pendle Hill이었다. 난 1970년대 중반에 이곳에 정착한 뒤 11년을 지냈다. 얼마 지나지 않아 난 이 서클은 새로운 방식의 서클임을 깨달았다. 사람을 들뜨게 하거나, 조종하거나, 공격적이거나, 자기도취적인 서클이 아니었다. 자아와 세상을 존귀하게 여긴다는 면에서 부드러움과 존경심과 신앙심이 특징이었다. 이 서클은 서서히 내 삶을 변화시켰다.

이 공동체에서 조용히 활동하던 사람들은 내가 버클리대에서 경험했던 아마추어 심리 치료사나 엉터리 정치가처럼 굴지 않았다. 그 대신 그들은 자기의 역할을 제대로 이해한 상태에서 치료사 활동을 하고 정치가로서 행동했다. 그들은 자기 자신의 온전함에 다가가며, 세상의 필요에 다가가며, 그 둘의 교차로에서 자신들의 삶을 살려고 했다.

이 조용한 공동체에서 난 사람들이 도전받는 모습을 봤으나, 어느 누구도 피해 입는 걸 보지는 못했다. 이렇게 많은 사람이 뒤바뀌는 모습을 목격하기는 난생 처음이었다. 그리고 많은 사람이 그들의 사회적 책임을 적극적으로 끌어안는 모습도 지켜보았다.

내가 펜들 힐에서 경험한 신뢰 서클은, 자기 자신보다 온전함을 추구하도록 이끄는 게 아니라, 온전함으로의 여행을 지원해 주는 공동체였다. 그런 공동체는 참으로 보기 힘들다. 이 공동체는 두 가지 기본적인 신념에 뿌리를 두고 있다. 첫째, 우리 모두 내면 스승을 지니고 있으며, 그 스승이 인도하는 손길이 우리가 교리, 이념, 집단적 신념 체계, 제도, 리더들로부터 얻을 수 있는 것보다 훨씬 의지할 만하다. 둘째, 우리 모두에게는 내면 스승의 음성을 불러들이고, 그 소리를 증폭시키고, 그 메시지를 분별하는 데 보탬이 될 사람들이 주변에 있어야 한다. 여기에는 적어도 다음과 같은 세 가지 근거가 있다.

* 내면의 진실을 향한 여행은 나 홀로 하기에는 너무 고되다. 주변의 지원이 없으면 고독한 여행자는 곧 지쳐 나가떨어지든가, 두려움에 빠져 중도 하차하기 십상이다.
* 길동무 없이 여행하기에는 여행을 위한 길이 너무 깊숙한 곳에 숨겨져 있다. 우리의 길을 찾으려면 미묘한 단서들을, 때

로는 우리를 미혹시키는 단서들까지 분별해 내야 한다. 이러한 분별은 대화를 통해서만 일어난다.

* 혼자 도달하기에는 너무 버거운 목적지다. 낯선 땅으로 들어가는 모험을 무릅쓸 용기가 있어야 하며, 이런 용기를 얻으려면 내면 스승이 가라고 하는 공동체로 가야 한다.

"사물을 구별하여 가르다"라는 뜻을 지닌 '분별하다'라는 작은 단어를 잠시 살펴보고자 한다. 다시금 아이들이 마법 옷장 뒷면을 통해 입장하는 내향성의 나라 이야기인 C. S. 루이스의 《나니아 연대기》를 떠올린다. 나니아 왕국은 선하고 아름다운 것으로 넘쳐난다. 가끔 울려 퍼지는 위대한 사자 아슬란의 목소리인 진실의 목소리도 있다. 그러나 나니아에는 유혹과 속임수와 어둠과 악의 목소리 같은 다른 목소리도 존재한다. 여러 목소리가 혼합된 나니아에서 진실에 다다르려면 네 명의 아이들, 그리고 다양한 길잡이들과 일곱 권의 책을 채우는 함정과 위기가 동원되어야 했다.[8]

혹 사람들의 이런 말소리를 듣는다. "이 세상이 너무 혼란스러워 내면으로 들어갈 때만 분명해져요." 글쎄, 나의 경우는 '이 속에서도' '저 바깥만큼이나' 혼란스럽다. 아니, 대개 안이 밖보다 더 혼란스럽다! 나뿐 아니라 대부분의 사람들이 그러하리라 생각한다. 우리가 뉴욕 시에서 길을 잃으면 지도를 사거나,

현지인에게 물어보거나, 길을 잘 아는 택시 기사를 찾으면 된다. 그러나 내면 여행에서 우리가 구할 수 있는 길잡이는 관계를 통해서만 나타난다. 관계 속에서 다른 이는 우리가 앞장서 나가는 것을 단지 보조할 뿐이다.

내가 펜들 힐에서 배웠던 그런 공동체에서는 어느 누구도 우리를 대신해서 분별해 주겠다고 나서지 않는다. 그렇게 내세우는 공동체가 없지는 않지만, 그들도 이렇게 말할 뿐이다. "당신이 파악한 진실을 말해 보세요. 그러면 우리는 당신이 옳은지 그른지 말해 드리죠!" 이렇게 하는 대신 신뢰 서클은 우리 고유의 방법과 우리 고유의 시기에 스스로 분별할 수 있는 공간을 만들어 주고, 그 공간 안에 우리를 붙잡아 둔다. 분별은 격려를 아끼지 않으면서도 도전을 주는 다른 사람들의 존재감 속에서 이루어진다.

농무부의 그 사람은 동료들과 함께 수련회에 왔다. 동료들은 틀림없이 그가 겪고 있는 딜레마에 대해 노련한 자문을 해줬을 것이다. 그러나 자신의 영혼을 진지하게 받아들이는 것이 매우 중요했던 그 여행 내내, 정작 필요했던 건 조언을 삼갈 줄 아는 동료들이다. 어떻게 그의 영혼이 말하게끔 초청할지, 어떻게 그가 영혼의 말에 귀 기울이도록 그를 붙들어 둘지 노하우를 아는 사람들이 필요했던 것이다.

그를 위한 축복은 함께 앉아 있던 사람들이 신뢰 서클을 뒷받침하는 원칙과 방법에 관한 지침을 따르는 사람들이었다는 점이다. 그들은 '사람을 바로잡기' 위한 시도를 결코 한 적이 없다. 대신 그들은 그의 주변에 공동체의 공간을 만들어 주었고, 그 공간 안에서 내면의 소리가 진실을 말하는지 두려움을 말하는지 분간하게 했다. 그가 내면에서 들려오는 진실을 듣고 토로하자, 사람들은 그의 자기 발견에 목격자 역할을 해 줬을 뿐이다. 그 과정에서 자아에 대한 감수성은 더 예리해졌고, 내면 스승을 따르려는 결단은 더 공고해졌다.

공동체에서 영혼을 잘 대해 주면 어떤 일이 일어나는지 보여 주는 또 다른 실화가 있다. 내가 주관했던 어느 서클에서 인종 차별로 상처 받은 한 착실한 남자가 있었다. 수련회가 진행된 3일 내내 그는 한두 번 입을 열었을 뿐 내내 침묵으로 일관했다. 내겐 그의 얼굴이 슬픈 가면처럼 느껴졌다. 백인이 절대다수인 우리 그룹에서 흑인인 그가 고통스럽진 않을까? 우리가 어떤 면에서 그 고통의 원인 제공자가 아닐까? 이런 생각 때문에 난감했다.

이 남자가 안전하다고 느껴야 할 이 서클에서조차 자신이 아웃사이더라고 느끼지 않을까 3일간 신경이 쓰였다. 그러나 우리는 이런 형태의 공동체의 기본 규칙을 따랐다. 나도, 그 누구도 그 남자를 '바로잡으려' 하지 않았다. 그 대신 우리는 그의 영혼을 조용히 존중하는 태도로 지켜보았다. 그에게 위로의 손길을 내밀지 않기 위해 엄청난 의지력을 동원하면서 말이다.

수련회 마지막 날 아침, 난 일찌감치 일어나 커피 한 잔을 들고 공동으로 쓰는 방에 앉았다. 그곳에는 수련원 진행자가 수련회 체험에 대한 발언을 남기라고 놔둔 공책이 있었다. 그 공책을 펼쳐드니 마지막 페이지의 큰 글씨로 적어내린 글 아래에 내가 걱정했던 그 사람의 서명이 있었다.

제 분노를 처리할 수 있도록 도와주셔서 감사합니다. 인생은 격정에 휩싸인 채로 살기엔 너무 짧지요. 전 완전히 치유받지는 못했습니다. 하지만 치유 과정은 시작되었지요. 제가 받았던 사랑과 관심을 나누고 싶습니다. 이 수련회는 제가 제 속의 유령과 마주 서게 해 줬어요! 조지아 주와 텍사스 주는 제겐 모두 구덩이였어요. 이제 치유가 시작되었으니 확실히 평안함을 느낄 수 있을 것 같네요.

그 글을 읽으며 지난 3일간 이 남자는 그의 내면 스승과 이야기를 나누고 있었음을 깨달았다. 그 대화는 우리와 대화함으로써 도달할 수 있는 수준보다 훨씬 깊이 들어가고 있었다. 또다시 난 펜들 힐에서 내가 처음 체험한 서클에 깊이 감사했다. 나에게 영혼의 실재와 위력을 가르쳐 주었기 때문에 감사했고, 영혼이 우리 인생에 대한 소유권을 주장할 수 있도록 함께 어울리는 법을 가르쳐 주었기 때문에 감사했고, 우리가 그렇게 어울릴 때 일어나는 기적들 때문에 감사했다.

우리 자신과 우리 세상을 새롭게 하고 싶다면 이런 서클이 점점 더 많아져야 한다. 그럼으로써 대기업에서 일하는 사람들도 누구나 다 아는 공공연한 비밀을 말할 수 있어야 한다. 고민하는 농무부 공무원이 보고해야 할 이는 땅이라고 했던 말을 다시 떠올려 보라. 인종 차별로 상처 입은 사람이 치유를 향한 걸음을 내딛을 수 있어야 한다. 우리 자신의 영혼과는 더 가까워지고, 이중성과는 멀어지는 상태로 세상에 되돌아갈 수 있어야 한다. 이런 일을 가능케 하는 서클이 점점 더 많아져야 한다.

이 장에서 묘사한 서클은 보통 10~30명 규모다. 그러나 신뢰 서클은 숫자로 규정되지 않는다. 서클은 우리 사이에 만들어진 공간의 성격에 따라 규정된다. 웰즐리 대학의 학장 다이애나 채프먼 월시는 내가 깊이 존경하는, 인품이 온전한 사람이다. 그녀는 복잡하고 스트레스 많은 직장에서 일하면서 온전함을 유지하기 위해 자신이 몸담고 있는 소모임 '서클'에 대해 이렇게 썼다. "난… 내 더 나은 자아를 이끌어 내는 사람들과 함께… 모임을 가진다. … 이 친구들과 함께 있으면… 난 진정성을 회복한다. … 가능할 때마다 함께 동고동락의 역사를 썼던 이 사람들과 만나고 연결 고리를 가지려 한다. … 그 사람들은 내 속에 안전하다는 느낌을 불러일으킨다."[10]

신뢰 서클은 두세 사람이 모이는 곳이면 어디서나 생길 수 있다. 그 두세 사람이 어떻게 해야 영혼을 위한 공간을 창조하고, 그 공간을 방어할 수 있는지 이해하기만 하면 된다.

영혼이 안전하다고 느끼게 만듦으로써 내면의 여행을 지원하는 신뢰 서클에서는 과연 무슨 일이 일어날까? 이 책의 후반부에는 이 질문에 대한 상세한 답이 있을 것이다. 그러나 신뢰 서클을 만드는 실천 방법들은 서클의 보이지 않는 부분에 있는 두 가지 핵심 원리를 이해하지 않는다면 별 의미가 없을 것이다. 그 원리란 영혼 또는 참된 자아는 실재적이고 강력한 힘이 있다는 것, 그리고 영혼은 어떤 특성을 갖춘 관계 속에서만 안전하다고 느낀다는 것이다. 이 원리는 또한 다음에 이어지는 CHAPTER 3와 CHAPTER 4의 주제가 될 것이다.

CHAPTER 3

참된 자아 탐험하기
- 영혼과 친해지기

주께서 내 내장을 지으시며
나의 모태에서 나를 만드셨나이다
내가 주께 감사하옴은
나를 지으심이 심히 기묘하심이라
주께서 하시는 일이 기이함을 내 영혼이 잘 아나이다
– 시편 139편 13–14절

영적 유전자

'참된 자아'가 화두일 때 가장 좋은 연구 대상은 아이들이다. 아이들은 하늘에서 주어지는 참된 자아와 딱 붙어 있기 때문이다. 고로 이 장을 어린 시절에 대한 또 하나의 회고로 시작하고자 한다. 그런데 CHAPTER 2에서처럼 나 자신의 에피소드를 돌아보지 않고 60대 중반의 고지에서 관찰한 다른 누군가의 어린 시절을 이야기하고자 한다.

첫 손주가 태어났을 때다. 손녀에게서 25년 전 내 자식들 속에서는 미처 못 보고 지나쳤던 무언가를 봤다. 25년 전 난 너무 젊고 너무 자신에 매몰되어 있어, 나를 비롯해 그 누구도 제대로 볼 수 없었다. 손녀에게서 본 것은 단순 명료했다. 내 손녀는 지구상에 이런 방식의 사람으로 태어난 것이다. 저런 방식도 아니고, 그런 방식도 아니고, 바로 이런 방식으로 말이다.

예를 들어 영아기에 손녀는 거의 늘 차분하고 집중된 상태로 자기 주변에서 돌아가는 일을 조용히 빨아들였다. 마치 모든 걸 '다 이해하는' 것처럼 보였다. 인생의 비극은 견디고 희극은 즐기며, 이 모든 일에 대해 한마디 할 그날을 참을성 있게 기다리는 듯했다. 이제 자유자재로 언어를 구사하는 손녀를 보노라면, 이 영아기의 묘사는 지금 내 제일 친한 친구 중 하나이자 '원숙한 영혼'인 이 십대 소녀에게도 그대로 맞아떨어진다.

손녀딸 안에서 내가 실제로 발견했던 것은 내가 신앙의 힘으로만 얻을 수 있었던 무엇이었다. 우리는 자아정체성의 씨앗을 품고 태어나며, 그 씨앗 안에는 우리의 고유함을 결정짓는 영적 유전자DNA가 담겨 있다. 우리가 누구인지, 우리가 왜 여기 있는지, 우리가 어떻게 다른 사람과 관계를 맺는지, 이에 대해 태어날 때부터 지닌 지식이 유전 정보 안에 기록되어 있다.

해가 거듭되면서 우리는 그 지식을 내버릴 수 있다. 그러나 그 지식은 결코 우리를 포기하는 법이 없다. 나이 지긋한 분이 다른 건 몰라도 어린 시절은 생생히 기억하는 것에 놀라움을 금치 못하는 경우가 있지 않는가. 그들은 생애 중 가장 나다웠던 때를 회상하는 것이다. 노년에 지니고 있는 자아정체성의 불변의 중심이 그들로 하여금 타고난 천성으로 돌아가게 하는 것이다. 그 불변의 중심은 아마도 노화 과정이 우리의 진짜 모습이 아닌 것을 솎아낸 덕분에 더더욱 눈에 보이게끔 드러나는 것 같다.

철학자들은 우리 인류의 이 중심core을 뭐라고 부를지 논쟁한다. 하지만 난 정확성을 강박적으로 추구하는 사람은 아니다. 토머스 머튼은 이 중심을 참된 자아라고 불렀다. 어떤 이들은 내면 스승 또는 내면의 빛이라고 부른다. 불교 신자들은 본래 성품 또는 대아大我라고 부른다. 하시드파 유대인들은 신성神性의 불꽃이라고 부른다. 인본주의자들은 정체성 또는 온전성이라고 부른다. 일반인들은 영혼이라고 부른다. 그리고 이 책에서 난 지금까지 대체로 위와 같은 용어들을 넘나들며 썼다.

뭐라 부르는가는 내게 별 의미가 없다. 왜냐하면 당신이 뭐라 부르든 그것의 근원, 본질, 운명은 영원히 가려져 있기 때문이다. 그리고 누구도 진짜 이름을 안다고 확실하게 말할 수 없다. 그러나 우리가 이름을 붙이는 행위 그 자체에 큰 의미가 있다. 왜냐하면 '그것'은 자아정체성의 객관적·존재론적 실재이기 때문이다. 그것이 있으므로 우리는 스스로를 또는 상대방을 왜소한 존재로 비하하는 것을 막을 수 있다. 우리 자신을 생물학적 메커니즘이나, 심리적 투사나, 사회적 구조물이나, 사회가 필요로 하는 그 어떤 것으로 제조되어야 할 원자재로 보는 시각은 우리 인류를 초라하게 만들며, 우리 삶의 질을 지속적으로 위협한다.

시인 메리 올리버는 이렇게 말했다. "아무도 영혼의 정체를 알지 못한다." "영혼은 물 위의 바람처럼 나타났다 사라진다."[1] 우리가 바람이 무엇인지 다 알지는 못해도 그 기능에 따라 '산들바람'이나 '강바람' 같은 이름을 붙일 수 있듯이, 우리는 영혼의 신비를 꿰뚫지 못해도 영혼이 하는 일에 이름을 붙일 수는 있다.

 * 영혼은 우리가 자신의 존재의 토양에 뿌리내리길 원한다. 지성과 에고ego(심리적으로는 '자아'를 의미하지만, '자부

심'을 의미하기도 함–옮긴이) 같은 다른 기능체들은 우리의 참모습으로부터 우리를 뿌리 뽑으려는 성향이 있다. 영혼은 이런 성향에 저항하기를 원한다.

* 영혼은 우리가 생명을 찾을 수 있는 공동체에 잇닿아 있기를 바란다. 우리가 활짝 피어나기 위해선 인간관계가 필요함을 영혼은 알고 있다.

* 영혼은 우리 자신과 세상, 이 둘 사이의 관계에 대한 진실을 우리에게 이야기해 주고 싶어 한다. 그 진실이 듣기 쉽거나 어렵거나 상관없이 말이다.

* 영혼은 우리에게 생명을 주고 싶어 한다. 그리고 우리가 그 생명의 선물을 남에게 전달하기를 바란다. 그 과정에서 우리가 죽음으로 가득 찬 이 세상의 생명 공급자가 되기를 원한다.

우리 모두 영혼이 완성된 상태로 지구상에 태어난다. 그러나 출생의 순간부터 우리의 영혼 또는 참된 자아는 안팎에서 그것을 변형시키려는 세력의 공격을 받는다. 밖에는 인종 차별, 성적 차별, 경제적 부조리, 사회악이 있고, 안에는 질투, 원한, 자기 회의, 두려움 등 내면의 삶을 괴롭히는 악마들이 있다.

우리 중 대부분은 영혼의 외부의 적에 대해선 길게 열거할 수 있다. 외부의 적들만 없었더라도 난 더 훌륭한 사람이 되었을 텐데! 우리는 너무 재빨리 우리의 문제를 '저 밖의' 세력 탓으로 돌린다. 그러기에 우리는 자신의 망가짐에 우리 자신이 얼마나 자주 협력했는지 돌아볼 필요가 있다. 외부의 힘이 우리의 형상을 일그러뜨리는 힘을 가할 때마다, 우리 안에는 잠재적으로 협력하는 자가 있었다. 처벌 위협 앞에서 진실을 말하려는 충동이 꺾였다면, 그 원인은 우리가 진실됨보다는 안전함을 택했기 때문이다. 사회적 지위 상실의 위협 앞에서 약자 편에 서려는 충동이 꺾였다면, 그 원인은 우리가 따돌림을 당하기보다는 인기 있는 사람이 되기를 택했기 때문이다.

우리가 만약 그들에 대한 협력을 거부한다면 세상의 권력자들과 주관자들은 우리 인생에 큰 영향을 행사하지 못할 것이다. 그러나 거부에는 위험이 따른다. 그래서 우리는 우리 자신의 진실을 부인하고, '자기 모방'의 삶을 택하고, 우리의 정체성을 배신한다.[2] 그러나 영혼은 우리더러 타고난 형상으로 되돌아오라고 끈질기게 불러 댄다. 존재에 뿌리박고, 공동체에 잇닿은 채 온전한 삶을 살라고 속삭인다.

참된 자아에 대한 회의론

"내가 최초로 알게 된 가장 멋진, 가장 현명한 진실이 있다." 메리 올리버의 말이다. "바로 영혼이 존재하며, 영혼은 우리가 주의를 기울이지 않으면 세워질 수 없다는 것이다."[3] 그러나 우리는 영혼이나 참된 자아에 주의를 집중하는 걸 억누르는 문화 속에서 살고 있다. 우리가 주의를 기울이지 않으면 우리는 결국 영혼 없는 삶을 살게 된다.

이런 무관심을 부추기는 두 가지 문화 사조가 있다. 첫 번째는 세속주의로, 인간의 자아를 창조된 중심이 없는 사회적 구조물로 간주하는 시각이다. 두 번째는 도덕주의로, 자아에 대한 모든 생각을 '이기적'이라고 간주한다. 세속주의와 도덕주의는 상호 모순적인 것처럼 들리지만 그들의 종착역은 같다. 바로 참된 자아의 부정이다. 세속주의와 도덕주의의 왜곡된 영혼관을 받아들이면 온전한 삶으로의 여행은 달성될 수 없다. 고로 우리 상태에 대한 세속주의와 도덕주의의 평가가 왜 틀렸는지 알아야 한다.

세속주의는 우리가 이 세상에 고유한 개인으로 태어나는 게 아니라 우발적으로 성별, 계급, 인종의 무늬가 찍힌 채 변형 가능한 원재료로 태어난다는 사상이다. 물론 우리에게는 대물림된 됨됨이가 있으며, 또한 우리가 유전자 주사위를 굴려서 나온 잠재력과 한계의 조합이라는 것도 맞는 말이다. 그러나 세속적 시각은 우리가 파괴될 수 없는 영혼, 존재론적 정체성, 창조된 자아정체성을 갖고 태어났다는 걸 믿는 건 어처구니없다고 본다.

허나 이런 냉소주의 앞에서도 참된 자아의 개념은 존속한다. 참된 자아는 허구의 산물이 아니다. 참된 자아의 개념이 오랫동안 이어질 수 있었던 건 어떤 이론 때문이 아니다. 참된 자아가 만일 허구의 산물이었다면 우리가 하지도, 할 수도 없었던 체험들 때문이다.

가령 우리가 아끼는 누군가의 삶이 망가졌다고 하자. 그 사람은 잇따라 그릇된 선택을 했고 절망에 빠졌으며, 우리는 왜 그런지 종잡을 수 없다. 우리는 탄식한다. "내가 아는 그 사람이 아니야." "이건 정말 그 사람답지 않아." 혹은 우리가 아끼는 누군가의 상황이 회복되었다고 하자. 수년간의 자기 소외의 시간을 통과한 후 마침내 자기 인생을 사랑하는 법을 배우게 된 여자가 있다. 우리는 감탄한다. "제 모습을 찾았네." "자기가 누군지 이제야 깨달은 거지." 우리는 우리가 알고 아끼는 사람들의 참된 자아가 무엇인지 느낀다. 그리고 그 인식을 그 삶의 건전성을 재는 척도로 끊임없이 사용한다.

더 깊숙이 들어가면 우리의 자의식 속에서 참된 자아의 증거를 찾을 수 있다. 단지 생물학, 심리학, 사회학이 우리를 구성하는 모든 것이었다면 우리가 하지 않았을 체험이 있다. 그 체험 속에서 우리는 자아의 증거를 찾아낸다. 내 에고가 회피하려고 몸부림쳤던 어떤 고통스러운 진실에 맞부딪혔을 때, 내면 스승이 그 진실과 맞닥뜨리라고 강권할 때, 난 나에게 참된 자아가 있음을 깨닫는다. 자기 방어에 급급하던 마음이 열리면서 다른 사람의 슬픔과 기쁨이 마치 제 일인 양 마음을 가득 채울 때 내게 참된 자아가 있음을 깨닫는다. 피폐함에 휩싸여 살맛을 잃어버린 가운데 바로 그 순간 내 속에서 죽지 않는 생명력이 움틀 때, 난 나에게 참된 자아가 있음을 깨닫는다.

참된 자아의 존재에 관한 가장 막강한 증거가 있다. 참된 자아가 존재하지 않는 양 살면 어떤 일이 일어나는지 보면 된다. 이는 내가 임상 우울증의 길을 걸으며 배운 교훈이다.[4] 우울증의 원인은 다양하다. 유전적으로 불우한 경우도 있고, 뇌 화학 물질의 불균형으로 일어나기도 한다. 이런 경우에는 꼭 약물 치료를 받아야 한다. 그러나 참된 자아를 너무 깊숙이 묻은 탓에 인생이 영혼의 길고 어두운 밤 속으로 꺼지는 경우도 있다. 내 우울증은 후자의 경우였다. 약을 써도 한때였다. 내가 참된 자아를 포용할 때까지 우울증은 계속 도졌다.

우울증이 그 사람이 지닌 진실을 거부한 결과라는 발상은 학계에서도 간접적 지지를 받았다. 미시간 대학 '진화와 인간 적응 프로그램'의 랜돌프 네스 국장은 이렇게 말했다. 우울증은 "갈망했던 목표의 달성이 불가능해진 상황에 대한 대응으로… 생겨날 수 있다." 네스의 주장은 이렇다. "인생이 숲 속 곁길로 빠지는" 상황에서, 우울증은 우리의 의지와 기력을 남김없이 소진시킨다. 그 결과 한때 그토록 탐스럽게 여겨졌던, 그러나 이제는 우리에게 접근이 금지된 그 길로 계속 갈 수 없게 된다. 우리는 다른 길을 찾아 나서고, 우리의 본성에 더 맞는 길을 찾는다. 결국 개인의 생존뿐 아니라 종種의 진화에도 기여하게 된다는 것이다.[5]

영혼의 기능 중 하나는 우리에게 생명을 주고, 그것을 널리 퍼뜨리는 것이다. 이것이 '진화의 성공'을 영혼의 언어로 표현한 게 아닐까 짐작한다. 나는 '생물학적 적응'과 '영혼의 고양 uprising'이 어떻게 다른지 분간할 수 없다. 실제로 네스가 그의 이론을 설명하고자 고른 비유인 '숲 속 샛길로 빠져 버린 여행'은 영혼 지도 제작mapping of the soul의 대가인 단테의 너무나 유명한 비유에도 나온다. "우리 인생 여정의 중간점에서, 캄캄한 숲속에서 문득 바른 길을 잃어버린 나를 발견했다."[6]

하여간 내 경우에 우울증은 영혼의 부름이었다. 멈추어라, 방향을 꺾어라, 되돌아가라, 네가 흥정할 수 있는 길을 다시 찾아보아라. 이렇게 영혼은 내게 호소했다. 만일 그 부름을 무시하고 억척스럽게 밀어붙였다면, 참된 자아를 거슬러 생기는 우울증이 단순히 시무룩함과 무기력을 넘어선 더 고약한 무언가를 불러왔을 것이다. 바로 삶을 마감하려는 깊은 욕망 말이다.

내 경우도 그랬다. 그리고 이제 되돌아 보니 왜 그랬는지 알겠다. 내면의 진실에서 멀리 떨어진 외적 삶을 살았기 때문이다. 그때 난 단지 그릇된 길에 있었던 게 아니었다. 내가 내딛는 한 걸음 한 걸음이 날 죽이고 있었던 것이다. 누군가의 인생이 걸어 다니는 죽음일 때 문자적 죽음으로 걸어 들어가는 것은 아주 손쉬운 선택처럼 다가온다. 이런 방식의 우울증에 약물은 한때의 완화제에 불과하다. 정말로 고치려면 약물 이상의 무언가가 필요하다. 이런 경우에는 이중성을 이겨낸 삶을 살기로 결심해야만 인생을 되찾을 수 있다. 물론 너무 힘겨운 선택임을 안다. 적어도 우울증에 빠졌을 땐 그런 일이 너무나 힘들다. 그렇기에 우리는 참된 자아를 부인하거나 거역함으로써 생기는 고통이 참을 수 없을 지경에 오기 전까지는 그런 선택을 하지 않는다.

세속주의는 사람을 원재료로 간주한다. 고로 참된 자아를 부정한다. 세속주의와 기묘한 한 쌍을 이루고 있는 도덕주의는 이 쌍의 경건한 짝에 해당된다. 도덕주의는 '자아'를 '이기주의'로 해석한다. 그리고 '자아'를 우리 어휘에서 아예 추방시키겠다고 고집 피운다. 결국 도덕주의도 참된 자아를 부정하는 쪽으로 간다. 도덕주의자들은 우리 사회의 모든 문제가 다른 사람들을 송두리째 희생시키고 자기만 잘살려는 사람들이 지천에 널린 탓이라고 한다. "뉴에이지의 자아실현 강조, 그 끊임없는 '자기 숭배의 사이비 종교'는 우리가 이곳저곳에서 목격하는 공동체 파편화의 근본 원인이다"라는 것이 도덕주의자들의 주장이다.

실제로 상대방의 운명에 깊은 관심을 기울이는 모습은 점점 보기 어려워지는 듯하다. 그러나 난 뉴에이지의 나르시시즘이 가장 큰 문제라고 보지는 않는다. 우리의 도덕적 무관심의 외적 요인은 우리를 고립시키고 두렵게 만드는 파편화된 대중 사회요, 자본의 권리를 인간의 권리보다 앞세우는 경제 시스템이요, 시민들을 아무것도 아닌 존재로 만든 정치 과정이다.

이런 요인들이 무한 경쟁, 사회적 무책임, 돈으로 결정되는 적자생존을 눈감아 주거나 심지어 부추기는 세력들이다. 대기업 중역들이 정상에서 민망할 정도의 거액을 챙겨가는 동안, 변변한 재산도 없는 봉급생활자들은 퇴직금 계정을 상실한다. 여기에는 분명 일부 뉴에이지 스승보다는 자본가의 비도덕성의 영향이 크다.

내가 남 탓을 하느라 너무 멀리 가기 전에 마지막으로 도덕주의자들의 불평의 진짜 문제를 말하고자 한다. '나 종교cult of me'가 미국의 최고 통치자라는 그들의 주장은 근거가 부족하다. 난 이 나라 구석구석을 여행했고, 많은 사람을 만났다. 도덕주의자들이 말하는 것처럼 자아에 대한 과대망상을 가진 사람들은 드물었다. 왕권을 하늘에서 내려받은 양 자신만을 앞장세우는 사람들은 별로 보지 못했다.

오히려 너무 많은 사람이 텅 빈 자아로 인해 아파하고 있었다. 그들의 자기 정체성이 있어야 할 곳에는 밑 모를 씽크홀이 있었다. 그들은 내면의 허전함을 경쟁적 성공, 소비주의, 성적 차별, 인종 차별, 남보다 우월하다는 착각을 가능케 할 무언가로 채워 넣으려 했다. 이런 태도와 행동 양식을 덧입는 이유는 우리 자신이 우월하다고 스스로 믿어서가 아니다. 오히려 자존감이 전혀 없어서다. 남을 깔아 내리는 것이 정체성으로 가는 길이 되었다. 만약 자신이 누구인지 알았다면 이런 길로는 가지 않았을 것이다.

도덕주의자들은 점점 늘어나는 개인주의와, 개인주의의 정수인 자기중심성의 악순환 탓에 공동체가 쇠퇴한다고 믿는 것 같다. 공동체의 쇠퇴가 진행되면 개인주의와 자기중심성이 더 깊어진다는 것이다. 현실은 상당히 다르다고 난 생각한다. 공동체가 다양한 정치·경제 세력에 의해 조각나면서 점점 더 많은 이가 '텅 빈 자아 신드롬'을 앓고 있다.

강건한 공동체는 사람들이 참된 자의식을 키우도록 도와준다. 자아가 본래 품성을 발휘하고 실현할 수 있는 곳은 공동체 밖에 없기 때문이다. 자아의 본질은 주고받기, 듣기와 말하기, 존재being와 행함doing에 있다. 그런데 공동체가 흩어지고 우리가 서로 단절되면, 자아는 퇴화하고 우리는 우리 자신과 단절된다. 관계의 그물망 속에서 나다울 수 있는 기회가 부족해지면 우리의 자존감은 자취를 감추고, 우리의 관계는 더 파편화되면서 내적 공허감이라는 전염병을 더 퍼뜨리려는 행동들이 나타난다.

우울증과 길동무했던 내 여행의 경험을 렌즈 삼아 우리 사회를 관찰한 결과, 난 도덕주의자들이 틀렸다고 확신한다. 내 우울증은 극단적 형태의 텅 빈 자아 신드롬과 죽음 직전까지 갔던 자기 자신을 멸망시키는 경험이었다. 참된 자아를 파악하고 주장하고 키우는 것은 결코 '이기적'인 일이 아니다.

물론 이기적인 행위들은 있다. 그러나 그런 행위들은 텅 빈 자아에서 싹튼다. 우리는 공허감을 채우려고 다른 이를 해치고, 우리 자신에게 해를 가하거나 우리를 아끼는 사람들에게 슬픔을 줌으로써 자기 자신도 해친다. 우리가 참된 자아에 심지를 박고 있을 때 우리는 우리에게 생명을 주고, 우리와 잇닿아 있는 모든 이에게도 생명을 준다. 우리가 참된 자아를 배려하여 진행하는 모든 일은 장기적으로는 세상에 선사하는 선물이 된다.

이중적 삶의 이야기들

우리는 이중적이지 않은, 통합적이고 온전한 상태로 이 세상에 태어난다. 그러나 얼마 뒤 우리의 내면 생활과 바깥 생활 사이에 울타리를 쌓기 시작한다. 그런 식으로 우리 속에 있는 무언가를 보호하거나 우리 주변 사람들을 속인다. 우리가 '이중성을 이겨낸 삶'을 살기 위해 내면 여행을 시작하는 것은 이중성의 통증이 더 이상 견딜 수 없을 지경이 되었기 때문이다.

이런 인생의 지나온 길에 대해 좀 더 상세히 검토해 보기 위해 당신에게 간단한 시각 자료를 만들어 보라고 (또는 만든다고 상상해 보라고) 권하고자 한다. 편지지 크기의 종이 한 장을 꺼내어 세로를 따라 1/2인치 폭의 긴 띠를 잘라내고, 그 띠만 남기고 나머지 부분은 버린다. 이렇게 저렴하고 수준 낮은 기술적 장치를 쓰는 것에 양해를 구한다. 하지만 나 같은 기계치에게는 이 정도면 파워포인트 프레젠테이션이나 다름없다.

이 띠의 한쪽 면은 당신의 외면 또는 무대 위의 삶을 나타낸다. 여기서 우리의 경험을 묘사하는 단어들은 이미지, 영향력, 충격이다. 이 단어들은 우리가 세상과 부대낄 때 겪는 소망과 두려움에 이름을 붙인 것이다. 내 말을 듣는 사람이 있을까? 나 때문에 어떤 변화라도 일어났을까? 내가 노력하는 동안 난 어떻게 보일까?

이 띠의 반대쪽 면은 당신의 내면 또는 무대의 보이지 않는 부분에 있는 삶을 나타낸다. 여기서 쓰는 단어는 아이디어, 직관, 느낌, 가치관, 신앙처럼 덜 초조하고 더욱 깊이 생각하게 하는 듯하다. 한 차원 더 깊이 들어가면 이 모든 것의 근원이 되는 그 무엇이 있다. 이성, 마음, 영혼, 참된 자아, 이름 짓기 어려운 곳 등 그 근원의 이름은 당신이 부르기 나름이다.

무대 위와 무대 뒤의 삶, 이 둘 사이의 관계는 4단계로 펼쳐진다고 생각한다. 1단계는 우리 안팎의 삶에서 어떤 분리도 일어나지 않은 채 이 세상에 태어날 때다. 사람들이 대체로 아기나 어린이 곁에 있는 걸 좋아하는 이유다. 아이들은 안팎이 같다. 아기 속에 있는 것은 무엇이든 즉시 밖으로 나온다. 비유적으로도, 실제적으로도 그렇다! 새롭게 주조된 인간 앞에 서면 과연 온전함이 어떻게 생겼는지 새삼 깨닫게 된다. 감동이 북받쳐 올라 스스로에게 묻는다. "도대체 내 온전함은 어디로 사라졌지?"

무대 위와 무대 뒤의 삶, 이 두 관계의 1단계에는 어떤 시각적 보조 자료도 필요 없다. 1단계의 삶을 보고 싶으면 우리 주변 어디서나 발견할 수 있는 어린 아이의 삶을 보면 된다. 그러나 2단계로 옮겨갈 때 나만의 종이로 된 파워포인트를 유용하게 써먹을 수 있다. 2단계의 기나긴 인생 여정에서 우리는 내면의 진실과 외부 세계 사이에 울타리를 세우고 튼튼히 보강한다. 이때 종이 띠의 양쪽 끝을 왼손과 오른손으로 하나씩 잡고 눈

높이로 펼쳐 들어 평평한 면이 당신을 향하도록 하라. 이 띠는 우리가 아동기를 떠나 청년과 성인이 되는 가도에서 세우는 분리의 울타리를 나타낸다.

이런 벽이 집에서도 필요한 딱한 아이도 있고, 학교 가기 전까진 이런 울타리가 필요 없는 아이도 있다. 그러나 얼마 뒤, 모든 아이가 똑같은 이유로 이 울타리를 구할 것이다. 우리는 부드럽고 약한 내면을 바깥의 위협으로부터 보호하기 위해 울타리가 필요하다. 이 세상이 위험한 곳이라는 사실을 눈치채기 시작하면서 우리의 가장 부드럽고 약한 부분 주위에 울타리를 친다. 우리의 소신, 고유한 정체성의 여러 모습을 보호하려고, 때로는 큰 곤경에 봉착하면서까지 울타리를 친다.

이 사회의 많은 동성애자가 그들을 '못마땅하게' 보는 사회에서 겪는 곤경을 예로 들 수 있다. 게이 남성 스튜어트 매시스가 몸담은 종교 공동체는 동성애를 죄로 간주했다. 그의 교회는 그에게 '성적 성향을 바꾸라'고 강요했고, 그게 불가능함을 깨달은 매시스는 자살을 시도했다. 여기에 그가 마지막으로 남긴 말이 있다.

(우리) 교회는 내가 이 편지를 타이핑하는 순간 이 고통으로부터 벗어나게 해달라고 무릎에 굳은살이 박일 정도로 하나님께 간구하는 소년·소녀 들이 있음을 전혀 알지 못한다. 그 아이

들은 자신을 미워한다. 그 아이들은 손가락으로 머리에 총 쏘는 시늉을 하며 잠자리에 든다. 내 고통은 멈췄고, 난 더 이상 나 자신을 미워하지 않는다. 하나님께서는 결코 내가 성性적으로 똑바로 되기를 의도한 적이 없었다. 아마도 내 죽음이 어떤 좋은 일의 촉매가 될지도 모르겠다.[7]

젊거나 늙거나 세상의 잔인함에서 빠져나올 유일한 출구는 가식, 즉 이중성을 덧입는 것이라고 믿는 사람들을 볼 때마다 연민을 느낀다. 그러나 사람들은 때로는 기괴하다고밖에 할 수 없는 이유로 진실에 울타리를 친다. 즉, 다른 사람으로부터 정체성을 은폐하는 속임수가 그들에게 뒤틀린 형태의 권력을 부여하기 때문이다. 이라크의 전 대통령 사담 후세인의 이야기는 이 논점의 생생한 사례다.

사담은 개혁주의자들이었던 바트당 지도부의 눈에 들고자 애썼고, 결국 권력을 잡았다. 그의 영향력이 충분히 커지자 그는 경쟁자를 살해하고 독재를 강화했다. 개혁당의 전 총수였던 함마드 알 주부리는 사담이 만들어낸 공포 통치를 가능케 한 사담의 이중성이 가진 탁월한 힘을 이렇게 묘사했다.

처음에 바트당은 우리 세대 중 엘리트 지식인들로 구성되었다. 그들은 교수, 의사, 경제학자, 역사학자 들로서 국가의 진정한 엘리트들이었다. 사담은 매력적이며 강한 인상을 줬다. 훗날 우리가 알게 된 그의 모습과는 딴판이었다. 그는 우리 모두를 속였고, 우리는 사담에 대해 의아해했다. 어떻게 저리 젊은 사람이, 바그다드 북쪽 시골 출신이 저런 유능한 지도자가 될 수 있을까? 그는 지적이면서도 실용적인 듯했다. 그러나 그는 자신의 진짜 모습을 감추고 있었다. 수년간 이렇게 감추면서 조용히 권력을 쌓아갔고, 모든 사람을 매혹시켰고, 그의 진정한 본능은 숨겼다. 그는 자신의 의도를 감추는 데 뛰어난 능력을 갖춘 사람이다. 아마도 그가 가진 최고의 재주일 것이다. 사담의 아들 우다이가 한 말이 기억난다. "우리 아버지의 오른쪽 셔츠 주머니는 왼쪽 셔츠 주머니에 무엇이 들었는지 모릅니다."[8]

사담과 같은 사례는 이중적인 삶의 병적인 현상이 눈앞에 확실하게 드러나는 경우다. 허나 그 사례가 너무 거대하고 너무 극적이라 자칫 우리 같은 사람들이 자신의 병을 무시하는 부작용으로 이어지기도 한다. 우리도 똑같은 병을 눈에 덜 띄는 형태로 앓을 뿐이다. 고로 이중성 속으로 여행했던 내 경험담을 2단계에 해당하는 평범한 사람의 사례로 쓰고자 한다.

난 안심하고 나다운 모습으로 존재할 수 있었던 가정에서 태어나는 축복을 받았다. 내 이중성은 가정에서 시작되지 않았다. 내가 불안감을 느낀 곳은 학교였다. '잘 나가는' '인기 있는'

학생 역을 연기할 수 있는 힘이 있었는데도 말이다. '잘 나가는' '인기 있는'이라는 표현에 인용 부호 처리를 한 이유는 그 역할이 내겐 너무 사기 치는 듯한 느낌을 주었기 때문이다. 무대 위에서 내 배역을 연기하는 동안 내 진짜 자아는 무대 뒤에 숨어 있었다. 세상이 내 참된 자아의 가장 깊은 가치관과 소신, 부서지기 쉬운 희망과 갈망을 짓밟을 것 같아 두려웠다.

고등 교육을 받게 될수록 학교는 더 불안한 곳이 되었다. 특히 대학원에서는 내 진실을 꼭꼭 싸매 감춰 두어야만 정서적·영적 살아남기가 가능한 것 같았다. 종교사회학 박사 논문을 쓸 때 난 (지금도 그렇지만) 종교적 신념의 소유자였다. 허나 교수님들이 내 종교적 믿음을 다 함께 가지고 있기를 기대하지는 않았다. 그분들이 '종교적'이라 불릴 만한 어떤 믿음을 가지고 있을 거라는 기대도 하지 않았다. 그러나 그분들에게도 종교적 현상에 대한 학자적 존중감은 있을 거라 생각했다. 역사가들이 1차 사료에 대해, 유전학자들이 유전자에 대해, 물리학자들이 원자보다 작은 입자에 대해 보이는 그런 존중감을 기대했다.

그러나 이내 현실은 그렇지 않음을 깨달았다. 어떤 종교사회학자들은 모든 종교적인 것을 조롱하려는 욕망을 삶의 원동력으로 삼는 듯했다. 대학원 시절 이런 접근법을 취하는 교수들앞에 서면 주눅이 들어 내 신앙을 책상 밑으로 숨기려고 했다. 당시 난 오덴의 위트 넘치는 제11계명에서 위안을 얻곤 했음을 고백한다. "너는 사회학을 저지르지 말라."9)

난 일단 학위를 마치면 내가 내 직업적 운명의 지배자가 될 수 있을 거라는, 더 이상 나에 관한 진실을 숨기지 않아도 될 거라는 착각을 단단히 믿었다. 그러나 졸업하고서 얼마 뒤 대학원은 직업 세계에 비하면 새발의 피였음을 깨달았다. 직업 세계로 더 깊이 들어갈수록 내 참된 자아 주변에 울타리를 치고 싶다는 생각이 더 강하게 들었다. 단순하게 말하자면, 난 진짜 내 모습보다 더 똑똑하고 더 강해 보이려고 했다.

처음에는 세상의 공격으로부터 내 연약함을 숨길 울타리가 필요했다. 그러나 낯선 사람들로부터 숨긴 자아는 이내 친한 사람들로부터도 숨기게 된다. 일터에서 나 자신을 보호하기 위해 굳건히 세운 울타리는, 가족이나 친구들과 있을 때에도 쉽게 허물어지지 않았다. 나도 모르는 새 직업 인생뿐 아니라 삶에서도 참된 자아를 계속 감춰놓기 시작했다. 이제 와서 보면 필연적이었던 순서를 밟게 되었으니, 급기야 내 진실을 나 자신으로부터도 숨기기 시작했던 것이다.

이중적인 삶의 궁극적 역설이 여기 있다. 너무 오랫동안 울타리 뒤에서 살면 세상으로부터 숨기려던 참된 자아가 당신 자신의 시야에서도 사라지게 된다! 울타리 그 자체와 울타리 바깥의 세상만이 당신이 아는 세상의 전부가 되는 것이다. 결국 울타리가 거기 있다는 사실조차 잊게 된다. 울타리 뒤에는 '당신'

이라고 불리는 누군가가 숨겨져 있다는 것조차 잊게 된다.

울타리 뒤에 사는 것은 최소한 세 가지 후과後果가 있다.

첫째, 우리 내면의 빛이 세상에서 우리가 하는 일을 밝게 비춰 줄 수 없다. 내가 교수였던 젊은 시절, 난 종신교수제가 주는 압박감 때문에 참된 자아에 울타리를 쳤다. 그건 선생으로서의 내 마음을 희생시키는 걸 의미했다. 난 학생들의 배움을 돕기 위해 강의한 게 아니라, 내가 얼마나 교수다운가를 입증하고자 했던 것이다. 그 당시 내 수업 방식은 종종 '학문적 성공'이라는 행성에서 쏘아 보낸 신호로 유도되었다. 내면에서 우러나오는 신호를 따랐더라면 학생들에게 더 많이 필요한 가르침을 주었을 텐데, 그렇게 하지 못했다. 난 내 최선의 빛으로 가르치지 못했고, 그래서 내 가르침은 학생들을 어둠 속에 남겨 놓기 일쑤였던 것 같다.

둘째, 우리가 울타리 뒤에서 살 때 세상의 광명은 우리 내면의 어둠을 뚫고 들어오지 못한다. 사실 우리가 '저 바깥'에서 볼 수 있는 건 온통 어둠뿐이다. 그 어둠의 얼마나 많은 부분이 우리 스스로의 창조물인지 깨닫지 못한 채 말이다! 젊은 시절 나를 둘러싼 울타리는 내 자신의 어둠을 다른 이에게 투영하도록 했고, 다른 이가 날 어떻게 볼지에 대해서 난 깜깜하게 모르고 있었다. 30대 시절을 회상해 보니 많은 지인을 내 멋대로 판단했던 오만함이 떠올라 후회스럽다. 물론 그런 자세는 자기 회의를 다른 이에게 심리적으로 투사한 것과 다름없다. 때때로 용기 있는 친구들이 내 그림자에 빛을 비추려고 시도했지만 결과는 뻔했다. 난 그들이 교만하다고 판단하고서 그 말을 물리쳤다.

셋째, 우리가 울타리 뒤에서 살 때 우리와 가까운 곳에 있는 사람들은 우리의 무대 위 연기와 무대 뒤 현실 사이에 틈이 있음을 알아차린다. 그들은 우리의 이중성을 목격하고 불신하게 된다. 그리고 그들 자신을 보호하기 위해 우리를 안전거리 밖으로 밀어낸다. 그렇게 우리 자신을 똑바로 보게 해 줄 대인 관계들이 우리 삶에서 사라져 간다. 우리가 빛을 보도록 도울 수 있는 바로 그 사람들이 우리 그림자의 위세에 질려 싫증내기 때문이다. 막판에 우리는 모든 것을 아우르는 폐쇄 시스템 안에 있게 된다. 그 시스템은 자기 자신만이 유일한 기준이 되는 지옥이다. 적어도 난 그런 곳에서 살았다.

뫼비우스 띠 위의 삶

폐쇄적인 시스템은 어떻게 갈라지면서 열릴까? 영혼과 역할 사이의 울타리가 자기 이해를 불러일으킬 모든 외부로부터의 도전과 자극을 차단할 때 우리는 어떻게 세상과 참된 자아, 이 둘로부터 내가 위험할 정도로 멀리 떨어져 있음을 일단 깨닫기라도 하게 될까?

여기서, 참된 자아는 우리가 허락한다면 우리를 구출하러 달려올 것이다. 이중적인 삶은 병리 현상이다. 고로 이중적인 삶에는 항상 증상이 따른다. 우리가 그 증상들을 인정한다면 치료가 가능해진다. 내 경우 증상들을 더 이상 못 본 척하기가 불가능해졌다. 그래서 우울증이 극심한 위세를 떨치며 재발했다. "난 누구지?" 스스로에게 묻지 않을 수 없었다. 추상적 훈련이 아니라 실제 삶의 긴박함을 가지고 말이다.

물론 누구나 우울증을 겪는 건 아니다. 어떤 사람들은 목표 상실, 불안, 분노를 느끼기 시작한다. 그러나 2단계의 어느 지점에 있건, 울타리 뒤에서 한동안 살다 보면 대부분은 우리 자신의 진실로부터 소외됨으로써 고통을 감지한다. 그 고통을 마비시키려 하지 말고, 그것을 느끼고 또한 그 느낌을 밝히려고 하라. 그러면 통증은 우리의 폐쇄 시스템에 균열을 일으켜 그 시스템이 열리게 할 것이고, 우리는 억지로라도 울타리 뒤에서 끌려나와 3단계 힐링의 비전으로 나아가게 될 것이다.

3단계에서 우리는 무대 위의 삶을 무대 뒤의 가치와 신념을 중심으로 재배치함으로써 삶을 통합하려고 할 것이다. 나만의 파워포인트로 형상화하면 이렇다. 양옆으로 펴서 수평으로 들고 있었던 종이 띠의 양 끝을 마주 붙여 울타리처럼 원을 만든다. 이 원은 3단계의 추진력이 될 '갈망'을 나타낸다. "내면의 진실이 내 인생에 내리는 선택들, 그러니까 내가 하는 일과 그 일을 어떻게 할지, 어떤 인간관계를 맺을지, 어떻게 인간관계를 꾸려갈지, 이 모든 것의 판단 기준선이 되었으면 좋겠다."

이것은 중심 잡기centering를 갈망하는 것이다. 중심 잡기란 최근 몇십 년간 영성 서적에서 가장 빈번히 등장한 표현 중 하나로 짐작된다. 우리 인생의 중심선을 내면의 진실 위에 두기를 바라는 것은, 물론 온전성을 향해 내딛는 첫걸음이다. 그러나 우리의 시각 자료가 말로는 다 드러낼 수 없는 걸 드러내듯이, 3단계에는 그림자가 있다. 종이 링을 둥근 목장 울타리처럼 수평으로 잡으면 '중심 잡기'의 다른 모습을 볼 수 있다. 짐마차를 둥글게 이어 만든 성 같은 전투 대형, 위압적인 경비원이 지키는 정문이 있는 거주지로 이사하기, 비밀의 정원을 만들어 우리가 편하게 느끼는 사람들만 받아들이기, 이런 이미지가 떠오른다.

우리에게 도전하는 사람이나 사물을 걸러내는 여과 장치로

서 내면의 진실을 사용할 때 3단계에는 그늘진 면이 생긴다. 공적 영역에서 종교로 인해 일어나는 이중성을 보라. 신자들은 교리라는 구분선을 따라 사람들을 '착한 사람'과 '나쁜 사람'으로 나눈다. 진실이 이런 이중성에 사용된다면, 우리는 위대한 영적 전통들의 푯대인 마음을 열고 세상과 교류하는 경지에 다다르지 못한다. 이럴 경우 3단계의 원은 2단계 울타리의 위장된 형태나 마찬가지다.

그렇기에 우리는 무대 위에서의 연기와 무대 뒤에서의 삶, 둘 사이 관계의 마지막 단계로 나아가야 한다. 여기서는 나만의 파워포인트가 꼭 필요하다. 원 모양으로 들고 있던 종이 띠의 양끝을 살짝 바깥으로 당기면서 한쪽 끝으로 반원을 그리며 돌려준 후 양 끝을 다시 만나게 하라. 당신은 이제 막 '뫼비우스 띠'라고 불리는 경이로운 형태를 창조했다.[10)

한 손의 손가락으로 띠를 붙잡은 채 다른 쪽 손의 손가락

하나로 그 띠의 바깥 면으로 보이는 표면을 추적해 가자. 당신은 불현듯 띠의 안쪽 면처럼 보이는 쪽에 자신의 손가락이 놓여 있는 걸 볼 것이다. 계속해서 띠의 안쪽 면처럼 보이는 쪽을 따라가 보자. 그리고 문득 끊어짐 없이 띠의 바깥 면처럼 보이는 쪽에 당신의 손가락이 있는 걸 깨달으리라.

'OO처럼 보이는'이라는 표현을 거듭 쓴 이유는 뫼비우스 띠에는 '안'이나 '밖'이 없기 때문이다. 양면처럼 보이는, 그러나 실은 한 면인 이 '양면'은 서로를 공동 창조한다. 뫼비우스 띠의 역학은 미스터리지만, 그 메시지는 분명하다. 우리 안에 무엇이 있든 그것은 끊임없이 밖으로 흘러나와 세상을 이루거나 변형시키는 데 일조한다는 것이다. 그리고 우리의 외부에 무엇이 있든 그것은 지속적으로 안으로 흘러들어와 우리 삶을 이루거나 변형시키는 데 일조한다. 뫼비우스 띠는 인생 그 자체와 같다. 인생에서는 궁극적으로 단 하나의 현실만이 존재한다.

무대 위 연기와 무대 뒤 삶의 관계의 4단계를 보자. 4단계를 이해하면 2단계와 3단계가 허구였음을 보게 된다. 그 허구는 아마도 우리 인생의 특정한 지점에서 나름대로 필요했을 것이다. 그러나 허구라는 사실에는 변함이 없다. 우리는 스스로를 속여서 마치 우리가 진실을 울타리 뒤에 숨기고 있거나, 진실을 사용해서 우리에게 이질적인 것을 차단해 낸다고 생각할 수 있다. 그러나 우리가 알든 모르든, 좋아하든 안 좋아하든, 받아들이든 안 받아들이든, 우리는 모두 항상 뫼비우스 띠 위에서 살고 있다. 숨을 곳은 없다! 우리는 끊임없이 '저 바깥'에 있는 것과 '여기 내면'에 있는 것들의 이음새 없는 주고받음 속에 있다. 양자는 현실을 공동 창조한다. 더 낫게 또는 더 나쁘게 말이다.

안팎을 분리하고, 공과 사를 가르고, 아마추어적인 것과 전문가다운 것을 분리하는 문화에서는 이 간단한 진리가 시사하는 바가 널리 외면당한다. 예를 들어 대학 교직원들에게 '가치중립적 가르치기'가 허구임을 강연할 때, 난 그들에게 자신의 가치관을 더 진솔하게 열라고 제안한다. 그러면 자신들의 가치관을 강의실로 끌고 들어가는 게 '전문가답지 못한' 일이라고 생각하는 이들이 반발한다.

뫼비우스 띠에서 인생의 필연성을 목격했으므로 난 단지 한 가지 방식으로만 반응할 수 있다. "그럼 교실에 다른 누구를 보내시려고요? 당신이 강의실에 있으면 당신의 가치들도 거기 있습니다. 그걸 믿지 못하시겠다면 이제껏 강의실에서 주의를 기울이지 않았다는 뜻이에요. 학생들은 선생님이 뭘 믿고 생각하는지 '간파'하는 데 달인입니다. 그게 학생들의 생존 방법이니까요!" 교수, 정치인, 부모 들이 자신을 위장할 수 있다고 생각한다면, 그것이야말로 그들 자신을 속이는 셈이다. 그럼으로써 그들은 다른 이들의 신뢰를 잃게 된다. 그 결과 사람들은 정체 모를 무엇 앞에서 위험을 느껴 자기를 드러내는 데 인색해진다.

무대 위와 무대 뒤 삶의 관계. 그 4단계에서 우리는 단지 양자택일만 할 수 있다. 한쪽에서는 뫼비우스 띠의 끊임없는 상호작용에 활짝 깨어 있는 상태로 띠 위를 걷는다. 그 과정에서 우리는 자신은 물론 다른 이들에게도 생명을 주는 방식으로 공동 창조를 한다. 또 다른 쪽에서는 뫼비우스 띠 위에서 몽유병 환자처럼 걸어다닌다. 그 과정에서 우리는 무의식적으로 공동 창조를 하는데, 그 방식은 위험천만하여 사람 관계와 선한 일과 희망에 죽음을 흩뿌리는 결과를 초래한다.

위대한 영적 전통들은 하나같이 우리가 살고 있는 현실은 공동 창조된다는 사실에 눈 뜨기를 요구한다. 그리고 그 전통들은 우리가 경각심을 유지하도록, 깨어 있도록 돕고자 두 가지 질문을 던진다.

첫째, 우리는 우리 내부로부터 무엇을 바깥세상으로 내보내고 있는가? 그리고 '저 바깥' 세상에 어떤 영향을 끼치는가?

둘째, 세상은 우리에게 무엇을 다시 보내고 있는가? 그리고 '여기 내면'에서 그 효과는 무엇인가?

우리는 자신과 세상의 진화에 지속적으로 관련되어 있다. 그리고 우리는 시시각각 생명을 줄지, 죽음을 줄지 선택할 힘을 가지고 있다.

4단계에서 우리는 시작했던 곳에 돌아와 다시 원을 완성하고 귀환한다. 뫼비우스 띠는 우리가 태어날 때 지녔던 온전성의 성인판이다. 여기에 시인 T. S. 엘리엇의 유명한 말이 있다.

> 우리는 탐색을 멈추지 않을 것이다
> 우리의 모든 탐색의 끝은
> 우리가 시작했던 곳에 도달하는 것
> 그리고 처음으로 그곳을 재발견하는 것[11]

물론 성인의 온전성은 유아기의 온전성보다 훨씬 더 복합적이다. 단순히 '내면의 아이를 받아들이는 것'으로 축소·환원될 수 없는 게 성인의 온전성이다. 성인으로서 우리는 아이들이 짊어지지 않는 짐과 도전을 지고 간다. 실패, 배신, 슬픔의 짐을 지고 소질, 재주, 비전의 도전을 받는다. 우리는 뫼비우스 띠 위를 여행하면서 이 모든 것을 의식적으로 지고 가야 한다.

우리는 성인의 복합성 가운데서 살아남을 수 있고, 심지어 활짝 피어날 수도 있다. 그러려면 우리는 물론 세상도 빚어가는 끝없는 안팎의 상호교환에서 선택을 위한 힘이 우리에게 있다는 깨달음을 더욱 깊이 느껴야 한다. 우리는 우리 내면과 우리들 사이에 영혼의 지혜가 환영받을 수 있는 공간을 만들어야 한다. 영혼은 민첩하게, 기품 있게 뫼비우스 띠 위에서 생명을 흥정하는 노하우를 가지고 있다. 고독이나 공동체에서, 영혼을 따뜻이 환대한다는 건 무엇을 의미할까?

CHAPTER 4

함께 홀로하기
- 고독의 공동체

우리의 재앙은 아무것도 내버려 두지 않는 데서 비롯된다.
모든 걸, 친구조차도, 우리 자신 속으로 끌고 가려는 열망.
아무것도 그대로 내버려 두지 않으려는 열망.
여기서 재앙은 시작된다.
– 로버트 블라이[1]

홀로 놔두기

영혼을 위한 안전 공간을 만들고 싶다면, 왜 영혼이 일상생활에서 출현하는 일이 그리 드물게 일어나는지 알아야 한다. 시인 로버트 블라이의 표현을 빌자면 그것은 "모든 걸… 우리 자신 속으로 끌고 가려는" 그리고 "아무것도 그대로 내버려 두지 않으려는" 막강한 에고의 나아가게 하는 힘 때문이다.

그 힘의 밑바닥에는 내면 스승의 실재와 위력에 대한 우리의 불신이 깔려 있다. 우리는 다른 이의 내면이 길잡이 노릇을 잘 못한다고 확신한 나머지 그를 '돕고자' 나선다. 그가 뭘 알아야 하는지, 어떻게 살아야 하는지, 우리가 생각하는 바를 말해 주려 한다. 무수한 재앙이 여기서 생겨난다. 부모·자식 간에, 선생·학생 간에, 상사·직원 간에 일어나는 재앙은 이렇듯 주제넘은 조언에서 비롯된다. 그런 조언은 상대방을 초라하게 만들고, 존중받지 못하는 느낌마저 들게 한다.

그러나 우리는 상대방 곁에 존재할 수 있는 좀 더 창의적인 방법을 배울 수 있다. 그 예로 갈등에 빠져 있던 한 여자가 완전히 뒤바뀐 이야기를 살펴보고자 한다. 그 여인이 변할 수 있었던 건 주변 사람이 그녀 안의 내면 스승을 신뢰해 주었기 때문이며, 모든 걸 자신 속으로 끌고 오려는 그들의 오랜 습성을 이겨냈기 때문이다.

공립학교 교사들을 위해 내가 운영했던 장기 신뢰 서클 프로그램에서 일어난 일이었다. 린다는 공립학교 교사였고, 극한의 상황까지 왔던 여자였다. 15년간 교편을 잡았던 그녀는 학교의 윗사람, 동료, 학생에게 좋은 말을 한마디도 할 수 없었다. 그녀는 주변 사람들 모두 그릇된 길로 갔으며 악의적이라고 했다. 그녀는 이 짜증나는 외계인들을 진짜 제대로 된 사람들로 교체하면, 자신이 틀림없이 더 행복해지고 더 좋은 선생이 되리라 생각했다.

린다와 같이 앉은 선생들은 그녀의 말을 마음을 열고 존중하면서 들었다. 가끔 그들은 그녀에게 정직하면서도 열린 질문을 던졌다. 의도했던 대로 그 질문들 덕택에 그녀는 자신을 힘겹게 하는 것들에 대해 더 깊은 속내를 드러낼 수 있었다. 그들은 이런 형태의 공동체의 기본 규칙을 따랐으므로(그 규칙들은 이 책 후반부에서 탐구하게 될 것이다), 어떤 논평을 하거나 언쟁을 하거나 조언을 건네지 않았다.

대신 그들은 린다를 어떤 공간에 붙잡아 두었다. 그 공간 안에서 그녀는 자기 자신의 소리를 억지로라도 들어야 했다. 이것은 린다에게는 혁명적인 경험이었다. 이전에 린다가 불평할 때마다 사람들은 지속적으로 인류에 대한 그녀의 냉소적 관점을 강화시켰다. 그녀에게 동조했던 소수를 말하는 게 아니다. 내가 말하는 사람들은 그녀에게 당신이 틀렸다면서 그녀의 냉소주의를 고치려고 설득했던 사람들이며, 혐오감에 등 돌리면서 린다를 떠났던 사람들이다. 아무도 그녀를 이해하지 못했고,

아무도 관심을 주지 않았다. 우리도 대개 그렇듯이, 린다는 거부를 통해 자신의 세계관을 강화하는 법을 터득했다.

린다에게는 자신의 소리를 듣는 게 혁명적인 일이었다. 이걸 알게 된 건 그녀가 수련회에 여러 번 참가한 뒤 탈퇴하겠다고 말했을 때였다. "이 그룹의 진가를 몰라서 그런 건 아니에요. 사실 여기 있으면서 가르치는 일이 더 이상 제게 맞지 않음을 깨달았어요. 문제는 제 학생들이나 동료 교사들이 아니었어요. 그 사람들은 최선을 다하는 괜찮은 사람들이죠. 문제는 저예요. 전 가르치는 일에 지쳤어요. 계속 붙들고 있으면 남한테도, 저 자신에게도 안 좋을 거예요. 연말에 그만두고 다른 일자리를 찾아보기로 했어요. 이 교사 서클에서 더 이상 자리를 차지하고 있어선 안 되겠죠."

사실 린다는 서클에서 그녀의 자리를 용기 있게 사용했다. 자신의 그림자와 마주했고, 다른 이에게 그림자를 보여 주기를 멈추고, 그녀 자신의 현실과 씨름했다. 그리고 온전함을 향해 한 걸음 더 내디뎠다. 난 그녀에게 교사직을 그만둬도 서클에는 남아 있어도 좋다고 했다.

"신뢰 서클의 과제는 사람들이 자신의 영혼이 하는 말을 듣고, 그들 자신의 진실을 깨닫게 하는 겁니다. 다른 목표는 없어요." 난 이렇게 말한다. 서클의 목표는 사람들이 특정 역할에 새롭게 헌신하도록, 또는 역할을 더 잘 수행하도록 돕는 것이 아니다. 물론 서클 활동의 결과로 그런 일이 일어나기도 한다. 린다는 자기 그림자를 본 뒤 가르치는 일을 그만두려는 쪽으로 마음이 끌렸다. 이건 그룹의 다른 사람들이 경험한 직업 현장에서의 새롭게 하기만큼 중요하다.

린다는 그 후에도 계속 모임에 나왔고, 이 공동체를 유익하게 활용했다. 자신의 그림자에서 더 철저하게 벗어났으며, 오랜 기간 하나님이 주신 일로 여겼던 직업의 상실을 잠시 슬퍼한 후, 자기 적성에 더 맞는 새로운 직업으로 가는 실마리들을 찾았다. 그녀가 자신에게 귀 기울일 수 있었던 이유는 그녀 곁에 사람들이 있었기 때문이다. 그 사람들은 그녀를 포기하지 않으면서도 그녀를 홀로 내버려 두는 법을 알았던 사람들이다. 바로 내면 스승과 단둘이 놔두는 법을 안 이들이다.

고독과 공동체

린다의 이야기가 보여주듯 신뢰 서클은 색다른 음계의 공동체다. 공동체는 여러 음색의 의미를 가진 모호한 단어다. 어떤 공동체는 서로를 변화시키거나 세상을 변화시키고자 외부에 영향을 줄 목적으로 함께 헌신하는 사람들의 모임을 가리킨다.

그러나 신뢰 서클은 이런 당면 과제, 즉 안건이 없다. 사람들의 삶이 신뢰 서클에서 변화될 수는 있다. 그리고 그 결과 세상이 조금 바뀔 수도 있다. 그러나 신뢰 서클은 내향적이며 보이지 않는 힘에 집중한다. 신뢰 서클의 유일한 목적은 그룹에 속한 각 사람의 내면 여행을 지원하는 것이다. 각 영혼이 안전하다고 느껴 모습을 드러내고 진실을 말하도록, 각 사람이 자기의 내면 스승에게 귀 기울이도록 돕는 것이다.

신뢰 서클에서 우리는 '함께 홀로 있기'의 역설을 실천한다. 그러니까 '고독들의 공동체'로서 상대방에게 존재하는 것이다. 고독과 공동체 중 하나만 택해야 한다고 생각하는 사람들에게는 이런 구절이 모순처럼 들릴 것이다. 그러나 고독과 공동체를 제대로 이해한다면 둘이 서로의 동반자임을 알 수 있다. 참된 자아는 우리가 내면에서 어떤 사람인지 안다. 그리고 더 큰 세상에서 우리가 누구의 것인지 안다. 이 참된 자아를 깨달으려면 고독에 깃드는 내면과의 친밀함, 그리고 공동체에 깃드는 타자성, 둘 다 필요하다.[2]

우리는 때때로 고독과 공동체가 양자택일이라도 해야 하는 것처럼 쪼개고선 둘 중 하나하고만 어울릴 수 있는 것처럼 행동한다. 이럴 때 우리는 스스로를 영적 곤경에 빠트리게 된다. 독일 신학자 디트리히 본회퍼는 그의 고전 《말씀 아래 더불어 사는 삶》에서 이러한 위험에 대해 경고한 바 있다. "홀로 있지 못하는 사람은 공동체를 조심해야 한다. 공동체에 있지 않은 사람은 홀로 있기를 조심해야 한다."[3]

본회퍼의 경고는 두 가지 단순한 진리에 근거한다. 우리는 내면에서 많은 걸 배울 수 있으나, 내적 삶의 미궁 속에서 헤맬 수도 있다. 우리는 다른 이에게서 많은 걸 배울 수 있지만, 무리의 혼동 속에서 헤맬 수도 있다. 고로 우리에게는 고독과 공동체가 동시에 필요하다. 우리가 한쪽에서 배우는 것은 다른 쪽에서 배운 것을 견제해 줄 수 있다. 함께 갈 때 고독과 공동체는 들숨과 날숨처럼 우리 삶을 온전하게 만든다.

그러나 실전에서 고독과 공동체가 정확히 어떻게 함께 가는지 아는 것은 숨쉬기보다 더 어렵다. 우리는 고독 속에 있다고 하지만, 실은 다른 사람을 함께 데리고 갈 때가 많기 때문이다. 우리의 '고독'이 얼마나 자주 거기 있지 않은 누군가와 속말을 나누느라 훼방받았는지 생각해 보라! 우리는 공동체 속에 있다보면 종종 참된 자아를 잃어버리곤 한다. 우리가 역동적인 그룹에서 자신이 누구인지 잊어버리는 게 얼마나 쉬웠는지 생각해 보라.

고독과 공동체를 진정한 역설로 보려면, 양극에 대한 우리의 이해도를 심화시킬 필요가 있다. 고독은 다른 이와 동떨어진 채 사는 걸 의미하지 않는다. 오히려 고독은 자기 자신으로부터 결코 격리된 채 살지 않는 것을 뜻한다. 고독은 다른 이의 부재가 아니다. 다른 이와 함께 있건 안 있건 자신에게 충실히 존재하는 게 고독이다. 공동체는 반드시 다른 이와 얼굴을 마주하고 더불어 사는 걸 뜻하지 않는다. 공동체는 다른 이에게 잇닿아 있다는 깨달음을 결코 잃어버리지 않는 것을 의미한다. 공동체의 본질은 다른 이의 존재감이 아니다. 공동체의 핵심은 우리가 혼자 있건 아니건 관계의 현실에 온전히 열려 있는 것이다.

고독과 공동체를 이런 방식으로 이해할 때 신뢰 서클을 만든다는 게 뭘 의미하는지 이해하게 된다. 신뢰 서클을 만든다는 건 영혼을 환대하는 공간을 우리 사이에 만드는 것이다. 우리가 함께 홀로 할 수 있는 고독의 공동체를 만드는 것이다.

'우리 사이에 공간 만들기'라는 개념이 낯설거나 해괴하게 들린다면, 우리가 이 일을 늘 하고 있다는 사실을 살펴보자. 사람들이 모일 때마다, 대규모든 소규모든, 우리는 다른 목적을 지원하기 위한 다른 종류의 공간을 만든다.

* 우리는 지성이 나타나도록 불러들이는 공간을 만드는 법을 안다. 지성은 현실을 분석하고, 논리를 분석하고, 논점을 주장한다. 이런 공간의 예는 대학교에서 찾아볼 수 있다.

* 우리는 감성이 제 역할을 하도록 불러들이는 공간을 만드는 법을 안다. 여기서 감성은 상처에 반응하며, 분노를 표출하고, 기쁨을 축하한다. 이런 공간은 심리 치료 그룹에서 찾을 수 있다.

* 우리는 의지가 표출되게끔 불러들이는 공간을 만드는 법을 알고 있다. 공동의 목표를 위해 에너지와 노력을 모으는 이런 공간들의 사례는, 태스크포스나 위원회에서 찾을 수 있다.

* 우리는 에고가 모습을 드러내도록 불러들이는 공간을 분명히 알고 있다. 자신의 이미지를 갈고 닦으며, 영토를 보호하며, 권리를 주장하는 이런 공간은 우리가 가는 곳 어디서나 찾을 수 있다!

* 허나 우리는 영혼이 자기 모습을 알리도록 불러들이는 공간을 만드는 법에 대해 아는 바가 별로 없다. 자연 세계를 빼면 이런 공간은 찾기 어렵다. 그런데도 우리는 자연 안에 영혼의 공간을 보존하는 일의 가치를 지나치게 폄하한다.

지知, 정情, 의義, 에고ego가 내면의 작업과 무관하다는 주장을 펴는 게 아니다. 이런 기능들은 각자 독립적으로 작동되며, 꼭 영혼이 가기를 원하는 곳으로 우리를 이끌지는 않는다는 것이다. 그러나 이런 기능들은 사람 됨됨이의 필수 불가결한 요소다. 그리고 영혼이 길잡이가 된다면 이 기능들은 모두 이중성을 이겨낸 삶으로 가는 여행에서 훌륭한 우군이 될 것이다.

영혼이 지성을 통해 말할 때 우리는 "이성이 마음속으로 내려온 상태에서" 생각하는 법을 배운다.[4] 영혼이 감성을 통해 말할 때 우리의 감정은 관계를 키우는 자양분이 된다. 영혼이 의지를 통해 말할 때 우리의 의지력은 공공선을 위해 동원될 수 있다. 영혼이 에고를 통해 말할 때 우리는 자아에 대한 인식을 얻고, 이로써 권력에 맞서 진실을 말할 용기를 얻는다. 모든 인간 기능은 영혼을 바탕으로 할수록 뫼비우스 띠 위에서 삶의 복합적인 지형을 흥정하는 데 더 도움이 된다.

영혼은 수줍다

영혼을 환영하고 내면 여행을 지원하도록 고안된 공간들은 희귀하다. 그러나 이런 공간들을 규정하는 원칙과 수행 방법들은 검증되지 않은 새로운 무엇이 아니다.

'고독들의 공동체'의 원형이라 할 수 있는, 무려 2천 년에 달하는 수도원 전통 속에도 이런 공간이 담겨 있다. 기독교적 신앙과 실천 속에도 이런 공간이 있다. 20세기 중반 자아초월 transpersonal 심리학 운동에서도 이런 공간이 새로운 부흥기를 맞이했다. 대부분 세계의 위대한 지혜의 전통 중심에 있는 영적 형상화 과정 속에도 이런 공간이 구현되어 있다.

형상화formation는 어쩌면 신뢰 서클에서 일어나는 일에 대한 최적의 표현이 될 것이다. 이 용어는 역사적으로 공동체에서 이루어졌던 영혼의 작업을 가리킨다. 그러나 형상화는 때로는 이 책에서 묘사한 것과는 상당히 대조적인 과정을 의미하는 단어로 쓰이기 때문에, 단서 조항을 꼭 달아야 한다. 그 과정이라는 정통 교리, 성스러운 경전, 제도적 권위의 압박을 이용해 일그러진 영혼이 일부 신학에서 규정된 형상과 일치하도록 꿰맞추는 것이다. 이 접근법은 우리가 죄로 인해 망가진 형상으로 태어난 영혼이며, 권위자가 우리를 제대로 '형상화'하기 전에 우리는 구제불능이라는 발상에 뿌리를 두고 있다.

그러나 이 모든 것은 신뢰 서클의 원리에 의해 뒤집힌다. "인간이 창조주로부터 외면당한 상태로 태어난다는 것은 가증스러운 개념으로 보인다"[5]는 어느 신학자의 말에 난 갈채를 보낸다. 우리가 쓰는 형상화라는 말은 우리가 완전한 형태의 영혼을 가지고 태어났다는 신념에 근거한다. 시간이 흐르면서 우리는 우리를 변형deformation시키는 안팎의 힘에 눌려 영혼의 본래 모양에서 외면당한 것처럼 일그러진다. 그러나 영혼은 자신의 원래 형상을 결코 잃어버리는 법이 없고, 하늘에서 내려준 권리인 온전함으로 우리를 부르기를 멈추지 않는다.

신뢰 서클에서는 영혼이 모습을 드러내고 진실을 말할 수 있도록 충분히 오랫동안 변형 세력을 접근 금지시킨다. 신뢰 서클에서는 외적 판형에 우리를 끼워 맞추라고 요구하지 않는다. 오히려 우리는 우리 고유의 영혼의 꼴에 우리 삶을 일치시키도록 초청받는다. 신뢰 서클에서 우리는 마치 화초를 키우듯 우리의 자아를 키울 수 있다. 영혼의 씨앗 안에 있는 잠재성은 좋은 관계에 의해 비옥해진 토양 위에서 우리 자신의 온전성의 빛을 향해 쑥쑥 자라나간다. 신뢰 서클에서는 영혼이 자신의 모습을 그 어떤 외적 권위보다도 더 잘 파악한다는 걸 믿는다.

어떤 식의 공간이 우리 영혼의 진실을 듣고 따르는 데 최적의 환경을 제공할까? 바로 영혼의 됨됨이와 필요를 존중하는 원칙과 수행 방법들에 의해 규정된 공간이다. 영혼의 됨됨이는 또 무엇이고, 영혼의 필요는 또 무엇인가? 답변은 영혼의 핵심을 반영하면서도 그 신비는 보존하는, 내가 아는 유일한 비유를 통해서 하겠다. 영혼은 야생동물에 비유할 수 있다.

영혼은 야생동물처럼 강인하고, 회복력이 뛰어나고, 기지가 있고, 노련하며 자급자족적이다. 야생동물은 혹독한 곳에서 살아남는 법을 안다. 나도 이러한 특징을 나의 우울증 발작이 일어나는 동안 알게 되었다. 그 죽음과도 같은 어둠 속에서 내가 늘 의지했던 기능들이 무너졌다. 지성도 소용없었다. 감성은 죽었다. 의지는 무능했다. 에고는 산산이 부서졌다. 그러나 문득문득 내 속 야생의 깊은 덤불숲 속에서 무언가의 존재감이 느껴졌다. 그 무언가는 나의 모든 나머지 부분들이 죽기를 원했을 때도 살아 있는 법을 알고 있었다. 그 무언가는 나의 강인하고 끈덕진 영혼이었다.

영혼은 강인하지만 수줍음을 잘 탄다. 야생동물처럼 영혼은 빽빽한 덤불 속의 안전을 갈구하며, 사람들이 주변에 있을 땐 특히 더 그러하다. 야생동물이 보고 싶을 때 절대 해서는 안 될 일이 있다. 숲 속에 밀고 들어가 나오라고 고함지르는 것이다. 그러나 숲 속으로 조용히 걸어 들어간다면, 나무 밑동에 참을성 있게 앉아 있으면, 흙 내음을 들이키며 주변 환경 속으로 녹아들어 간다면, 우리가 찾는 야생의 생물은 모습을 드러낼지도 모른다. 퍼뜩 나타났다 다시 시야 밖으로 스쳐간다 해도, 그 광경은 그 자체로 목적이 되는 선물로 우리 마음에 길이 간직될 것이다.

불행히도 우리 문화에서 공동체란 함께 숲 속으로 밀고 들어감으로써 영혼이 겁먹고 내빼게 하는 사람들의 집단을 뜻할 때가 많다. 회당이나 교실에서 우리는 설교하고 가르치고, 강변하고 강론하고, 주장하고 선포하고, 훈계하고 조언하며, 전반적으로 독창적이고 야생적인 모든 것이 숨어들어가도록 쫓아버리는 식으로 행동한다. 이런 여건에서 지知, 정情, 의義, 에고ego는 출현할 수 있으나 영혼은 그렇지 않다. 우리는 모든 영혼다운 것들, 서로 존중하는 관계, 선한 의지, 희망 등을 겁주어 쫓아 버린다.

신뢰 서클은 더불어 '숲 속에' 조용히 앉아 수줍은 영혼이 모습을 드러내도록 기다릴 줄 아는 사람들의 집단이다. 이런 그룹 안에서 서로 참을성 있게 밀어붙이지 않고 지적하지 않으며, 기대와 요구로 꽉꽉 채우는 대신, 내면 스승이 실재함과 각 사람이 이 선생에게서 배울 능력이 있음을 믿어준다. 시인 루미는 이렇듯 함께함이라는 방법의 정수를 이렇게 포착했다. "사랑스런, 조용한 사람들의 서클이 내 손가락에 가락지가 된다."[6]

이런 특성을 갖춘 대규모 공동체를 체험한 사람들은 별로 없을 것이다. 그러나 이런 식의 일대일 관계를 가진 경험은 있을 것이다. 우리는 작은 규모의 신뢰 서클의 역학을 살펴봄으로써 더 큰 규모의 고독 공동체는 어떤 모습을 띄어야 할지 구상해 볼 수 있다. 그리고 영혼을 위한 안전 공간을 창조하는 두 사람은 서로의 내면 여행을 지원할 수 있음을 다시금 스스로에게 일깨울 것이다.

일례로 진정한 자아를 향해 성장하도록 당신을 도왔던 누군가를 생각해 보자. 이런 사람을 생각할 때 내 머릿속에 제일 먼저 떠오르는 사람은 아버지다. 아버지는 근면하고 성공한 사업가였다. 그러나 아버지는 내 목표가 아닌, 즉 당신의 목표로 날 밀어붙인 적이 없다. 오히려 아버지는 내가 참된 자아를 향해 성장할 공간을 만들어 주었다. 고등학생 시절 내내 내 성적은 모든 과목에서 중간 정도였는데, 표준화된 IQ 검사에서는 늘 좋은 점수를 받았다. 참 놀랍게도 아버지는 단 한 번도 내게 "네 잠재력에 걸맞게 살거라"라고 요구한 적이 없다. 아버지는 내가 학문에 재능이 있음을 믿었고, 그 재능이 때가 되면 꽃피우리라 믿었고, 난 대학에 가서 그렇게 되었다.

　우리가 참된 자아를 향해 성장하도록 우리를 돕는 이들은 무조건 사랑을 건네고, 우리의 미흡함을 판단하지 않고, 우리를 억지로 바꾸려고 하지도 않으며, 정확히 있는 모습 그대로 우리를 받아들이는 사람들이다. 허나 이런 무조건적 사랑은 우리로 하여금 현실에 주저앉게 만들지 않는다. 오히려 이런 무조건적 사랑은 우리가 내면에서 밖으로 성장하기를 원하는 갈망으로 방전된 자기장으로 우리를 에워싼다. 이 자기장 안에서 우리는 성장에 필요한 위험을 짊어지고 실패를 견뎌낼 정도로 안전하다고 여긴다.

　이런 자기장을 만드는 일을 한 것은 비단 우리 아버지만이 아니다. 내가 들었던 이런 비슷한 이야기에 빠지지 않고 들어가는 재료는 사랑이다. 참된 자아를 향한 성장이 일어나는 공간에서 우리는 외적 요구에 등 떠밀려 성장하지 않는다. 우리는 사랑에 의해, 우리 각자의 가장 좋은 가능성을 향해 앞으로 이끌려나가며 성장한다.

　신뢰 서클의 관계를 이해하는 방식 하나가 여기 있다. 그 관계는 무조건적 사랑, 배려, 희망에 찬 기대를 가지고 내면을 여행하는 이를 안전하게 경호하며 동시에 독려하는 공간을 만들어 낸다. 이런 공간에서 우리는 자유로워진다. 우리 자신의 진실을 들을 수 있을 만큼, 우리에게 기쁨을 주는 것을 만지려고 손을 뻗칠 수 있을 만큼, 우리의 허물에 대해 자기비판적일 수 있을 만큼, 변화를 향한 위험을 감수하기 위해 걸음을 뗄 수 있을 만큼 자유로워진다. 결과가 어떻든 우리가 받아들여질 것을 알기 때문이다.

신뢰 서클에서 우리가 어떻게 서로와 관계를 맺도록 부름받는지 축소판으로 보여주는 일대일 관계의 예가 있다. 내가 생각하는 것은 바로 임종을 앞둔 이의 침상에서, 세상에서 가장 고독한 여행을 하는 누군가의 '길동무'가 되는 경험이다.

죽어가는 사람 곁에 있을 때 우리는 '함께 홀로 됨'의 의미가 무엇인지에 대해 두 가지 결정적 깨달음을 얻는다.

첫째, 관계를 종종 꼬이게 하는 오만함, 다른 사람의 문제에 대한 해답을 우리가 가지고 있다는 오만함을 버려야 함을 깨닫는다. 죽어가는 사람 곁에 앉아 있으면 우리는 눈앞에 있는 것은 '해결되어야 할 문제'가 아니라 존중되어야 할 신비임을 깨닫는다. 그 신비의 가장자리에서 존중감을 가지고 서 있는 법을 발견하면서 우리는 그 문제 해결자 노릇을 좀 적게 한다면 우리의 관계가 더 깊어질 것임을 발견한다.

둘째, 죽어가는 사람 곁에 앉으면 우리의 관계를 종종 꼬이게 하는 두려움, 즉 다른 이가 너무 곤혹스럽고, 고통스럽고, 견디기 힘들 정도로 추한 무언가를 드러낼 때 피하게 하는 두려움을 버려야 함을 깨닫는다. 죽음은 아마도 곤혹과 고통과 추함, 이 모든 것이고, 그걸 또한 능가하는 무엇이다. 허나 우리가 죽어가는 사람을 우리의 시선 속에, 마음에, 기도 속에 부여잡고 있을 때 눈길을 피하는 것은 존중하지 않음과 같은 말임을 안다. 우리가 그 순간 건넬 수 있는 유일한 선물은 우리의 흩어지지 않은 관심뿐임을 안다.

죽어가는 사람 곁에 앉아 있을 때 사람들은 자신이 방 안에서 자리 하나를 차지하고 있는 것이 아니라 그것을 능가하는 무엇을 하고 있음을 안다. 그러나 그 '능가하는 무엇'을 묘사하라고 하면 적절한 단어를 찾지 못해 곤혹스러워할 것이다. 그나마 찾았다는 '적절한' 단어라는 것도 거의 항상 이런 표현의 변형이다. "난 단지 곁에 있었을 뿐이에요."

죽어가는 사람 곁에 있을 때 우리는 '존재감을 실천하는' 법을 배운다. 우리 사이의 공간을 성스러운 것인 양 다루고, 영혼과 운명을 존귀하게 여기는 것이다. 우리가 존귀하게 여기는 것은 때로는 말없이, 때로는 죽는 사람이 들을 수 없는 말을 매개로 전달된다. 허나 이 존귀하게 여김은 어떤 이유에서인지 각자가 궁극의 고독으로 길을 떠날 때 증인 역을 감당함으로써 우리를 계속 잇닿게 한다.

'존재감을 실천하는' 누군가가 곁에 있다는 것이 죽어 가는 사람에게 뭘 뜻하는지 아는 바가 없다. 다른 누군가에게서 들은 적이 없어서다. 그러나 내 자신의 경험에서 오는 직관적 감은 있다. 나 홀로 걸어야 했던 죽음 같은 캄캄함, 우울증이라 불리는 그 캄캄함에 들어갔을 때, 내 곁에는 소수의 사람들이 있었다. 그들은 나로부터 도망치지도 않고, 그렇다고 날 구원하려고 하지도 않고 다만 내 곁을 지켰다. 난 그들에게서 위안과 힘을 얻었다. 그들이 기꺼이 내 곁에 있으려는 자세는 내게 이 험준한 트랙을 이겨낼 수 있는 내적 자원이 있음을 그들이 믿어 주었음을 드러냈다. 이 신뢰는 조용히, 어쩌면 내 속에 그 내적 자원을 소유하지 않았을까 하는 나의 흔들리는 믿음을 북돋아 주었다.

아직도 죽는 사람이 뭘 경험하는지 모른다. 하지만 내가 아는 것이 있다. 난 단순히 곁에서 존재감을 실천하는 사람들의 존재감 속에서 죽고 싶지, 혼자 죽고 싶지는 않다는 것이다. 그리고 이 점도 알고 있다. 우리는 늘 모두 죽어간다. 고로 상대에게 우리의 존재감을 건네려고 임종 직전 마지막 몇 시간까지 기다릴 이유가 없지 않은가? 존재감은 우리가 바로 지금 주고받을 수 있는 선물이다. 신뢰 서클에서 말이다.

두 고독

신뢰 서클을 특징짓는 관계에 대해 시인 라이너 마리아 릴케보다 더 아름답게, 더 정확하게 묘사한 사람은 없다. 릴케는 이렇게 썼다. "두 고독이 서로를 보호하고 마주 서서 인사하는 것, 그 안에 존재하는 사랑."[7]

이런 사랑은 영혼이 안전감을 느끼게 하는데, 여기에는 적어도 두 가지 이유가 있다. 첫째, 이런 사랑은 우리가 때로 사랑이라는 미명하에 상대에게 자행하는 폭력을 물리친다. 내가 폭력이라 말하는 것은 학대의 관계에서 일어나는 노골적·물리적 폭력이 아니다. 내가 말하는 것은 우리가 도움이 될 생각으로 각자의 고독을 침범하면서 범하는 미묘한 폭력이다.

《그리스인 조르바》에서 작가 니코스 카잔차키스는 도와주려는 노력들이 실제로 해를 끼치는 방식에 대한 이야기를 한다.

어느 날 아침… 난 한 나무의 껍질에서 번데기를 발견했다. 나비 한 마리가 이제 막 나오려고 준비하면서 번데기 집에 구멍을 내고 있었다. 한동안 기다렸다. 한참이 지나도 나오질 않자 난 참을성을 잃어버렸다. 몸을 구부려 번데기 집을 따뜻하게 데워 주려고 훅 입김을 불었다. 빨리 데워 주려는 내 노력에 힘입어 눈앞에서 빠르게 기적이 일어나기 시작했다. 번데기는 열렸고 나비는 느릿느릿 기어 나왔다. 그때 나비 날개가 뒤로 구겨진 채 접혀 있는 모습을 봤을 때의 공포를 결코 잊지 못할 것이다. 불구가 된 나비는 날개를 펼치려 버둥거렸다. 난 다시 몸을 수그려 입김을 불어 나비를 도와주려 했다. 헛일이었다.

나비는 참을성 있게 번데기에서 탈태하고 햇볕 아래서 천천히 날개를 펴고 일어나야 했다. 하지만 이제는 너무 늦었다. 입김 탓에 나비는 온통 구겨진 채로, 자기 때보다 앞서 억지로 나왔다. 나비는 처절하게 버둥거리다가 몇 초 만에 내 손바닥 위에서 죽었다.

그 작은 몸뚱이는 내 양심을 짓누르는 막중한 무게가 되었던 것 같다. 자연의 위대한 법칙을 범하는 일은 죽음에 이르는 죄임을 난 이제 깨닫는다. 서둘러선 안 된다. 조바심을 내서도 안 된다. 자신감을 가지고 영원한 리듬에 순응해야 한다.[8]

존재가 위태로울 정도로 무력해진 사람에게 생기를 불어넣어야 할 때가 간혹 있기는 하다. 그러나 사람들은 대개 자신의 방법으로, 자신의 때에 생명으로 되돌아올 수 있고 또 그래야만 한다. 우리가 도와주려는 마음으로 그 과정에서 속도를 내게 한다면 우리는 결국 해를 끼치고 말 것이다. 신뢰 서클에서는 둘 또는 그 이상의 고독이 서로를 보호하고 마주 서서 인사한다. 그 과정에서 우리는 '자연의 위대한 법칙'에 따라 자기 인생을 사는 자유를 누리고, 더 깊이 사는 법도 배운다.

이 논점을 더 첨예하게 드러내는 경우가 있다. 바로 사람들의 혐오를 불러일으켜 오히려 '불신의 서클'을 많이 잉태한 야메 심리 치료다. 다른 이의 고독을 존중하는 사랑은 이런 엉터리 심리 치료에 대한 방파제가 된다. 신뢰 서클은 심리 치료 그룹이 아니다. 신뢰 서클은 직업적 치료사에 의해 돌아가지 않는다. 신뢰 서클의 구성원들은 서로 치료적 접촉을 하지 않는다. 자격증, 경력, 요청 없이 행해지는 심리 치료가 난무하는 이 시대에 두 고독이 서로 보호하고 마주 서서 인사하는 이미지는 야메 심리 치료와 같은 흔해 빠진 대인 폭력에 발을 딛지 않게 해 준다.

이런 식의 사랑이 우리의 영혼을 안심시키는 두 번째 이유가 있다. 이런 사랑은 자비로운 무관심을 막아주는 방어책이 된다. 다른 사람을 도우려는 우리의 애씀이 소용없을 때, 아니 되려 상황을 악화시켰을 때, 우리는 그들의 몸부림과 고통으로부터 우리의 시선을 돌리기 시작한다. 뭘 어찌 해야 할지 모르고, 우리 자신의 무력함에 부끄러움을 느끼기 때문이다. 남을 '고치려는' 우리의 노력이 남을 돕지 못한다면, 그리고 도리어 해가 된다면, 사라지는 것 말고 뭘 하겠는가?

릴케의 사랑의 이미지는 세 번째 가능성을 시사한다. 문제가 있는 사람들을 고치려고 하거나 포기하는 대신, 우리는 그들의 고독의 경계선상에서 단지 주의를 기울이며 서 있을 수 있다. 그들 속에 그들이 필요로 하는 자원이 들어 있음을 믿으면서, 우리의 관심이 그들의 자원 활성화에 보탬이 되리라 믿으면서 그저 서 있는 것이다.

신뢰 서클은 침범하지도, 회피하지도 않는 관계들로 구성되어 있다. 이런 공간에서 우리는 다른 이의 참된 자아의 신비를 침범하지 않으면서도 다른 이의 몸부림을 회피하지도 않는다. 우리는 상대를 바로잡으려는 충동을 억누른 채, 흔들림 없이 서로의 곁을 지키는 존재들이다. 각자가 갈 필요가 있는 곳으로 가도록, 자기 속도와 깊이에 맞춰 배워야 할 것을 배우도록 상대를 지원하는 것이다.

신뢰 서클을 만들어 내는 사랑에 대한 또 다른 설명 방법이 있다. 이 사랑은 영혼을 그 자체로 목적으로 다룬다. 우리는 종종 우리 목적의 수단으로서 상대와 연을 맺고, 서로 '존중'을 건넴으로써 무언가 우리에게 반대급부의 보상이 돌아올 것을 기대한다. 이런 여건에서 에고와 같은 기능들은 뭔가 획득할 게 있는지 보기 위해 모습을 드러낸다. 그러나 영혼은 우리가 사심 없이 그저 서로를 환영하기 위해 상대에게 다가갈 때만 모습을 나타낸다. 우리가 서로의 고독을 "보호하고 마주 서서 인사할 때" 우리는 사람을 조종하려는 습성을 벗고 영혼이 출현할 안전 공간을 만들 수 있다.

다시금 그 농무부 공무원이 떠오른다. 그때 수련회 사람들이 공공 정책에 대한 영향력을 얻기 위해 그 사람을 이용하고자 했더라면, 그는 자신의 영혼이 이렇게 말하는 소리를 들을 수 없었으리라. "당신의 보고 대상은 땅이요."

다른 이의 정치적 목적 달성을 위한 수단으로 취급받았다면 농무부 공무원은 지知, 정情, 의義, 에고ego 중 하나 정도에는 반응했을지 모르지만, 그의 영혼은 완전히 떠났을 것이다. 그가 영혼이 말하는 소리를 들을 수 있었고, 그로 인해 정치적 영향력을 끼칠 수 있었던 이유는 아무도 그의 영혼을 정치적 수단으로 만들지 않았기 때문이다.

여기에 도전하는 역설이 있다. 이 역설은 신뢰 서클을 여는 열쇠다. 영혼을 존귀하게 여기는 것은 이 세상의 우리 일에 영향을 미칠 것이다. 그러나 그런 영향을 바란다면 우리는 영혼을 존귀하게 여기겠다는 것 이외에 다른 마음을 품고 영혼에 접근해선 안 된다. 특히 특정 결과 쪽으로 몰아가려거나 요구하는 노력을 해선 안 된다.

이 역설을 가장 잘 설명해 줄 사례가 있다. 어느 지역 사회의 리더들이 찾아온 적이 있다. 그 지역의 학교들은 인종 간, 종족 간 긴장으로 찢겨져 있었고, 그들은 이 위기를 무마하기 위해 신뢰 서클을 만들어 달라며 내게 도움을 청했다. 그들이 당한 고난에 마음이 많이 쓰였음에도 난 도와드릴 수 없다고 해야만 했다. 적어도 그런 조건에서는 도울 수 없다고 했다. 영혼이 신뢰할 만한 서클을 만드는 것이 무엇인지에 대해 그 리더들이 그릇된 개념을 가지고 있었기 때문이다.

사람들을 모아놓고, "이 서클에서는 당신의 영혼이 말하도록 초청합니다. 그래야 우리가 인종 갈등을 해결할 수 있으니까요"라고 말할 수는 없는 법이다. 그렇게 말하는 순간, 극복 불가능한 굴절이 일어난다. 내가 이 서클에 있는 이유는 내가 '백인 영혼'이기 때문이고, 저 남자가 여기 있는 이유는 '흑인 영혼'이기 때문이고, 저 여자가 여기 있는 이유는 '히스패닉 영혼'이기 때문이다? 영혼에는 인종이나 종족이 없다. 영혼은 우리 개인의 고유함의 핵심이자 우리가 다 함께 가지고 있는 인간성의 핵심이다. 우리가 어떤 문제에 영향을 행사하기 위해 사회적 범주로 영혼을 묶어 두려는 순간, 영혼은 최대한 잽싸게 줄행랑을 칠 것이다. 우리가 영혼의 본성을 왜곡했기 때문이다.

영혼이 안심할 수 있는 공간을 만들면 영혼은 우리의 가장 이중적인 이슈를 처리하는 데 일조할 것이다. 이런 일이 인종, 계급, 성적 취향, 그 외 다른 분쟁 사안에서 일어나는 것을 난 여러 번 목격했다. 허나 우리가 사회적 문제를 해결하고자 영혼더러 나타나라 외치는 것은 다른 사람을 바로잡겠다고 나서는 것만큼이나 확실히 영혼이 꽁무니 빼게 할 것이다.

신뢰 서클의 핵심은 눈에 보이는 문제를 해결하려는 게 아니라, 영혼이라고 불리는 보이지 않는 것을 존귀하게 대하는 것이다. 실용주의 문화권에서 이런 사고를 굳게 지키기는 쉽지 않다. 그러나 우리 안에 있는 보이지 않는 힘을 신뢰하는 법을 배우게 되면 우리는 우리 자신이, 다른 사람들이, 우리의 제도가, 우리의 사회가 온전함을 향해 성장하는 것을 보게 될 것이다.

우리는 무엇을 신뢰하는가

신뢰 서클에서 우리는 정확히 무엇을 신뢰하는가? 적어도 네 가지가 있다.

* 우리는 영혼을 신뢰한다. 영혼의 실재와 위력, 자급자족성, 진실을 말하는 힘, 가만히 듣고 또 들은 것에 반응하도록 우리를 도울 수 있는 영혼의 능력을 신뢰한다.
* 우리는 서로를 신뢰한다. 상대방이 영혼을 환영하고, 영혼을 위한 안전 공간을 만들고 붙들려는 의도와 훈련과 선의가 있음을 믿는다.
* 우리는 이런 공간을 만들고, 공간 안의 관계들을 안전하게 지키는 원칙과 수행 방법들을 신뢰한다. 우리는 세상 문화가 끌어당기는 힘이 끈질기며, 수줍은 영혼을 쫓아내는 행동을 하는 쪽으로 우리를 끌고 가기 쉽다는 것을 깨닫는다.
* 우리는 '변화의 안건'을 마음속에 두지 않고 영혼을 환영하는 것이, 개인과 제도에 변화를 불러오는 결과를 낳음을 믿는다.

다음 장에서 난 신뢰 서클을 이루는 데 필요한 수행 방법들을 상세하게 묘사할 것이다. 그러나 이 장을 마감하기 전에 영혼을 신뢰하고, 상대방을 신뢰하고, 신뢰 서클의 원칙과 수행 방법들을 신뢰하고, 우리가 변화를 요구하지 않는다는 이유로 큰 변화가 일어날 수 있다는 주장을 신뢰하는 게 실제로 어떤 것인지 실례를 들어 보고자 한다.[9]

내가 공립학교 교육자들을 대상으로 진행한 장기 그룹에 '팀'이라는 이름의 고등학교 공작 기계 과목 교사가 있었다. 자기 분야의 베테랑이던 팀은 스스로 인정했듯이 우리 수련회를 전혀 "이해하지 못했다". 여덟 번 중 처음 여섯 번의 수련회 내내 팀은 불편하고 주의산만하고 때로는 과정 자체가 못마땅하다는 듯이 침묵을 지키며 앉아 있었다. 여섯 번의 수련회 중 한 번도 빠짐없이 그는 매번 나를 구석으로 데리고 가 질문했다. "저기서 도대체 무슨 일이 진행되는 겁니까?" 난 그때마다 그의 질문이 진심에서 우러나온 걸 알지만 내가 그를 대신해 답변해 줄 수는 없다고 답했다.

일곱 번째 수련회가 진행될 때 팀에게 무언가 변화가 일어나고 있음이 분명했다. 그는 우리에게 그 이야기를 하고 싶어 안달했다. 그가 들려 준 이야기는 이렇다. 지난 2년간 그는 교장과 신경전을 벌여왔다. 교장은 팀에게 공작 기계 과목을 더 새롭고 더 최신식으로 가르치는 방법을 배우기 위해 여름 강좌를 수강하라고 끈질기게 요구했다. 2년간 팀은 똑같이 고집스럽고 점점 더 성을 내며 "안 할 겁니다!"라고 응수했다.

그는 교장에게 말했다. "이 최신식 방법이라는 것도 사라져 버릴 또 하나의 유행일 뿐입니다. 그게 사라지지 않더라도 제 학생들이 지금 당장 필요한 건 그딴 게 아닙니다. 학생들은 직접 작업해 봐야 해요. 내가 잘 알아요. 전 이 과목을 20년간 가르쳤습니다. 그 여름 강좌는 사깁니다. 제 시간과 돈을 그런 데 허비하진 않겠습니다."

2년간 팀과 교장은 상대와 함께 권투 경기장 안을 맴돌았다. 몇 주 전 3라운드의 공이 울렸다. 교장은 다시금 팀을 호출했고, 팀은 또다시 요청을 물리쳤다. 그러나 이번에 팀은 뭔가 새로운 이야기를 했다. 그는 교장에게 말했다. "지난 1년 반 동안 전 내면의 삶을 탐색하는 교사 모임에 참석했어요. 그리고 저한테도 내면의 삶이 있음을 발견하기 시작했습니다. 제가 자신에게, 그리고 교장 선생님께 거짓말을 해왔다는 걸 알았어요. 제가 왜 여름 강좌에 가지 않으려는지에 대해서요. 실은요, 전 두렵습니다. 거기서 가르치는 내용을 못 알아들을까봐 두렵습니다. 제가 알아듣게 된다면 바로 그 내용 때문에 지난 20년간 잘못된 방식으로 가르쳐 왔다고 느끼게 될까봐 두렵습니다. 그 강좌를 마치고 집에 오면 제가 폭삭 늙은 것 같은 기분이 들까봐 두렵습니다. 여전히 가기는 싫지만 최소한 교장 선생님께 왜 가기 싫은지에 대해 정직해지고 싶었습니다."

팀은 일순간 멈췄다가 이어갔다. "교장과 나는 한동안 정적 속에 앉아서 바닥만 쳐다봤습니다. 그러다 교장이 날 올려다보더니 말하더군요. '그거 알아요? 나도 두려워요. 우리 함께 갑시다.'"

이 이야기는 신뢰 서클의 위력에 대해 내가 말하고 싶었던 많은 것을 담고 있다. 누군가에게 자신의 영혼에 귀 기울일 공간이 주어졌을 때, 그 영혼의 음성을 들었을 때, 영혼이 해 주는 말을 실천할 용기를 냈을 때 과연 어떤 일이 일어날 수 있는지 이 이야기는 잘 드러낸다. 진실을 말하는 것이야말로 위력적이다. 우리와 우리 관계, 그리고 세상에서 우리가 하는 일까지 뒤바꿀 힘이 있다. 팀과 교장이 여름 강좌를 마치고 돌아온 후 팀이 자신에 대해 한 말이다. "전 더 이상 낙담하지 않습니다. 교사로서의 제 소명이 새로워졌으니까요."

이 이야기는 단지 팀이라는 한 교사에게 일어난 일대 변화의 이야기가 아니다. 이 이야기는 팀이 자신에게 맞는 속도로, 자신의 고유한 때에 내면 여행을 떠날 수 있도록 그를 도왔던 사람들의 모임에 대한 이야기이기도 하다. 그들은 팀에게 필요했던 진실이 그의 내면에서 자급될 수 있음을 믿어 주었다. 그들은 그 진실이 팀이 준비되어 있을 때 그에게 올 것임을 믿어 줬다. 그들은 나비를 억지로 탈태시키려고 하지 않았다. 그렇다고 나비가 죽든 말든 신경 쓰지 않고 제 갈 길을 간 것도 아니다. 이 신뢰 서클은 팀에게 들이밀지도 않았고, 외면하지도 않았다. 그랬기에 팀은 다른 경로로는 절대 도달할 수 없었던, 인생을 바꾼 깨달음에 다다를 수 있었다.

처음 여섯 번의 수련회에서 아주 초보적인 심리학 지식만 있어도 누구나 팀을 쉽사리 간파할 수 있었을 것이다. 그의 상황은 그만큼 훤히 드러나 보였다. "그거 알아요? 당신의 문제는 당신이 두려워한다는 거예요." 만약 사람들이 이렇게 팀에게 접근했더라면 팀은 우리 모두가 침해당할 때 취하는 행동을 취했을 것이다. 그는 그 진단을 전심전력으로 물리쳤을 것이고, 영혼의 진실은 더 숲 속 깊숙이 뒷걸음질 쳤을 것이다.

처음 여섯 번의 수련회 내내 그룹에서는 팀을 외면하거나 판단함으로써 몰아세울 수 있었다. 일반적인 그룹에서 흔히 그렇게 하듯이 말이다. 왜냐하면 그룹이 팀의 행동으로 위협을 받기 때문이다. "이봐요! 프로그램을 따라가야죠! 우리 모두가 바보처럼 보이게 하는 그런 무언의 신호를 계속 보내는 거, 이제 그만하세요. 참여하든지, 아니면 당신 자리를 포기하세요!"

그러나 이런 일은 일어나지 않았다. 신뢰 서클의 원칙과 방법 들의 길 안내를 받아 아무도 팀을 분석하거나 그를 바로잡으려 하지 않았다. 아무도 그의 행동을 자신들이나 그룹에 대한 판단으로 보지 않았다. 아무도 자신들의 기분을 달래기 위해 그를 판단하지 않았다. 오히려 모두가 팀을 개방적인, 신뢰하는, 신뢰할 만한 공간 안에 두었고, 기분을 나쁘게 하는 자극은 주지도 받지도 않았다. 그가 스스로 배워야 할 것을 자신의 내면 스승에게서 배울 때까지 말이다. 이런 교훈은 팀의 고독을 "보호하고 마주 서서 인사하는" 법을 터득한 공동체에 의해 가능해졌다.

　이런 공간을 창출하고 보호하는 데 무엇이 요구될까? 이 질문은 다음에 이어지는 장의 초점이 될 것이다.

CHAPTER 5

여행 준비하기
– 신뢰 서클 만들기

난 조용한 과정과 작은 서클에 희망을 건다.
중요한, 혁신적 사건은 이곳에서 일어나므로.
– 루퍼스 존스[1]

캐치 22

전쟁의 광기를 다룬 조지프 헬러의 고전 소설 《캐치 22》는 한 전투기 조종사의 삶을 지배하는 '논리'를 이렇게 분석한다. 조종사가 자신이 처해 있는 위험을 깨닫고 임무에서 놓여나게 해 달라고 청하면 그 청은 받아들여지지 않는다. 왜? 위험을 깨닫는다는 것은 조종사의 정신이 멀쩡하다는 뜻이기 때문이다. 정신이 이상한 조종사만 임무에서 놓여날 수 있다. 고로 조종사는 계속 비행해야 한다. 그것이 미친 짓임을 알면서 말이다. 우리 시대의 절묘한 자화상으로 입증된 소설 《캐치 22》에 가득한 것이 바로 '캐치 22'라 불리는, "문제의 유일한 해결책이 문제 안에 들어 있는 상황으로 말미암아 부정당하는 상황"이다.[2]

캐치 22가 자꾸 떠오르곤 한다. 신뢰 서클에 가입하려는 사람이나, 서클을 만들려고 사람들과 대화할 때마다 그렇다. 영혼과 단절될 것 같다는 위기감을 느끼는 사람 중 많은 이가 이런 서클이 필요하다고 하면서도 위기의 원인인 어수선한 삶 때문에 서클에 합류하는 게 여의치 않다고 한다. 안전 공간을 필요로 하는 바로 그 상황이 우리의 필요를 채우지 못하도록 막고 있는 것 같다.

그러나 캐치 22에서 벗어날 방법이 위 문장의 "있는 것 같다"라는 작은 표현에 숨어 있다. 우리가 진정 필요로 하는 것을 가질 수 없다는 생각은 문화적인 이유 때문에 생겨난 허구다.

이 허구가 우리로 하여금 현상 유지라는 미친 뎃에 계속 얽매여 있게 한다. 그러나 허구는 부수라고 있는 것 아닌가? 바쁘다고? 물론 바쁠 것이다. 그러나 자신의 삶마저 살 수 없을 만큼 바쁜가? 자신의 삶을 너무 하찮게 여겨 적에게 내주어도 무방하다면 모를까.

우리는 스스로의 동의 없이는 캐치 22라는 올무에 걸릴 수 없다. 고로 올무에서 나오는 길은 명백하다. 우리가 스스로와 전쟁 상태에 있도록 만드는 세력, 우리의 정체성과 온전성을 공격하는 세력, 우리 영혼의 신성함을 침해하는 세력에 맞서 우리 자신이 의식적인 반대자가 되는 것이다.

난 이런 입장을 취하는 것이 얼마나 어려운지 모르는 사람이 아니다. 나도 신뢰 서클에 참여하면서 비로소 그런 용기를 낼 수 있었다. 그 과정에서 이런 서클에 들어가는 것은 우리를 제약하는 분주한 삶과 더불어 이루어질 수 있으며, 또한 그런 제약으로부터 우리를 자유롭게 함을 배웠다. 캐치 22에 맞섰던 모든 사람에게 경의를 표하며, 앞으로 맞서려는 사람들을 돕기 위해 난 광기가 넘쳐나는 와중에도 공동체를 접근성 있고, 매력 있고, 스스로 발전하게 만드는 다섯 가지 특징에 대해 탐구하고 싶다. 그것은 뚜렷한 제한선, 노련한 리더십, 열린 초대, 공통분모, 품위 있는 분위기다.

뚜렷한 제한선

신뢰 서클이 필요하다고 얼마나 절실히 느끼든 간에 '그 무엇보다도 최우선으로' 공동체에 시간을 쓰려는 사람은 많지 않다. 설령 우리가 그렇게 시간을 내더라도 우리와 함께 갈 능력과 의지가 있는 사람이 얼마나 있을지 묻고 싶다.

그러나 우리의 딜레마는 단지 하루에 몇 시간을 쓰느냐 같은 문제가 아니다. 딜레마는 공동체의 이미지와 관련되어 있다. 공동체는 시시각각 새로운 의미를 덧입는 만화경 같은 단어다. 어떤 이들은 공동체라고 하면 사람들이 시골 작은 동네에서 더불어 살았던 느리고 단순했던 시절, 그 흘러간 과거의 유토피아적 이미지를 떠올린다. '두레' 같은 것 말이다. 만약 공동체가 단지 운 좋은 소수의 전유물이 안 되려면, 이런 낭만적 환상을 떨쳐 버리고 현대의 실생활을 존중하는 형태의 공동체를 창안해야 한다.

이것이 바로 신뢰 서클이 하는 일이다. 신뢰 서클에는 전통적 공동체에 부족한 테두리선이 있다. 일례로 신뢰 서클은 전통적 공동체와는 달리 사람들의 임계 수치에 의존하지 않는다. 서로의 고독을 보호하며 마주 서서 인사할 줄 아는 사람 두 명만 있어도 신뢰 서클이 형성된다. 물론 상호 간에 빛을 비출 기회는 서클의 규모가 커지면서 덩달아 커지지만, 25명 남짓의 외적 규모 같은 제한선을 두고 있다. 그러나 영혼을 위한 안전 공간을 만들 수 있다면 커플이라도, 소모임이라도 이중성을 극복한 삶을 향한 여행에서 서로에게 버팀목을 제공할 수 있다.

전통적 공동체와는 달리 신뢰 서클은 우리 인생의 문맥을 늘 공유할 필요가 없다. 일주일에 한두 시간 만나는 모임일 수도 있고, 한 달에 하루 날을 잡아 종일 만날 수도 있고, 연 3회 주말 모임을 가질 수도 있다. 그리고 상대방에 대한 우리의 헌신에 언제 마침표를 찍을지 미리 합의해야 한다. 예를 들어 첫 모임이 있은 지 12개월 후에 끝난다든지 하는 단서 조항이 있으면 사람들은 그룹 체험이 별 도움이 되지 못했다면서 품위 있게 떠날 수도 있고, 힘이 되었다면 다시 참여하면 된다.

전통적 공동체와는 달리 신뢰 서클은 구성원을 가까운 데 사는 사람들로 제한하지 않아도 된다. 내 인생에서 가장 소중했던 서클 중 하나는 전국 모임이었다. 1년에 고작 두세 번 모였지만, 영혼을 존귀하게 여기는 관계가 문화로 확고히 자리 잡았기에 만나기만 하면 허물없는 옛 친구들처럼 스스럼없이 어울렸다.

전통적 공동체와 달리 신뢰 서클은 우리 인생의 유일한 행렬matrix이지 않아도 된다. 우리는 예외 없이 모두 다양한 공동체에 소속될 수밖에 없다. 그리고 전통적 공동체와는 달리 신뢰 서클은 독립적으로 서 있지 않아도 된다. 지속적으로 제도화된 일상이 있는 곳에, 예를 들어 종교적 회합이나 일터에 신뢰 서클을 배치할 수도 있다.

신뢰 서클은 전통적 공동체와 비교해 볼 때 규모나 범위나 연속성 면에서 모자랄 수 있다. 그러나 부족한 점은 그 태생 자체가 의도적이라는 점에 의해 보완된다. 우리가 왜 모였는가? 어디로 가려는가? 목적지에 도달하기 위해 어떻게 서로 관계를 맺을 것인가? 이렇게 신뢰 서클은 의도성을 가진다.

다른 형태의 공동체는 이런 의도성이 부족하기에 사람들의 삶에 대한 영향력이 약화되는 경우가 종종 있다. 예를 들어 교회는 구성원들에게 특정한 종교적 믿음과, 그 믿음이 의미하는 사명을 긍정적으로 받아들이도록 요구한다. 그러나 교회에서는 그들의 믿음이나 사명을 뒷받침하는 관계적 표준이나 행동 양식이 무엇인지 구체적으로 드러내는 일이 드물다. 사실 믿음이나 전도 활동에 있는 힘을 다 쓰라고 구성원들에게 요청하는 일도 거의 없다. 그 결과 많은 교회 내부에서의 관계는 종교적 전통보다는 세속 문화의 표준에 의해 규정된다.

예를 들어 많은 신자의 구원은 은혜로만 얻는다는 신앙을 고백한다. 그러나 이 원칙에 근거한 관계의 표준 양식이 없으므로 신도들은 종종 상대방을 '구원'하려고 애쓰는 문화적 습성을 굳건히 유지한다. 그렇게 함으로써 자신의 신학과는 모순을 빚고, 상대방의 영혼은 숨어들도록 몰아간다. 교인들이 가장 아픈 문제를 교회 공동체의 품 안으로 가져갈 수 없다고 고백하는 것도 바로 이런 이유에서다. 즉, 교회 안 관계의 침해적 경향 때문이다. 그러나 신뢰 서클의 의도성은 우리가 공동체를 진지하게 여기지 않는, 뒤틀린 시간 개념조차도 뒤바꾸어 놓는다. 이런 서클에 소속되면 시간이 필요하다. 그러나 우리가 함께 쓰는 시간이 우리의 삶에 의미 있는 결과를 가져올 때 시간은 별로 아깝지 않다. 삶과 마찬가지로 시간 역시 우리가 영혼의 지혜에 반응하는 법을 익힐수록 더욱 풍성해지기 때문이다.

노련한 리더십

신뢰 서클의 두 번째 요건은 영혼을 위한 안전 공간을 만드는 데 필요한 원칙과 방법을 숙지한 노련한 리더나 진행자facilitator다.

물론 상대의 고독을 "보호하고 마주 서서 인사하는" 노하우를 아는 두 사람에게는 제3의 진행자가 없어도 된다. 신경 써서 준비한다면 스스로의 힘으로 자신들을 위한 공간을 만들 수 있을 것이다. 사실 모든 신뢰 서클에서 서클이 크든 작든 필요한 것은 각자가 안전 공간을 붙들 수 있어야 한다는 점이다. 공작 기계 과목 교사였던 팀의 이야기를 보자. 팀이 자신의 두려움을 마주 볼 수 있었던 건, 서클에서 아무도 그를 침범하거나 외면하지 않았기 때문이다.

그러나 더 큰 규모의 서클에서는 리더를 정하는 것이 중요한 문제로 대두된다. 신뢰 서클의 행동 양식은 뿌리 깊이 대항 문화적이다. "너는 상대방을 구원하려는 시도조차 하지 말라!" 그러나 세상 문화의 중력은 끊임없이 우리를 침범적 관계 맺기 쪽으로 끌고 간다. "우리는 서로를 구원하라는 사명을 가지고 이 땅에 태어났다!" 서클의 규모가 클수록 이 중력의 위력에 굴복 하는 누군가가 나올 가능성이 크다. 고로 우리는 서클이 자유 낙 하하는 걸 막고, 공간을 다시 안전하게 만들 리더가 필요하다.

안타깝게도 리더십 얘기만 나오면 위계질서를 떠올리는 고 정 관념 때문에 우리는 마치 상명하달 시스템으로 돌아가는 조 직에서만 리더가 필요한 듯한 왜곡된 지도자관을 가지고 있다. 그러니까 우리가 '공동체' 안에 있다면 리더를 지정할 필요가 없 다는 식이다. 여기서 '공동체'란 만화경을 돌리면 나오는, 더불 어 사는 목가적 삶의 낭만을 머릿속에 떠오르게 하는 그림이다. 이런 공동체에서는 자발적으로 한 명씩 돌아가면서 리더를 하 면 된다는 생각이 만연해 있다.

그러나 내 경험을 보자면 위계질서가 있는 조직보다 오히려 공동체에서 리더십이 더 필요하다. 조직에는 분명한 목표가 있 고, 분업 체계가 자리를 잡고 있으며, 체계적인 운영 정관이 있 다. 이런 조직은 윤활유만 잘 쳐주면 거의 손 갈 일없는 잘 설 계된 기계와 같다. 반면 공동체는 뒤죽박죽이고 돌발 사태가 늘 일어나는 창의적인 힘의 자기장이라서 돌봄의 손길이 늘 필요하다. 신뢰 서클처럼 공동체의 목표가 대항문화적이라면 더 많은 손이 필요하다. 원칙에 확고히 뿌리내리고, 실전 상황에서 노련함을 발휘하며, 앞장서 선도할 권위를 부여받은 리더가 없다면 신뢰 서클은 실패할 것이다. 서클에서 필요한 관계적 문화는 너무 진귀하고 부서지기도 너무 쉽기 때문이다.

서클 리더에게 필요한 권위는 권력과 다르다. 권력은 성적 매기기나 총기 사용 같은 강제력을 쥔 사람이라면 누구나 가질 수 있다. 그러나 권위는 다른 사람이 부여해야만 가질 수 있다. 우리는 무엇 때문에 누군가에게 권위를 부여하는가? 권위 authority라는 영어 단어는 저자author라는 단어를 내포하고 있다. 권위는 써준 원고대로 말하거나 누군가가 짜준 프로그램대로 행동하는 사람에게 주는 게 아니라, 자신의 말과 행동의 '원저자'에게 부여하는 것이다.

달리 말하자면 우리는 이중성을 극복한 삶을 산다고 느껴지는 사람에게 권위를 부여한다. 신뢰 서클은 이중성을 극복한 삶을 살도록 돕는 것을 목표로 삼으므로, 리더나 진행자는 서클의 참여자가 되어야 한다. 일부 리더들이 하듯이 현장에서의 진행 과정에서 멀찍이 동떨어져 있는 건 이중성의 특징이다. 이중성은 그룹 리더의 권위를 뿌리부터 흔든다.

진행자가 참여자의 역할을 겸하는 건 까다로운 일이지만, 그만큼 보람도 있다. 과정에 개인적으로 투자한 만큼 나 자신의 여행에도 도움을 얻고, 그룹에서 리더로서의 정당성에 신뢰도 더해진다. 허나 리더이기 때문에 자신의 필요를 위해 다른 이를 보호하는 데 써야 할 공간을 독차지해서는 안 된다. 아울러 다른 사람에게 나 자신이 서클을 지도하기에는 너무 나약하다는 느낌을 주어서도 안 된다. 진행자 겸 참여자로서 균형을 유지해야 한다. 지도할 권한을 부여받으려면 참여자가 되는 한편 자신의 권위를 깎아내릴 행동은 삼가야 한다.

신뢰 서클에서 진행자의 역할은 쉽게 정의내릴 수 있다. 모든 사람의 영혼을 위한 안전 공간을 만들고 지키는 데 있어 또래 중에서 앞장서는 것이다. 그러나 이 역할은 말처럼 쉽진 않다. 리더 노릇에는 확고한 원칙, 훈련, 멘토링, 경험이 필요하다. 더 깊이 들어가면 진행자는 이 일에 엄중한 책임이 따른다는 것을 알아야 한다. 사람들의 영혼을 무방비로 노출시키는 데 초대하면서 어떤 해도 입지 않을 것이라고 약속했다면, 응당 그에 따르는 책임을 저야 한다.

이 책은 신뢰 서클을 잘 운영하기 위한 원칙과 수행 방법을 설명하기 위해 최선의 노력을 쏟아 부은 결과물이다. 그러나 이런 리더십에는 책으로는 제공될 수 없는 경험이 뒷받침되어야 한다. 고로 이 책 끝의 각주 란에 〈면대면 진행자 양성 프로그램face-to-face facilitator preparation program〉에 대한 정보를 실었으니 참고하기 바란다.[3]

타고난 재능이나 경험이 있어서 배우지 않고도 신뢰 서클을 운영할 자격이 있는 사람도 있다. 그러나 현장에서 일하는 사람들 가운데 대부분은 아마도 나의 이 말을 되풀이할 것이다. 바로, 영혼을 위한 공간을 붙들고 있는 것은 내가 해봤던 어떤 방식의 리더십보다 더 큰 도전이었고, 현명하게 제대로 해내려면 멘토링이 필요하다고 말이다.

열린 초대

신뢰 서클의 세 번째 요건은, 모든 사람의 참여는 열린 초대에 대한 자발적 반응이어야 한다는 것이다. 초대에는 수줍은 영혼을 줄행랑치게 하는 조종이나 강요의 낌새가 있어선 안 된다.

일례로 고용주는 직원에게 신뢰 서클 가입을 요구하면 안 된다. 너무 당연한 논점이라 언급하지 않으려 했지만, 요즘 직장에서 '공동체 세우기' 또는 '영성 계발' 같은 미명하에 이런 쪽으로 흐르는 경향을 관찰했기에 짚고 넘어가겠다. 고용주는 직원이 개인과 회사의 건전성을 위해 자유롭게 진실을 말할 공간을 창출할 힘과 의무가 있다. 그러나 대기업에 있는 '위계질서형 서클(?)' 같은, 저녁을 먹으려면 노래를 불러야 한다는 말처럼 영혼이 후다닥 내빼게 하는 일은 있어서는 안 된다.

신뢰 서클을 허무는 강요는 비단 직원들에게 '민낯의 영혼을 보이라'고 요구하는 고용주에게만 국한된 게 아니다. 사람들은 종종 자발적으로 그룹에 가입하지만, 그다음에는 동화되라는 압박을 경험한다. 이런 압박은 너무 미묘해서 우리의 에고는 거의 포착하지도 못할 수준이지만, 영혼이라는 지진계는 재빨리 그 충격을 감지한다. 영혼을 환영하기를 원한다면 어떤 방식의 압력도 피해야 한다.

예시로서 새로 형성된 신뢰 서클이 개회 모임을 하는 순간을 묘사해 보고, 모임 운영이라는 예술에 대해서도 몇 마디 첨언하고자 한다. 이 새로운 대항문화적 규범이 자리 잡게 하려고 시작하면서 이렇게 사람들을 안심시킨다.

이 서클은 '나눔이 아니면 죽음을!'식의 이벤트가 아닙니다. 이 수련회를 진행하면서 전 명령이 아닌 초대를 할 것입니다. 여러분이 받아들이기 거북한 초대를 한다면 기꺼이 여러분 마음 가는 대로 하세요. 그래도 그룹은 여러분을 전폭적으로 지지할 것이며, 어떤 질문도 던지지 않을 것입니다. 예를 들어 제가 사람들을 소모임에 초청했는데, 여러분이 혼자 있는 시간이 필요하다면 거리낌 없이 그렇게 하십시오. 소모임에 참여하고는 싶으나 제가 드리는 질문에 답하기는 싫으시다면 질문을 스스로 만들어 답변하십시오. 당신의 영혼은 당신이 뭘 해야 하는지 저보다 더 잘 아니까요.

일단 사람들에게 선택의 자유를 건넸으므로 난 한 걸음씩 내딛을 때마다 내 말과 행동을 일치시켜야 한다. 안 그러면 서클 공간은 불안해지고 나는 지휘에 필요한 권위를 잃게 된다. 이 건 막상 해 보면 생각보다 더 까다롭다. 가령 첫 모임에서 사람들에게 자기소개를 해 달라고 청하는 간단한 일을 할 때도 그렇다. "이름을 말씀해 주시고, 원하신다면 여러분에게 요즘 생생하게 살아 있는 느낌을 주는 게 뭔지 간단히 알려 주셨으면 합니다."

대부분의 사람들은 자신에 대해 뭔가를 말하고 싶어 한다. 내가 던진 질문이, 내가 요청할 때 쓴 틀이 그들에게 어떤 수위까지 연약함을 드러낼지 답변 시 선택할 여지를 주었기 때문이다. 그래도 한두 사람은 침묵을 지키고 싶어 할 수 있다. 내가 그들에게 말하기를 강요한다면, 난 그들에게, 그리고 아마도 나머지 사람들에게도 믿지 못할 사람이 된다.

그래서 난 자기소개의 틀을 이렇게 짜는 일은 삼간다. "제가 먼저 제 소개를 하고, 그 후 제 오른쪽부터 빙 돌아가며 하겠습니다." 이렇게 하면 사람들의 자유를 뺏는 억지 행군이 된다. 대신 난 이렇게 말한다. "먼저 좀 침묵한 후에 시작하죠. 누구든 자기소개를 하실 준비가 되셨으면 그냥 해 주시면 좋겠습니다. 그다음에는 원하는 분이 하시고, 말씀하고 싶은 마지막 분까지 그렇게 이어가도록 하겠습니다."

가끔 자기소개 시간이 거의 끝나갈 때까지 발언을 안 한 사람이 있음을 의식하게 된다. 그 사람이 자기소개를 하고 싶어 하는지조차 짐작할 수 없다. 허나 대놓고 물어보거나 물어보는 듯 한 시선을 그쪽에 던지면, 그것조차 강요를 물리친다는 원칙을 배반하는 것이다. 말하지 않겠다고 마음먹은 사람에게 스포트라이트를 비추고 암묵적으로 그 사람이 마음을 달리 먹으면 좋겠다는 뜻을 내비치는 셈이기 때문이다! 그러면 누군가는 리더인 내가 단기적인 목표를 세우기 시작하면서 자기 영혼의 자유 시간이 끝났음을 알게 될 것이고, 난 그 한 사람의 신뢰를 잃어버리게 된다.

이런 순간에 진행자로서 내 소임은 눈을 감거나 둥글게 모인 사람들 한가운데로 시선을 떨어뜨린 채 한동안 공간을 붙들고 있는 것이다. 그 후 아무도 쳐다보지 않고 말한다. "혹시 발언하고 싶은 분이 기회를 못 가지는 일이 없도록 1~2분간 침묵하겠습니다. 그리고 다음 단계로 가겠습니다."

이제 모든 사람에게 선택의 자유를 주겠다는 약속을 지켰다. 아울러 떨어져 나가는 사람도 전혀 없었다. 사람들이 나중에 나를 찾아와 이렇게 말한 적이 대여섯 번 있었다. "개회 모임에서는 말할 준비가 안 되어 있었어요. 억지로 시키지 않아서 감사드려요. 당신 덕분에 이 과정에 믿음이 가요. 쉬는 시간이 끝나고 모임이 다시 시작되면 그때 제 소개를 하고 싶어요."

진행자가 이런 식으로 공간을 붙들 때 그 사람은 관련된 모든 사람을 안심시키는 메시지를 내보낸다. "'나눔이 아니면 죽음을!' 이런 식의 이벤트가 아니라고 말씀드린 건 제 진심이었습니다. 제가 여기 있는 건 이 서클의 표준을 정하기 위해서이고, 더불어 그 표준을 실천하는 게 어떤 건지 본을 보이기 위함입니다. 여러분의 영혼이 이 공간을 안전하게 느끼도록 제가 할 바를 다하겠습니다." 이런 메시지를 선명하게, 끊임없이 전달하는 것은 신뢰 서클을 안전하게 지키는 작업의 핵심이다.

공통분모

신뢰 서클의 네 번째 요건은 다양한 신념의 소유자들이 내면 삶의 문제를 탐색할 수 있도록 공통분모를 만드는 것이다. 공통분모는 다원주의를 존중해야 하는 공립학교 같은 비종교적 환경에서 특히 더 결정적이다. 사람들이 특정 신앙을 다 함께 가지고 있다고 보는 교회 같은 환경에서도 공통분모는 중요하다. 신뢰 서클에서는 사람들이 자신들의 언어로 자신들의 진짜 소신을 거리낌 없이 말한다. 그런데 말하다 보면 간혹 우리가, 혹은 그들이 생각했던 것보다 공통분모가 적다는 게 드러난다.

그렇다고 다양성이 환영받는 개방적 토대를 만들기 위해 사람들이 정처 없이 배회하도록 내버려 둘 순 없다. 영혼은 따뜻한 환대를 바라지만 정직함도 원한다. 우리가 회피했으면 하는 도전적 질문들을 다루길 원한다. 어떻게 서클이 다양한 관점에 열려 있으면서도 어려운 진실을 향한 초점도 유지할까? 이 질문에 답변할 수 없다면 대화는 깊이 있게 이루어지지 못할 것이고, 진실을 사랑하는 영혼은 그 방을 떠날 것이다.

몇몇 장기 신뢰 서클에서 우리는 개방적이면서도 초점이 뚜렷한 공통분모를 만들기 위해 탐구 과정의 틀을 사계절에 비유해 짰다.[4] 사계절 비유를 쓰면 서로 존중하는 분위기에서 도전적 질문에 초점을 맞춘 채 다양한 목소리들 간의 대화를 주고받을 수 있음을 거듭 목격했다. 계절 비유 덕택에 사람들은 껄끄러운 이슈에 대해 발언자 자신에게 가장 의미 있는 언어로 누구의 감정도 상하게 하지 않고 발언한다.

각 계절에 대한 비유 샘플을 가지고 예를 들어 보겠다. 우리가 그룹 모임을 시작하는 때는 종종 가을이다. 가을은 여름휴가 후 업무를 재개하는 시기이며, 자연도 씨앗을 떨어뜨리고 흩뿌려 다시 일하기 시작하는 때다. 이 새 출발의 계절에 신뢰 서클은 '참된 자아의 씨앗'에 대한 질문을 던질 수 있다.

당신이나 내가 정체성이 손상되지 않고 지상에 태어났을 때 어떤 씨앗이었을까? 우리는 어떻게 천부적 재능과 잠재력을 되살리고 되찾을 수 있을까? 이런 질문들을 탐구하기 위해 자서전 쓰기나, 우리 내면과 주변 세력이 참된 자아를 일그러뜨리기 이전에 우리가 누구였는지 보여 주는 어릴 적 일화들을 나누어

본다. 이런 스토리텔링을 통해 지친 교사들이 그들을 처음에 가르침으로 이끌었던 열정을 되찾는 모습을, 그리고 다시는 누구에게도 그 열정을 빼앗기지 않으리라 다짐하는 모습을 난 여러 번 목격했다.

허나 이런 소망에 따라 가을에 심었던 가능성 있는 씨앗은 부득이 겨울을 나야 한다. 겨울에는 우리가 출생 시 가졌던 잠재력이 죽어 사라져 버린 듯 보인다. 우리 생애의 겨울 풍경을 내다보면 가을에 무슨 씨앗을 심었건 이제는 눈 속 깊이 꽁꽁 얼어붙어 죽은 것만 같다. 의기소침한 사람들은 '겨울의 죽음'과 같은 비유가 그들 내면의 삶에 딱 맞아떨어지는 묘사라고 한다.

우리는 자연의 겨울을 보면서 언뜻 죽은 것 같지만 실은 잠들어 있음을 안다. 물론 죽은 생명도 있다. 그러나 많은 생명은 땅 속으로, 겨울잠 속으로 들어가 재생과 재탄생의 계절을 기다리고 있다. 고로 겨울에 대한 비유를 통해 우리는 우리 안에 죽은 듯 여겨지는 것을 열거해 보고, 겨울잠을 자는 게 아닌지 스스로에게 물어 보고, 그것과 우리 자신의 '겨울나기'를 도울 방법을 강구한다.

우리가 얼마나 많은 겨울잠 상태를 우리 안에 품고 있는지를 깨닫는 것이야말로 강렬한 체험이다. 어른으로서 우리는 우리가 다 갖춘 척하기를 좋아한다. 그 가식을 털어 버리고 우리 삶에 실현되지 않은 채 남아 있는 모든 것을 똑바로 본다면 좋은 일이 일어날 수 있다. 그것을 받고 누리게 될 이는 우리 자신만이 아니다. 교사들이 그들 자신 속에서 잠자고 있는 무언가를 발견하면, 그들은 학생들 속에서 잠자고 있는 무언가도 눈치채게 된다. 그럼으로써 더 훌륭한 선생이 되는 것이다. 훌륭한 스승을 둔 사람들이 한결같이 하는 말이 있다. "선생님은 저도 보지 못한 제 속의 무언가를 보셨어요."

봄은 놀라움의 계절이다. 이때 우리는 시도 때도 없이 찾아오는 회의를 넘어 겨울의 어둠이 빛에 자리를 내주고, 겨울의 죽음이 새 생명을 잉태하는 모습을 본다. 봄에 대해선 '꽃의 역설'이라는 비유를 들 수 있다. 봄의 경이로움이 겨울의 역경에서 솟아나듯, 우리가 붙들고 있어야 하는 무수한 'A와 B의 역설'에 대해 뒤돌아보도록 사람들을 부른다. 이 'A와 B의 역설'이 우리가 제대로, 풍성한 인생을 살기 위해 함께 붙들고 있어야 하는 많은 것이다. 자연의 일부분인 생물로서 그 역설을 부여잡는 법은 우리 뼛속에 본능적으로 새겨져 있다는 자신감을 가져야 한다.

A와 B의 역설의 몇몇 예를 보면, 자신감이 깊어질수록 더 많은 회의를 견뎌야 한다. 희망이 깊어질수록 실의에 빠지기 쉽다. 사랑이 깊어질수록 상실의 고통도 커진다. 이것들은 인간으로서 우리가 부여잡아야 하는 역설의 몇몇 예에 불과하다. 우리가 회의 없이, 실의 없이, 고통 없이 살고자 이 역설을 쥔 손을 놓는다면, 우리는 어느덧 믿음·소망·사랑 없이 사는 자신을 발견

할 것이다. 그러나 봄이 되면 인간 본성은 자연의 본성과 같이 양극의 역설을 동시에 쥐는 게 가능함을, 그 결과 더 풍성하고 넉넉한 삶을 살게 될 것임을 깨닫는다.

여름은 풍성함과 첫 수확의 계절이다. 참된 자아의 씨앗의 발아, 죽음, 휴면, 개화까지의 고된 여정을 추적해 왔으므로 우리는 우리 안에 자란 풍성함을 보고 되묻는다. "이 열매가 누굴 먹이기 위함일까? 내 재능을 누구한테 주라고 부름받았는가?" 우리 생애의 여름에 우리는 자신이 누구인지에 대한 앎을 토대로 자신이 누구의 것인지 배우게 된다.[5]

이상주의자들은 '누구의 것인지?'라는 질문을 너무 서둘러 꺼내는 경향이 있다. 우리는 봉사함으로써 세상의 필요를 채우고자 한다. 그러나 내가 소유하지 못한 것을 남에게 줄 수는 없다. 우리 능력 이상의 봉사를 하려 들면 지쳐서 나가떨어지기 때문이다. 그래서 우리는 자신의 내면에서 어떤 재능이 자라는지, 어떤 재능을 수확해서 나눠 줄 수 있는지 파악해야 한다. 내가 선사하는 선물이 내 것이라면, 참된 자아의 씨앗에서 자라난 것이라면 없어지지 않을 것이니 계속 퍼줄 수 있다. 마치 과실나무처럼 해당 계절이 오면 과일은 절로 채워질 것이다.

계절의 순환을 따르는 신뢰 서클은 우리가 영혼의 정원사가 되도록 도와준다. 이럴 때 신뢰 서클을 통해 우리는 훌륭한 정원사라면 익히 알고 있는 걸 터득한다. 즉, 인생은 우리의 책임인 내부적 힘과 거의 우리 통제권 밖에 있는 외부적 힘 간의 끊임없는 밀고 당김이라는 것이다. 토머스 머튼이 '일반적인 춤'이라고 불렀던 인생의 안무를, 우리가 지도하기도 하고 이끌려 가기도 하는 이 공동 창조 과정을 배워 가면서, 우리는 더 당당하고 더 기품 있게 춤을 출 수 있게 된다.[6]

다양한 신념과 불신의 한복판에서 계절의 비유는 개방적이면서도 초점이 또렷한 내면적 삶에 대한 조사를 가능하게 한다. 어떻게? 다양한 신념의 밑바닥에서 신념보다 더 깊이 흐르는 무언가를 다 함께 가지고 있기 때문이다. 우리는 모두 자연 세계에 담긴 생물이며, 경험의 순환은 자연 리듬의 메아리라는 공통분모를 지니고 있다. 계절에 대한 비유는 우리 공통의 존재 조건을 일깨워 주고, 우리로 하여금 도전이 되면서도 위안이 되는 방식으로 공통 조건을 탐구할 수 있게 한다.[7]

우리의 삶에서 진실한 대화는 더 이상 가능하지 않다고들 말한다. 사회에 다양성이 증가하면서 공통분모가 줄어들고 있기 때문이다. 그러나 계절의 비유로 만들어진 공간 안에서 불가능은 일어난다.

종교적인 모든 것에서 외면당한 비종교적인 유대인 교수가 있다. 그의 건너편에는 오순절 성결교회 교인인 흑인 학교 선생이 앉아 있다. 두 사람이 각자 개인의 온전함의 언어로 말하며 심오한 의미를 가진 주제를 탐구하는 대화를 나누는 걸 들었다. 그들이 열린 마음과 존경심을 가지고 서로를 용납하는 것과 대화 과정에서 마음이 더 열려가는 것도 봤다.

상처받는 세상에서 이런 식의 대화는 교제의 기적이다. 이 기적이 가능했던 것은 우리 삶에 숨겨진 온전함을 불러일으키는 비유 덕분이다.

품위 있는 분위기

신뢰 서클이 영혼에게 매력적이 되려면, 그리고 캐치 22의 덫에 걸린 사람들에게 매력 있게 다가가려면 또 하나의 요건을 충족시켜야 한다. 우리가 서클 모임을 가지는 환경이나 우리를 끌고 가는 일정에 소박한 기품이 있어야 한다는 것이다.

우리는 영혼이 거부감을 느낄 정도로 흉한 장소에서 모임을 가질 때가 종종 있다. 호텔의 컨퍼런스룸에서 오랜 시간을 보낸 사람들은 그 의미를 알 것이다. 대개 너무 높거나 너무 낮은 천정, 거의 찾아볼 수 없는 창문, 사람들을 초록색으로 보이게 하는 거친 조명, 일렬종대로 늘어놓은, 심지어 바닥에 고정까지 시킨 불편한 의자들, 소리가 울리는 딱딱한 바닥, 목소리가 묻힐 정도로 '백색 소음'을 내는 냉난방 장치, 장식이라 부르기가 민망한 장식 따위를 떠올린다면 말이다.

사람들은 우리가 만나는 환경이 우리 속에서, 우리 사이에서 일어나는 일에 질적 영향을 미친다는 사실을 자주 잊는 것 같다. 다행히 영혼을 환영하는 환경을 만드는 단순한 공식이 있다. 내가 방금 묘사한 것과 정반대의 분위기를 만드는 게 바로 그것이다!

* 방은 너무 비좁거나 토굴 같지 않아야 한다. 의자를 넉넉하게 원형으로 배치하고, (큰 모임일 경우) 소모임 활동을 위해 의자를 다시 옮기고 모으기 쉬울 만큼 공간이 넉넉해야 한다.
* 창은 시각적 안도감을 주고 외부 세계가 실내로 들어올 수 있는 눈높이에 있어야 한다.
* 장식은 따뜻하고 포근한 것으로 하고, 단순하고도 기품 있는 생화 같은 걸로 포인트를 준다.
* 소리가 튕기지 않도록 바닥에는 카펫을 깔고, 나지막한 목소리도 모두에게 들리도록 음향이 구비되어 있어야 한다.
* 조명은 차가운 느낌을 주는 형광등이 아니라, 따뜻한 느낌을 주는 백열등으로 한다.

환경의 아름다움이 영혼을 환영하는 데 영향을 미치듯, 신뢰 서클의 일정도 영혼을 환영하는 일과 큰 관련이 있다. 물리적 공간과 시간의 흐름은 둘 다 영혼이 반응하는 미학을 가지고 있다. 일정을 품위 있게 짜는 것은 물리적 공간의 편안함과 따뜻함에 대한 시간적 대칭점이다.

하지만 '품위 없음'이야말로 많은 일정에 안성맞춤인 표현이다. 시간 사용을 정당화하기 위해 우리가 해야 할 일들로 꽉꽉 채워 넣은 모임들을 따라가다 보면 우리는 한 주제에서 다른 주제로 강제 행군을 하게 된다. 이러면 어떤 것도 심도 있게, 제대로 탐구하는 건 불가능해진다. 우리는 함께 숲 속으로 밀고 들어가 다급하게 숨을 헐떡이며 지성과 에고로 겨우 지탱하고서 있다. 그동안 모든 영혼다운 것들은 다 숲 속 깊숙이 숨어들어간다.

영혼을 환영하는 일정을 짜는 데 가장 중요한 역할인 세 가지 요령이 있다. 속도를 늦추라, 적게 일하고 많이 이루라, 리듬에 주의하라. 지속적으로 모였던 어느 신뢰 서클에서 사용한 종일반 모임의 전반부 일정이 여기 있다. 이 일정의 주요 요소는 다음 몇 장에서 검토하기로 하겠다.

우리는 토요일 오전 9시에 모여 3~4분간의 침묵으로 시작한다. 그 후 진행자는 사람들에게 각자가 고른 멤버로 구성된 3인조 소모임에서 15분간 "우리의 마지막 모임 이후 다른 사람이 알았으면 하는 일이 생겼는가?" 같은 질문을 주고받으며 서로 안부를 확인하게 한다.

소모임이 끝나면 진행자는 오전의 대화의 초점을 그날 주제에 맞추도록 시詩 한편을 나눠 준다. 주제는 '참된 자아의 씨앗'이며, 시는 데릭 월컷의 〈사랑 뒤에 오는 사랑〉이다.

때가 올 것이다

환희에 차서

당신 문 앞에, 당신 거울 속에

다다른 자신을 반기게 될 때가

서로 반겨 주는 상대에게 미소 지으며

당신은 말하겠지

여기 앉아 이것 좀 들어 봐요

당신 자신이던 낯선 이를 다시금 사랑하게 되겠지

와인을 내라 빵을 내라

당신의 마음을 다시 마음에 내주어라

당신을 평생 사랑했던 낯선 이에게

당신이 다른 사람 때문에 외면했던

당신을 마음속까지 아는 그이를 위해

책장 속 옛사랑 편지와 사진과 절절한 쪽지는 내버리고

거울에서 당신 자신의 이미지를 벗겨 내라

앉아라

당신의 인생 잔치에[8]

고작 반 페이지 분량이지만 신뢰 서클에서는 두 시간 반 동안 이 시와 시간을 보내게 된다. 맨 처음 30분 동안 진행자는 시와 그날의 주제로 파고 들어가는 집단적 탐문을 인도한다. 진행자는 질문을 던져 우리가 상대방과 함께 텍스트와 우리 자신의 경험을 모두 살펴볼 수 있게 한다. 그 후 진행자는 30분간 침묵의 휴식 시간을 준다. 이때 산책하거나, 일지를 쓰거나, 영혼이 요구하는 무슨 일이든 하면서, 듣고 말했던 것을 곰곰이 되씹어 볼 수 있다.

그다음, 진행자는 각자가 택한 사람으로 구성된 3인조 소모임에서 45분간 모임을 가지라고 청한다. 이 그룹에서는 아이디어와 경험을 서로에게 튕겨대는 '주거니-받거니'식 대화를 해선 안 된다. 대신 3인조의 각 멤버는 15분씩 두 사람이 한 사람에게 초점을 맞추는 시간을 가진다. 이 기회를 활용하여 각자의 주제 탐구를 깊게 하거나 자기 것으로 소화한다.

마지막으로, 진행자는 다시 크고 둥글게 모이라고 한 후 15분간 나 홀로, 그리고 소모임에서 탐구한 이슈와 깨달음을 나눈다. 그 후 점심을 먹고, 두 시간 동안 고독과 침묵 속에서 휴식을 취하고, 오후 중간쯤 다음 단계를 밟기 위해 다시 모인다.

여러 개의 주제와 장황한 텍스트로 일정을 꾸미지 않고, 대신 짤막한 시 한 편의 틀 속에서 오로지 하나의 주제에 초점을 맞추며 오전 시간을 고스란히 보내는 것이다. 모임 전반에서 탐구와 고독, 침묵, 소모임 대화, 또다시 모임 전반을 넘나들며 영혼을 존중하면서 다양한 배움의 스타일을 존중하는 공간을 만들었다. 속도를 늦추라, 적게 일하고 많은 걸 이루라, 리듬에 주의하라. 신뢰 서클 일정을 고안하는 데 있어서 이 원칙들은, 숲속에 조용히 걸어 들어가 나무 밑동에 앉아 수줍은 영혼이 출현하여 우리의 인생에 대해 권리를 주장하기를 참을성 있게 기다리는 것에 해당된다.

CHAPTER 6

진실은 비스듬히 말하라
- 비유는 힘이 있다

뭇 진실을 말하되 빗대어 말하라.
진실을 말하되 둥글게 말하라.
진실의 찬란한 경이로움은
우리의 연약한 기쁨이 감당하기엔
너무 밝다.
– 에밀리 디킨슨[1]

나 이제 내가 되었네

"날마다, 모든 면에서, 난 점점 더 나아지고 있어요." 누가 이런 표현을 만들어 냈는지는 모르겠지만, 이 사람은 대단한 환상 속에서 산 게 틀림없다. 지구 상에서 살았던 65년간의 내 인생 패턴은 결코 앞으로만, 위로만 나아가지 않았다. 늘 오르락내리락하다가 뒤로 갔다가 빙빙 맴돌기 일쑤였다. 한동안은 참된 자아의 실絲을 신실하게 꿰어가는 듯하다가, 어느새 실을 놓치고는 다시 어둠 속에 주저앉는다. 그러다가 문득 두려움에 사로잡혀 다시금 실을 찾아 나선다.

이와 같은 패턴은 인간 사회에 보편적인 것으로 알고 있다. 그러나 이 패턴이 내 삶을 움켜쥔 힘은 내가 신뢰 서클에서 이 패턴을 파고들기 시작하면서 약화되었다. 요즘 난 예전만큼 그렇게 빈번히 실을 잃어버리진 않는다. 잃어버리더라도 한결 빨리 되찾는다. 그러나 나의 상습적 퇴화를 해결하기 위해선 먼저 퇴화한다는 사실 자체를 부인하는 걸 멈추고, 그 사실을 일반화하는 일도 삼가야 했다(바로 지금 여기 이 책에서 내가 하고 있는 그런 방식의 일반화 말이다!). 난 내 자서전의 세부 사항, 공개적으로 이야기하기에는 너무 고통스러운 그런 세부 사항에 깃들어 있는 악마(그리고 하나님)를 인정하고 꼼꼼히 뜯어봐야 했다.

우리의 감성과 수줍은 영혼을 배려하기 위해 신뢰 서클은 참된 자아의 상실과 재발견 같은 주제에 곧장 돌격해 들어가지 않는다. 신뢰 서클에서 사람들은 내가 어느 수련회에서 받았던 것 같은 그런 요청을 받지 않는다. "둘씩 짝지어 당신 자신에 대해 아무에게도 말한 적 없는 수치스러운 일을 상대에게 이야기해 주세요!" 그 대신 진행자는 주제 탐구를 인도하기 위해 시 한수, 이야기 한 편, 음악 한 곡, 예술품 한 점을 매개로 사용한다. 이런 매개체들은 주제에 대한 우회적 접근을 가능하게 하는 비유적 소재들이다.

한 예로 메이 사턴의 〈나 이제 내가 되었네〉란 시가 있다.

　　나 이제 내가 되었네

　　시간이 걸렸고

　　많은 햇수와 장소를 지나쳐왔지

　　난 녹아내리고 뒤흔들렸지

　　다른 이의 얼굴을 덧입고

　　미친 듯 달렸지

　　마치 시간이 저 앞에 있는 양

　　"서둘러, 이러다 _____ 전에 죽겠어."

　　(뭐? 아침에 다다르기 전에?

　　이 시의 결말이 분명해지기 전에?

　　성벽 안의 도시에서 안전하게 사랑하기 전에?)[2]

신뢰 서클에서 이 시구를 논하며 우리는 참된 자아의 상실과 발견이라는 주제를 우회적으로 탐구한다. 처음 얼마간은 마치 우리가 시인의 자아를 향한 여행에 대해 토의하는 것처럼 들린다. 그러나 이 시에 대해 우리가 무슨 이야기를 하든, 그건 우리 자신에 대한 것임을 깨닫게 된다. 우리가 깊이 생각하고 탐구하는 건 다른 누군가로 위장했던 우리 자신의 역사요, 자기 발견의 전주곡으로 우리가 '녹아내리고 뒤흔들렸던' 순간이요, 우리가 누군지 알기 전에 죽을까봐 두려웠던 우리의 두려움이요, 두려움이 내면에서 만들어낸 우리의 조바심이다.

이 화두들 중에서 어느 것 하나 만만치 않다. 누군가에게는 꺼림칙한 화두가 될 수도 있다. 그러나 시를 통해 이런 화두를 다룸으로써 우리는 얼마나 멀든 간에 우리가 선택한 곳에 주제들을 붙잡아 둔 채 의미 있는 주제에 계속 초점을 맞춘다. 우리의 집단적 대화가 계속되면서 우리는 이 공간이 초점도 뚜렷하고 의미 있으며, 깨달음을 주는 동시에 뿌리 깊이 안전하리라는 것을 알게 된다. 이렇게 공간에 대한 믿음이 쌓이면서 우리는 자신에 대해 좀 더 직접적으로 말하게 된다. 수줍은 영혼은 더 빈번히 출현하고, 영혼을 위한 보호용 싸개의 필요성은 점점 줄어든다.

진실은 둥글게 말하라

신뢰 서클을 만드는 모든 수행 방법의 필수 불가결한 요소
는, 우리 사이의 공간을 개방적이고 자유롭게 유지하면서도 영혼
에 초점을 맞추는 것이다. 우리 삶의 진짜 중요한 문제들인 믿음
과 두려움, 희망과 절망, 사랑과 미움을 담구하려면 의도적으로
접근해야 한다. 그러나 우리의 탐구들은 '초청'으로 이루어져야
하며, 모든 사람이 각자의 방식에 따라 그런 문제들을 다루도록
자유를 주어야 한다. 우리의 의도성이 고압적이거나 우리의 개
방성이 정처 없으면 영혼은 출석하지 않을 것이다.

어떻게 초점이 뚜렷하면서도 초청받는 느낌의 공간을 만들
수 있을까? 낯가림이 심하기로 유명한 시인 에밀리 디킨슨의 시
몇 줄은 이에 대한 너무 소중한 길잡이가 된다.

> 뭇 진실을 말하되 빗대어 말하라
> 진실을 말하되 둥글게 말하라
> 진실의 찬란한 경이로움은
> 우리의 연약한 기쁨이 감당하기엔 너무 밝다
> 아이들에게 천둥을 말하려면
> 자상한 설명으로 누그러뜨려라
> 진실은 서서히 눈부셔야 한다
> 아니면 모든 사람이 눈 멀리라[3]

서구 문화권에서 우리는 종종 정공법으로 진실을 찾으려 한다. 그러나 이런 정면 돌파 방식은 수줍은 영혼이 겁먹고 달아나게 한다. 영혼의 진실이 말하게 하고 또 그것을 들으려면 영혼의 진실에 '비스듬히' 다가가야 한다. 불편한 주제를 의뭉스럽게 회피하라는 말이 아니다. 그러면 우리와 우리 관계가 허약해진다. 그러나 영혼의 진실은 너무 강렬해서 우리 자신이 진실에 다가갈 때, 또는 진실이 우리에게 다가올 때, 간접적으로 가도록 해야 한다. 우리는 영혼에게 말해 달라고 청해야지, 말하라고 명령해서는 안 된다. 우리는 우리 자신에게 들으라고 허용해야지, 강요해선 안 된다.

　　신뢰 서클에서 중요한 주제에 초점을 맞춤으로써 우리는 의도한 바를 이룰 수 있다. 주제를 비유적으로 탐구하는 건 간접성을 달성하는 방법이다. 주제를 담고 있는 시 한 수, 이야기 한 편, 음악 한 곡, 예술품 한 점을 매개로 하는 것이다. 이런 상징물을 '제3의 상징물'이라고 부르고자 한다. 그 상징물은 진행자의 목소리를 대변하지도 않고, 참가자의 목소리도 대변하지 않는, 자신만의 목소리를 가지고 있다. 그 목소리는 비유의 형식으로 한 주제에 대한 진실을 말한다. 비스듬히, 빗대어 말하는 것이다. 제3의 상징물이 중재해 줌으로써 진실은 우리가 감당할 수 있는 빠르기와 수위로, 때로는 내향적 침묵으로, 때로는 공동체에서 소리를 내며, 우리의 의식에서 샘물처럼 솟아나 우리의 의식 속으로 다시 깊숙이 가라앉는다. 제3의 상징물은 수줍은 영혼에게 필요한 싸개다.

제3의 상징물을 제대로 사용하면 이것은 로르샤흐 테스트(좌우 대칭의 잉크 무늬를 보고 머릿속에 떠오르는 것을 말해 심리를 파악하는 심리 검시법–옮긴이)처럼 작용한다. 즉, 영혼은 우리가 관심을 가지길 바라는 것이 무엇이든 그걸 불러낸다. 훌륭한 비유가 매개가 된다면 영혼은 평상시보다 더 수다스러워질 것이다. 그러나 영혼이 말을 해도 영혼이 말하고 있음을 미처 깨닫지 못하거나 그 내용에 주의를 기울이지 못한다면 무용지물일 것이다.

바로 그래서 좀 특이한 방식의 노트 필기가 신뢰 서클에서는 도움이 된다. 통상 워크숍이나 수련회에서 우리가 가장 많이 받아 적는 건 리더가 하는 말이다. 두 번째로 많이 받아 적는 건 그룹 안의 흥미로운 인물들이 하는 말이다. 물론 우리 자신이 말한 것은 거의 받아 적지 않는다. 신뢰 서클에서는 정반대의 순서로 필기한다. 입 밖으로 나왔든 안 나왔든 우리 내면에서 솟아올라온 말들이 1순위 필기 대상이다.

처음에는 자신의 생각과 말을 노트에 적는다는 게 어색하다. 우리는 단지 무언가를 자신이 생각했거나 말했다는 이유만으로 우리가 그 의미를 알고 있다는 기묘한 자만심을 품는다! 신뢰 서클에서 내면 스승이 우리에게 주는 깨달음은 너무 새롭거나 도전적이어서 때로는 헤아리는 데 시간이 걸린다. 어떤 깨달음은 우리가 기록해 놓고 되씹어 보지 않으면 오역, 망각, 부인의 희생물이 되기도 한다. 이런 순간에 우리 자신의 말을 적어 놓은 노트는 서클이 끝나고 한참 후에도 유용한 학습 교재가 된다.

비스듬히 진실을 말하고 듣는 식의 대화는 일반적인 방식에 반하기 때문에 늘 위험이 따른다. 가령 우리가 메이 사턴의 시를 살펴보던 중 그룹 멤버 가운데 한 사람이 사턴에 대해 박사 논문을 썼음을 알게 된다(내가 진행자였던 모임에서 실제로 일어난 일이다!). 사람들이 시에 대해 논의하는 걸 한동안 듣고 있던 그 사람이 선포했다. "여러분이 말씀하신 것은 사턴이 생각했던 게 아닙니다!" 이 '전문가'가 '객관적' 지식으로 서클을 장악하려 하자 순식간에 서클은 불안전한 곳이 되었고, 속내를 털어놓았던 사람들은 눈치를 보기 시작한다.

이런 순간에 진행자는 부드럽게, 그러나 재빨리 단호하게 나서야 한다. 불안을 조성한 사람까지 포함해 모든 이가 다시금 안전하다고 느낄 수 있도록 말이다. 그때 난 이런 식으로 말했던 것으로 기억한다. "사턴이 무슨 생각을 했는지는 분명 흥미로운 주제입니다만, 여기서 다룰 주제는 아닙니다. 우리의 초점은 이 시가 어떻게 우리 인생과 교차되며, 우리 자신의 어떤 경험을 불러일으키느냐에 대한 겁니다. 여러분 모두에게 이 시에 대해 이야기해 달라고 청한 것은 그런 취지로 한 거고, 앞으로도 계속 그렇게 해 주시길 청합니다."

그러나 서클이 주관적인 관점에 개방적이라고 해서 '뭐든 다 해도 된다'는 뜻은 아니다. 달리 말하면 초청성과 의도성 둘 다 갖춰야 한다. 제3의 상징물은 훌륭한 사회자의 손에 들리면 우리의 탐험이 정처 없는 배회도 아니고, 미리미리 정해진 목표로의 강제 행군도 아닌, 둘 사이 어디쯤 있는 창의적 공간에서 이루어지도록 한다.

사람들이 주제에서 벗어나 엉뚱한 발언을 할 때(종종 그 주제가 신경을 거스르기 때문에) 진행자는 사람들을 원문 텍스트의 테두리 안으로 다시 불러들여야 한다. 사람들이 하는 말의 닻을 해당 이야기나 시에 나오는 단어, 이미지, 구절에 내려 달라고 요청한다. 원문 텍스트로 돌아오면 우리는 다시 그 이슈로 돌아오고, 또 내면 스승의 음성으로 되돌아온다. 이제 우리의 탐험은 그 방 안에 도사리고 있는 에고와 지성의 안건이 아니라 영혼의 안건이 이끄는 방향으로 가게 된다.

시인 T. S. 엘리엇이 시에 대해 말했던 것은 모든 제3의 매개에도 적용된다. "시는 우리로 하여금… 더 깊숙이 있는 이름 없는 느낌들, 우리가 여간해선 관통할 수 없는 우리 존재의 밑바닥을 형성하는 느낌들을 좀 더 깨닫게 한다. 우리 삶은 태반이 우리 자신을 끊임없이 회피하는 일이기 때문이다."[4]

도가道家의 이야기

지난 30년간 난 신뢰 서클을 운영하며 제3의 상징물을 수백 가지나 애용했다.[5] 그중 하나인 〈목수 이야기〉라는 도가의 이야기는 오랫동안 내가 가장 사랑한 이야기다.[6] 이 이야기는 2,500년 전 중국에 살았던 위대한 사상가 장자의 가르침에 나온다. 이중성을 극복한 삶을 푯대로 삼은 여행자라면 누구나 시공을 초월한 의미를 이 이야기 속에서 발견할 것이다.

여기서 이 이야기를 세세히 탐구하려는 두 가지 이유가 있다. 첫째, 이 이야기를 통해 제3의 상징물을 써서 하는 작업의 중요한 특성의 예를 들고자 한다. 둘째, 삶의 안팎을 비범한 깨달음으로 꿰뚫는 장자로부터 뫼비우스 띠 위의 삶에 대해 함께 배우고자 한다.

목수 이야기

위대한 목수인 경이 진귀한 나무로 종 걸이를 만들었지.

완성품을 본 사람은 모두 입을 다물지 못했지.

사람들은 말했어. "이건 틀림없이 영혼이 담긴 작품이야."

노나라 왕이 경에게 물었어.

"비법이 뭔가?"

경은 대답했지.

"전 한낱 목수일 뿐입니다. 비법 같은 건 없지요.

제가 한 거라곤 이겁니다.

하명하신 작업에 대해 구상하면서

제 영혼을 잘 간수하려 했지요.

사소한 일에, 엉뚱한 일에 영혼을 쓰지 않았답니다.

제 마음을 쉬게 하려고 금식을 했지요.

사흘간 금식하니

성취와 성공을 잊게 되더군요.

닷새 후엔

칭찬과 비난을 잊게 되더군요.

이레 후엔

사지육신을 잊게 되더군요.

이때쯤

전하와 대궐에 대한 온갖 생각도 사라졌지요.

일 외엔 정신을 어지럽히는 온갖 잡념이

자취를 감췄지요.

오로지 작품 생각에만

사로잡혔지요.

그리곤 원목을 보러 산으로 갔습니다.

쓸 만한 재목이 눈앞에 나타나자

종 걸이가 그 속에서 아른거리더군요.

의심할 바 없이 또렷하게요.

제가 한 일이라곤 손을 놀려

일을 시작한 것뿐입니다.

이 나무를 만나지 못했다면

종 걸이도 없었겠지요.

무슨 일이 있었냐고 하셨습니까?

한데 모은 제 생각들이

나무 속에 숨겨진 잠재성을 만난 겁니다.

이 생생한 만남에서

전하께서 영혼의 작품이라고 하신

이 종 걸이가 나왔습니다."

이 이야기 덕택에 피어오르는 집단적 대화는 인쇄 지면으로는 재현할 수 없다. 그런 대화들이 어떻게 우리 삶을 조명하고 긍정하고 힐문하는지, 그 위력에 대해 얼핏 느낀 점 몇 자락만 전달할 수 있을 뿐이다. 신뢰 서클에서 진행되는 복합적·탐구적 담화는 단 하나의 음성으로 줄어든다. 바로 내 음성이다. 이제부터 이어지는 묘사는 당신의 상상력을 보태야만 제대로 음미할 수 있다.

당신이 스물 남짓한 사람들과 빙 둘러앉아 있다고 상상해 보자. 각 사람은 〈목수 이야기〉 복사본을 한 장씩 손에 들고 있다. 진행자는 대화를 인도하기 위한 질문을 던진다. 속으로만 답변하는 이도 있고, 소리 내어 답변하는 이도 있다. 발언자들 사이에는 짤막짤막한 정적이 흐른다. 소리 내어 웃기도 하고 엄숙하기도 한 분위기가 대화를 장식한다. 그렇게 우리는 함께 이 〈목수 이야기〉와 우리 삶의 의미를 꿰어 옷감을 짠다. 이 집단적 과정에 대해 묘사할 때 당신이 참여자임을 깨닫고, 〈목수 이야기〉가 당신의 이야기를 자극하도록 상상력을 동원해 보기를 바란다.

진행자는 희망하는 사람이라면 누구든 첫 번째 연을 낭독해 달라고 요청하고, 다른 사람이 다음 연을, 그렇게 이야기를 전부 낭독해 달라고 청한다. 예닐곱 명의 다른 목소리가 다양한 어조와 다양한 강조점을 두며 낭송하는 이야기를 듣노라면 집단적 과정의 풍성한 잠재력을 얼핏 느낄 수 있다.

그다음 진행자는 사람들이 원문 텍스트 전반에 대한 첫 인상을 제시하도록 총론적 질문을 하나 던진다. "이 이야기가 당신에게 뭘 의미합니까? 이 순간 이 이야기는 어떻게 당신의 삶과 마주칩니까? 당신의 현 상태에 와 닿는 단어나 구절이나 이미지가 있습니까?"

얼마간 정적이 흐른 후 누군가가 말한다. "전 교사입니다. 전나무로 작업하지 않습니다만, 아이들을 상대하는 제 일과 비슷한 점이 보이네요. 제 학생들 모두 그들 내부에 있는 '종 걸이'를 찾도록 정말 도와주고 싶어요." 다른 누군가 말한다. "이야기를 듣고선 제 일에 대해 생각했어요. 전 그 목수처럼 끊임없이 결과물을 내놓으라는 압박을 받으며 살아요. 그게 너무 힘들어요." 또 누군가가 말한다. "일상의 요구에서 한 발 물러나 제가 하는 일에 대해 더 깊이 깊이 생각할 방법이 필요해요. 그 목수처럼요. 근데 도무지 안 되네요. 이 남자는 이렇게 묵상할 기회라도 가질 수 있었으니 부러워요."

사람들이 이야기와 그들 삶의 교차점에 대해 말할 때 적어도 두 가지 일이 일어난다. 발언하는 사람은 자신이 이전에 이름 붙이지 못했던 진실을 부르는 자신의 소리를 듣는다. 이전에 불렀더라도 여러 사람 앞에서 발표하는 건 그 진실을 더 진지하게 여기도록 해 준다. 듣는 사람은, 비록 말은 하지 않더라도 소리 내어 말하는 사람들을 통해, 스스로 이름 붙일 생각조차 못했던 그들의 진실이 언어화되는 걸 듣는다. 우리가 말하거나 듣거나 둘 다 하거나, 공동체에서 제3의 상징물을 통해 내면의 삶의 이슈를 탐색하는 것은 중요한 깨달음을 낳는다.

나도 신뢰 서클에서 수없이 말하기도 하고 듣기도 하며 〈목수 이야기〉가 어떻게 내 인생을 조명했는지, 내가 진행자이며 참여자로서 얻은 몇 가지 깨달음을 말했다.

목수 경도 나처럼 외적인 것만 걱정하라는 압박을 받고 있었습니다. 외적인 것은 왕과 왕의 명령, 경이 제작해서 넘겨야 하는 제품, 경이 쓸 수 있는 연장과 재목, 다른 사람이 그의 일을 평가하는 방식 등을 말합니다. 그러나 경은 이런 외적인 것들에서 방향을 돌려요. 세상에서 도피하려는 게 아니라, 가치와 아름다움을 갖춘 무언가를 공동 칭조하는 방식으로 세상에 되돌아가려는 겁니다.

경이 내면으로 방향을 꺾었을 때 그는 상당한 스트레스를 받았겠죠! 종 걸이를 만들라는 명령은 왕이 내린 명령이었고, 왕이 관장하는 작업장에는 인력 관리 매뉴얼도 없고, 불만 처리 절차도 없었어요. 경이 일을 그르쳤다고 가정해 봅시다. 왕은 그를 죽였을 수도 있습니다. 그는 두려웠을 텐데도 왕의 분부를 받들었고, 명령을 선택으로 탈바꿈시켰습니다.

물론 모든 명령이 선택이 될 수도 없고, 되어서도 안 됩니다. 죽음을 무릅쓰고 불복해야 하는 명령도 있습니다! 그러나 어떤 경우에는 제가 다른 사람이나 내 인생이 처한 상황으로부터 받는 명령이 제 내면에 있었는지조차 몰랐던 뭔가를 이끌어내기도 합니다. 그런 명령을 끌어안고 선택으로 뒤바꾼다면, 좋은 일이 일어나기도 합니다.

예를 들어 부모가 되면 제 인생이 수년간 이렇게까지 '명령 아래' 놓이게 될 줄은 미처 몰랐어요. 그러나 이런 명령을 선택으로 끌어안으면서 제 인생은 확장되었습니다. 세 아이를 기르는 일을 도우며 그렇게 되었죠.

이 시점에서 서클 사람들 중 일부는 고개를 끄덕이며 수긍하지만, 몇몇은 사뭇 다르게 사물을 바라본다. "내게도 업무에 대해 깊이 생각해 보라며 7일간의 휴가를 주는 사장이 있다면!" "내 직업도 경처럼 목수였다면. 한 번에 업무 하나씩만 처리하고 가족에 대한 책임도 없고! 사실 이 남자는 밥상 차리고 설거지하고 잔디 깎고 자동차 수리 맡기는 그런 잡무는 안 해도 되었잖아." 이런 사람들의 말은 우리 삶이 목수 경처럼 구속당함이 없이 자유로웠다면, '우리도 창의적인 사람이 되어 온전하게 살 수 있었을 거다' '현실 세계에서 경처럼 사는 건 분명 불가능하다'라는 뜻이다.

신뢰 서클에서 관점들이 충돌할 때 우리는 갈림길에 선다. 이 시점에서 우리는 쉽게 평상시의 분위기로 미끄러져 들어갈 수 있다. 현실 세계가 어떤 이들이 암시하듯 실제로 제약이 그리 많은지에 대해 언쟁하고, 서로를 설득해 어느 한 쪽으로 끌고 가려 한다. 우리가 왜 여기 있었는지는 잊어버린다. 설득이나 현실에 대한 공감대 형성은 우리가 신뢰 서클에 있는 이유가 아니다. 우리는 상대방이 그의 내면 스승의 가르침을 들어 보는 것을 돕고자 여기에 있는 것이다.

이 시점에서 진행자는 사람들에게 로르샤흐 테스트의 비유를 되새겨 줘도 좋다. 목수 경에 대한 우리의 반응은 우리에 대해 원문 텍스트가 말하는 것보다 더 많은 걸 말해 준다. 고로 우리는 자신이 무슨 말을 하는지 주의 깊게 들어야 한다. 우리가 여기 온 건 이 이야기의 '객관적 의미(마치 그런 게 있기나 한 것처럼)'가 무엇인지, 다른 사람의 인생에 그 이야기가 어떤 의미를 가지는지(마치 우리가 알기나 하는 것처럼) 토론하려 함이 아니다. 우리가 여기에 있는 이유는 상대의 고독을 보호하고 마주 서서 인사하기 위함이다. 그래서 우리는 이 이야기와, 이야기에 대한 우리의 대화가 내면 스승으로부터 끌어내는 무언가에 귀 기울인다. 그것이 무엇이든 말이다.

더불어 진행자는 사람들에게 텍스트는 나름의 고유한 목소리가 있음을 되새겨 줄 필요가 있다. 다른 이의 목소리를 주의 깊게 들어야 하는 것처럼 텍스트의 목소리도 주의 깊게 들어야 한다. 이 경우 진행자는 이 이야기 어디에도 왕이 목수 경에게 금식하고 잡념을 떨쳐버리라고 7일 간의 휴가를 줬다는 언급이 없음을, 단지 경이 7일간의 과정을 거쳤다고만 나와 있음을 짚어 줄 수 있다. 마찬가지로 이 이야기에는 경이 가정생활을 등지고 홀로 수양하러 갔다는 언급도 없다. 그가 여전히 계속되는 가정, 일터, 시민의 책무, 그 한복판에서 금식도 하고 잡념을 떨쳤는지도 모를 일이다.

부드럽게 그러나 단호히 진행자는 이런 메시지를 전달해야 한다. "이 이야기나 다른 사람의 이야기 해석에 공감했는지, 거부감을 느꼈는지, 당신의 반응을 필기하고 다시 생각해 보십시오. 어떤 개인적 체험이 보이지 않는 부분에 있는지 스스로에게 물어보십시오. 어떤 내면의 이슈들을 당신이 심리적으로 투사하고 있는지 스스로에게 물어보십시오. 당신 자신의 반응을 이해하려고 하면 당신의 내면 스승이 무언가 중요한 말을 하려고 한다는 사실을 발견할 겁니다."

얼마간 시간이 흐르면 진행자는 이 모든 것에 대해 사람들에게 일일이 환기해 주지 않아도 된다. 참여자들이 제3의 상징물에 대해 뭐라고 말하든 그들 자신에 대해 말하고 있음을, 연상 작용은 내면으로부터 비롯됨을 깨닫게 되기 때문이다.

자신의 진실에 이름 붙이기

사람들에게 10~15분간 〈목수 이야기〉를 공개 탐구할 것을 청하면서 시작했다면 진행자는 대화가 늘어지지 않고 예리한 초점을 유지하도록 개방성과 의도성의 균형을 잘 맞춰야 한다.

진행자로서 난 이런 말을 할 수 있다. "〈목수 이야기〉 같은 이야기는 항상 면밀히 읽으면 좋지요. 고로 이 이야기 속으로 한 걸음씩 파고들어가 봅시다. 우선 장자가 처음 몇 줄에서 이 드라마의 무대 배경을 설정한 방식을 보시지요."

위대한 목수인 경이 진귀한 나무로 종 걸이를 만들었지.

완성품을 본 사람은 모두 입을 다물지 못했지.

사람들은 말했어. "이건 틀림없이 영혼이 담긴 작품이야."

노나라 왕이 경에게 물었어.

"비법이 뭔가?"

경은 대답했지.

"전 한낱 목수일 뿐입니다. 비법 같은 건 없지요."

"여기서 경은 종 걸이의 아름다움에 감탄하는 구경꾼들에 둘러싸여 있습니다. 사람들은 말하죠. '이건 틀림없이 영혼이 담긴 작품이야.' 왕은 묻습니다. '비법이 뭔가?' 그리고 경은 대답합니다. '전 한낱 목수일 뿐입니다. 비법 같은 건 없지요.' 여기서 무슨 일이 일어나고 있죠? 이렇게 주거니 받거니 말하며 당사자들은 서로에게 무슨 말을 하려 했을까요?"

"왕과 사람들은 단순히 경의 아름다움을 창조하는 능력에 감탄한 거 아닌가요?"라고 누군가가 말한다. "그들은 경의 '비법'을 알아내려고 해요. 그래서 경의 작품을 대량 생산해 월마트 같은 데 특별 상품으로 내놓겠죠!" 어떤 이는 왕이 경의 위업에 위협을 느껴 그 비결을 캐냄으로써 자신의 권위를 지키려는 것이라고 한다. 어떤 사람은 왕과 사람들 다 경을 초인처럼 대우함으로써 자신의 인간적 재능 발굴이라는 내면의 도전을 오히려 회피한다고 본다.

사람들이 말하는 걸 들으며 우리는 적어도 두 가지를 배운다. 첫째, 사람들은 도입부 하나만 놓고도 참 다양한 해석을 내놓는다. 그 이유는 그들 내면의 이슈가 제각각이기 때문이다. 둘째, 우리가 우리의 필요를 이야기에 심리적으로 투사하듯이, 이 이야기에 등장하는 사람들도 그들의 필요를 목수 경에게 심리적으로 투사하고 있다! 이야기 속에서 투사되는 것의 근원이 경외심이든, 상업적 자기 이해든, 권력욕이든, 자기 부인이든, 분명한 건 심리적 투사 행위가 진행되면서 경은 강력한 투사 작용에 휩싸였고, 그 결과 경은 일종의 마법사 같은 존재가 되었다는 것이다.

이런 심리적 투사 앞에서 경의 에고는 틀림없이 유쾌해졌을 것이다. 적어도 이 로르샤흐 테스트에 대한 내 반응은 그랬을 것이다! 초인적 능력 덕에 칭송받기를 바라지 않을 사람이 어디 있겠는가? 우리는 늘 이런 식의 투사를 기꺼이 끌어안는다. 그리고 이런 것이 전문가다운 자세라고 생각한다. '물론 내겐 비법이 있지. 그러나 의사(회계사, 정비공)가 되느라 많은 돈과 시간을 썼으니까 내 비법을 공짜로 알려 주진 않을 거야! 이쪽 업계에 대해 살짝 알려 줄 순 있겠지만, 너무 애매하게 말해 뭘 말하는지 못 알아먹게 해야지!'

경은 사람들이 그에게 해대는 심리적 투사를 거부한다. 왜냐고? 다른 사람이 내가 누군지 규정하는 것을 받아들이는 순간 우리는 곧 참된 자아상과 세상과 우리 간의 올바른 관계를 잃게 되기 때문이다. 그런 투사가 우리를 영웅으로 만들든, 염소로 만들든 차이가 없다. 다른 이가 우리의 이름을 짓는 걸 받아들이면 우리는 우리 자신의 진실로부터 동떨어지며, '타자'와 서로 생명을 주며 공동 창조하는 능력은 뿌리부터 흔들린다.

당신이 심리적 투사의 그물에 걸려들기 위해서 꼭 어느 분야의 달인이 되어야 한다는 건 아니다. 단지 다른 사람들과 더불어 살고 일하기만 해도 된다! 학생은 교사에게 말한다. "선생님은 전문가잖아요. 우리 스스로 생각하지 않아도 되게 그저 답을 가르쳐 주세요!" 이렇게 학생은 교사에게 자기가 배우게끔 돕지 말고 그저 정보나 나눠 달라고 유혹한다. 이럴 때 교사는 학생의 그물에 걸려든 것이다. 독자는 작가에게 말한다. "이 주제에 대해 책을 쓰셨잖아요. 그러니까 이 분야의 전문가시네요." 이렇게 독자는 작가에게 생각하기와 글쓰기의 최고의 활력소인 '알지 못함'이라는 고지를 포기하라고 유혹한다. 부모는 자식이, 사장은 직원이, 정치인은 시민이 던진 그물에 걸려든다. 심리적 투사의 그물은 무궁무진하며, 투사로 일어나는 왜곡도 무궁무진하다.

그래서 경은 그를 바깥에서 안으로 이름 지으려는 사람들의 시도를 거부했다. 단순하고 분명하게 그는 안에서부터 밖으로 자신의 이름을 붙일 권리를 주장했다. "전 한낱 목수일 뿐입니다. 비법 같은 건 없지요." 심리적 투사에 대해 울타리를 치고 우리 자신의 진실에 이름 붙일 권리를 지키는 이 첫 번째 결정적 수순을 밟지 못하면, 우리는 영영 자욱한 안개와 거울의 미로 속을 헤매며 내면의 삶으로 들어가는 길의 입구에도 다다르지 못할 것이다.

이렇게 〈목수 이야기〉의 도입부를 탐구해 들어가면 서클의 모든 사람을 향한 질문이 뭉게뭉게 피어오르기 시작한다. 내 주변을 에워싸는 심리적 투사는 무엇일까? 그 투사는 어디서 시작되었을까? 그 투사의 동력은 무엇일까? 어찌하면 그런 투사에 더 잘 대처할까? 어떻게 내 자신의 진실에 스스로 이름 붙일 권리를 주장할까? 이런 질문들과 그에 대한 우리의 답은 이중성을 극복한 삶을 향한 여행에서 핵심적인 단계들이다.

작업 전의 작업

목수 경은 일을 잘하려면 내적 자유와 타협하지 않은 채 동시에 외적 제약도 처리해야 함을 알았다. 뫼비우스 띠처럼 두 극이 서로에게로 흘러들어가게 해야 함을 알았다. 그래서 그는 왕이 명한 작업에 초점을 맞추는 것부터 시작하지 않았다. 그는 훨씬 가까운 곳에 있는 작업부터 착수했다. 바로 진정한 자아를 되찾는 내면의 작업이다. 이야기가 전개되는 동안 경은 끊임없이 이 내면 작업을 한다.

신뢰 서클에서 이 이야기를 탐색하면서 사람들은 깨닫는다. 어떻게 이런 역작을 창조했냐는 질문을 받았을 때 경은 그가 사용했던 끌의 종류라든지, 어떤 각도로 연장을 쥐었는지, 나무를 조각할 때 얼마만큼의 압력을 가했는지에 대해 한마디도 말하지 않았다!

물론 수년간 기예를 연마해 달인의 경지에 이른 사람에게는, 연장과 기술이란 제2의 천성 같아서 언급할 필요조차 없었는지 모른다. 그러나 경이 작품의 기술적 측면에 대해 침묵한 더 깊은 이유가 있다. 기술은 중요하지만, 진실과 아름다움을 세상에 끌어내오는 데 있어 그것이 가장 도전적인 건 아니기 때문이다. 진짜 도전은 경이 말한 데 있다. 즉, 능숙한 손놀림 뒤에 있는 마음의 형성 말이다.

난 이야기의 이 부분을 '작업 전의 작업'이라고 부르려 한다. '작업 전의 작업'은 내가 새로운 '명령'을 받을 때마다 마음에 새기려고 애쓰는 구절이다. 세상에서 작업에 착수하기 전 나에게는 해야 할 내면의 작업이 있다.

하명하신 작업에 대해 구상하면서

제 영혼을 잘 간수하려 했지요.

사소한 일에, 엉뚱한 일에 영혼을 쓰지 않았답니다.

제 마음을 쉬게 하려고 금식을 했지요.

사흘간 금식하니

성취와 성공을 잊게 되더군요.

닷새 후엔

칭찬과 비난을 잊게 되더군요.

이레 후엔

사지육신을 잊게 되더군요.

여기에 매혹적인 아이러니가 있다. 방금 "비법 같은 건 없지요"라고 선언한 경이 연이어 제일 중요한 듯 보이는 비법을 공개하면서, 어명을 받은 후부터 종 걸이가 들어 있는 나무를 만나기까지의 내적 여행을 묘사한 것이다. 신뢰 서클의 진행자로서 난 사람들에게 이 과정을 그대로 따라야 할 어떤 공식으로 받아들이지 말고, 상상력을 자극하기 위한 일련의 이미지로 받아들이라고 청한다. 당신 개인은 '영혼 간수' '금식' '잊어버리기'와 같은 무언가를 가지고 있습니까? 경이 숲 속에 들어서기 전에 도달했던 내적 처소에 도달하기 위해 당신은 무엇을 하십니까, 또는 하고 싶습니까? 이중성을 극복한 삶을 향한 경의 내면 여행과 비교할 만한 당신만의 내면 여행은 무엇입니까?

이 부분의 로르샤흐 테스트에 대한 내 반응이 여기 있다.

경은 첫 번째 내향적 걸음을 이렇게 묘사했다. "제 영혼을 잘 간수하려 했지요." 이건 뫼비우스 띠 제작 과정의 2~3단계 같아 보이기도 한다. 울타리 뒤에 숨어 세상과 거리를 두는, 허상에 근거한 삶 말이다. 그러나 '간수했다'라고 할 때 경이 의미했던 바는 그게 아니다.

"제 영혼을 잘 간수하려 했지요. 사소한 일에, 엉뚱한 일에 영혼을 쓰지 않았답니다." 경의 말은 세상으로부터 자신의 영혼을 지켰다는 게 아니다. 세상은 늘 우리 곁에 있고, 세상으로부터 벗어날 방법도 없다. 경은 자신의 영혼을 사소한 일에 낭비하려는 자신의 성향으로부터, 외부의 압력에 무릎의 반사 신경처럼 자동적으로 반응하려는 자신의 성향으로부터 자신을 지켰다는 것이다.

구체적으로 경은 두려움이라는 반사 신경으로부터 자신을 지켰다. "제 마음을 쉬게 하려고 금식을 했지요"라고 말함으로써 그는 처음 어명을 받았을 때의 두려움을 인정했다.

경같이 오랜 세월 동안 자기 일을 탁월하게 해서 '달인'이라 불리는 사람도 새 과제를 맡으면 두려움에 빠진다는 것은, 나처럼 두려움에 익숙한 사람에게 위로가 된다. 젊은 시절 난, 언젠가 나이가 들면 오랜 경험과 연륜을 발판으로 두려움 없이 일할 날이 오리라 고대했다. 그러나 오늘날, 60대 중반의 나이에, 난 앞으로도 간간이 두려움을 느끼게 될 것임을 깨닫는다.

어쩌면 난 두려움을 결코 없애지 못할 수도 있다. 그러나 경처럼 나도 두려움이 들 때마다 두려움 속으로 걸어 들어가 통과해 나오는 법을 배울 수 있지 않을까. 그래서 난 경이 그의 내면 여행에서 다음 걸음을 내딛는 걸 황홀해하면서 지켜본다. 경은 그의 두려움을 촉발하는 내적 요소에 이름을 붙이고, 그 결과 뫼비우스 띠 위의 삶에 대한 깨달음의 수준을 끌어올린다. 이 내적 촉발자로부터 영혼을 지켜내지 못하면 그것들이 경과 외부 세계와의 관계를 망가뜨릴 것이다. 경이 두려움의 내적 촉발자로 특별히 꼽은 것은 자신의 '성취와 성공'에 대한 이끌림, 그리고 '칭찬과 비난'에 대한 연약함이었다.

세상은 처벌과 보상을 사용하여 동기 부여, 방향 전환, 현실 순응의 효과를 우리로부터 이끌어 낸다. 그러나 처벌과 보상이라는 제재 수단은 우리가 그 제재들을 내면화하지 않는다면 아무 쓸모가 없다. 우리가 세상의 논리에 동의할 때만 세상은 우리 위에 왕처럼 있을 수 있다.

고로 경은 '금식'과 '잊어버리기'를 통해 자신의 동의를 철회한다. 물론 성취와 성공, 칭찬과 비난에 대해 잊어버리는 건 말처럼 간단하지 않다. 그러나 경이 했던 것처럼 우리도, 또 신뢰 서클에서도 우리의 두려움에 소리 내어 이름 붙일 수 있다. 이것은 두려움을 초월하기 위한 첫 걸음이기도 하다.

그다음에 경은 자신의 '사지육신'을 잊어버렸다고 했다. '사지육신'이라는 표현이 우리 몸을 폄하하는 것 같다는 사람도 더러 있지만, 이 부분에 대한 나의 로르샤흐 테스트 반응은 정반대다. 육체적 기술을 써서 일하는 사람이 어떤 경지에 이르면, 그가 목수든 운동선수든 악기 연주자든 상관없이 자기 몸을 절대적으로 신뢰해야 한다. 여기서 신뢰란 '잊어버림'과 같은 말이다. 유격수나 콘서트 피아니스트가 단 1초라도 자기 손이 제자리에 있는지 의심한다면 세게 때린 땅볼을 놓치거나 빠르게 진행되는 쇼팽 즉흥곡 한가운데서 머뭇거릴 것이다.

우리가 이런 식으로 몸을 '잊어버린다'면 '몸도 자기 머리가 있다'는 말의 참뜻을 알게 될 것이다. 야구선수도 아니고, 스타인웨이 피아노를 연주하는 사람도 아니더라도, 우리는 내면의 길잡이의 일부분인 몸이 익힌 지식을 신뢰하는 걸 배워야 한다. 그러면 우리도 목수 경처럼 외부 명령에 덜 반응하고 내면 스승에 더 반응할 것이다. 우리는 우리 자신의 영혼을 더 가까이 따르면서 살게 될 것이다.

우리가 '작업 전의 작업'을 신뢰 서클에서 탐색하면서, 사람들은 소리 내서 또는 침묵 속에서 내면 여행에 대한 다음과 같은 여러 중요한 질문과 씨름한다.

* 어떻게 내 영혼을 지킬까? 난 영혼을 지키는 일의 가치를 진정 믿기는 하는 건가? 아니면 그저 상황 논리에 내

영혼을 맡기는 걸까?

* 날 마비시키는 두려움은 어떤 것인가? 경이 성취와 성공, 칭찬과 비난, 보신保身주의에 대해 속이 시원할 정도로 분명하게 이야기했듯이, 나도 내 두려움에 그렇게 이름 붙일 수 있는가?

* 경은 참된 자아를 되찾기 위해, 두려움 속으로 들어가서 뚫고 나오기 위해 '금식'과 '잊어버리기'를 했다. 이에 해당하는 내 방법은 무엇인가?

목수 경은 이런 질문들과 씨름했다. 그 과정에서 그의 여행은 뫼비우스 띠의 '안쪽'에서 벗어나 '바깥' 세상에 간여하도록 그를 이끌어 갔다.

이때쯤
전하와 대궐에 대한 온갖 생각도 사라졌지요.
일 외엔 정신을 어지럽히는 온갖 잡념이
자취를 감췄지요.
오로지 작품 생각에만
사로잡혔지요.
그리곤 원목을 보러 산으로 갔습니다.
쓸 만한 재목이 눈앞에 나타나자

종 걸이가 그 속에서 아른거리더군요.

의심할 바 없이 또렷하게요.

제가 한 일이라곤 손을 놀려

일을 시작한 것뿐입니다.

종 걸이가 왕에게 배달되기 한참 전 '작업 이전의 작업'의 세 가지 핵심적 결과물이 나왔다. 신뢰 서클에서는 이 결과물을 탐구하며, 각각의 결과물이 우리 인생에 어떻게 대칭점을 가지는지 깊이 생각해 볼 수 있다.

우선 목수 경이 왕에게 한 말에서 풍기는 이 당당함, 이 배짱을 생각해 보자. "이때쯤 전하와 대궐에 대한 온갖 생각도 사라졌지요. 일 외엔 정신을 어지럽히는 온갖 잡념이 자취를 감췄지요." 당신의 사장이 자기가 맡겼던 일을 어찌 그리 훌륭히 해냈냐고 당신에게 묻는다. "그게요, 솔직히, 사장님과 이 회사가 존재한다는 것조차 잊어버렸습니다!"

물론 이건 진실이다. 우리가 영혼의 명령 대신 윗사람이나 회사 문화에 코드를 맞춘다면 진실하고 아름다운 어떤 것을 공동 창조하지 못한다. 농무부의 그 공무원도 그의 상관과 관료제에 대한 생각을 한동안 뒷전으로 밀어놓았기에 내면 스승이 이렇게 말하는 소리를 들었던 것이다. "당신이 보고해야 할 이는 땅이요."

둘째, 경은 "오로지 작품 생각에만 사로잡혔지요"라고 말했다. 경은 이렇게 말하지 않는다. "제 생각들을 모아서 종 걸이를 만들기 위해 완벽한 계획을 짰습니다."(아마 우리라면 이렇게 말하지 않았을까?) 대신 그는 수동태를 사용해서 자기 의도를 놓아버렸음을, 자신이 에고 앞에서 사망했음을, 그래서 자신의 작품에 형체를 부여한 더 큰 진실 속으로 모아져 들어갈 수 있었음을 말한다. 우리 영혼이 열망하는 정수가 여기에 있다고 난 생각한다. 영혼은 우리 자신의 에고가 에고에 의해 제작된 설계도보다 더 크고 더 진실한 무언가와 잇닿기를 갈망한다.

셋째, 경의 내면 작업은 그를 숲으로, 그러니까 다시 '바깥' 세상으로 데려갔다. "그리곤 원목을 보러 산으로 갔습니다. … 제가 한 일이라곤 손을 놀려 일을 시작한 것뿐입니다." 내면의 여행 경로를 늘 충실하게 제대로 따라가면 우리는 행위의 세계로 되돌아온다.

그러나 우리가 그 세계로 되돌아올 때 우리는 내면 여행을 떠나기 전과는 다른 곳에 있음을 깨닫는다. 경은 이제 숲의 나무에 덧씌울 야심찬 계획으로 안달하지 않는다. 그는 자신의 진실을 소유한 채 숲 속으로 걸어 들어갔고, 그랬기에 나무 하나 하나의 참모습을 볼 수 있었고, 한 나무 속에서 종 걸이를 발견했다. "의심할 바 없이 또렷하게" 말이다. 그가 나무에 대해 뛰어난 지식이 있어서가 아니다. 그가 자신에 대해 뛰어난 지식이 있었기 때문에 그럴 수 있었던 것이다.

모든 일에는 목수의 나무에 해당하는 대상이 있다. 그 대상이란 부모에게는 자식이요, 선생에게는 학생이요, 관리자에게는 직원이요, 작가에게는 언어요, 정비공에게는 기계다.[7] 우리가 자신을 선명하게 보지 못한다면 우리는 다른 이를 '유리를 통해, 어두침침하게' 볼 수밖에 없다. 그러나 목수 경이 그랬듯 우리가 자신의 정체성을 뚜렷이 본다면, 우리는 다른 이의 정체성도 더 분명하게 볼 것이다. 이런 진실한 앎에서 진실한 공동 창조가 피어난다.

생생한 만남

"제가 한 일이라곤 손을 놀려 일을 시작한 것뿐입니다." 이렇게 말함으로써 목수 경은 자기 이야기를 마무리한다.

> 이 나무를 만나지 못했다면
> 종 걸이도 없었겠지요.
> 무슨 일이 있었냐고 하셨습니까?
> 한데 모은 제 생각들이
> 나무 속에 숨겨진 잠재성을 만난 겁니다.
> 이 생생한 만남에서

전하께서 영혼의 작품이라고 하신

이 종 걸이가 나왔습니다.

"이 나무를 만나지 못했다면 종 걸이도 없었겠지요." 이 말로 경은 '전문가다운 의식'이라는 관념 한가운데 있는 오만함에 도전장을 던진다. 여기서 오만함이란 적합한 지식, 노련한 기술, 의지를 관철할 힘만 있다면 언제든 세상의 '원재료'에서 소원하는 결과를 얻어낼 수 있다는 생각을 일컫는다.

경은 달리 알았다. 훌륭한 정원사, 도자기 제작자, 선생, 부모라면 누구나 알듯이 경은 함께 일하는 '다른 사람'은 결코 우리가 선택한 형체로 빚어낼 수 있는 단순한 원자재가 아님을 안 것이다. 함께 일하는 모든 '다른 사람'은 나름의 개성이 있으며, 나름의 한계와 잠재력도 있다. 우리가 참된 결실을 얻으려면 우리는 타자와 공동 창조하는 법을 배워야 한다. 훌륭한 일은 관계적이며, 그 생성물은 우리가 서로에게서 무엇을 불러올 수 있는가에 달려 있다.

이 이야기의 중심에는 내가 오랜 시간을 들인 후 비로소 깨달았던 진실이 하나 있다. 오래 걸린 이유는 그 진실을 입 밖에 내서 말한 적이 없었고, 그 진실도 거북했기 때문이다. 종 걸이가 만들어지려면 나무가 베어져야 한다. 경이 톱을 들고 나무에 다가가 땅바닥에 톱밥을 남겨둘 의향이 없었더라면, 종 걸이는 나타나지 못했을 것이다.

이 사실에 대한 대칭점을 선생으로서의 내 일에서 발견한다. 간혹 그 속에 종 걸이가 보이는 학생을 만난다. 그 학생 스스로는 아직 의식하지 못해도 꽃피지 않은 감탄할 만한 재능이 엿보인다. 그 종 걸이를 드러내려는 내 노력은 그 학생과 나, 둘 다에게 영향력을 발휘하지만, 결국 모두에게 기쁨을 준다. 그 학생이 자신의 재능에 이름을 붙이고 자기 것으로 만들 준비와 의지가 있다면 말이다.

그러나 어떤 경우에는 내가 하는 '본뜨기'가 고통만 야기한다. 그 이유는 둘 중 하나다. 때로는 비록 학생의 내면에 종 걸이가 있으나, 그걸 드러내는 과정에서 그 학생이 저항을 하기 때문이다. 이 학생은 그의 재능을 끌어안을 준비가 되어 있지 않은 것이다. 이럴 때 난 카잔차키스의 이야기에 나오는 '나비를 억지로 탈태시키려는 남자'가 되는 것이다! 그 학생이 내가 봤다고 생각한 종 걸이를 가지고 있지 않을 때도 있다. 거기 있지 않은 재능을 내가 심리적으로 투사한 이유는 내 에고가 그 학생으로 하여금 그답지 않은 누군가가 되기를 원했기 때문이다. 아마도 내가 '훌륭한 선생'임을 입증하기 위해서일 것이다. 이 경우 내가 허투루 한 심리적 투사를 제때 그만두지 못하면 그 학생에게 정말로 해를 입히게 된다.

훌륭한 일에는 위험이 따른다. 몇 번의 실패를 겪은 뒤 나는 위험 앞에서 너무 쉽게 두려움으로 마비되는 자신을 발견한다. 그래서 관계적 가르침이 아닌 주입식 가르침의 안전함으로 돌아간다. 이런 순간에 〈목수 이야기〉에서 내게 깊은 울림을 주는 한 줄은 "제가 한 일이라곤 손을 놀려 일을 시작한 것뿐입니다"이다. 일단 실패를 맛본 후라면 손을 놀려 다시 시작하는 것만으로도 진정 용기 있는 행동을 하는 셈이다!

경의 마지막 말은 두려움을 넘어 문제의 희망찬 핵심으로 우리를 초청한다. "이 생생한 만남에서 전하께서 영혼의 작품이라고 하신 이 종 걸이가 나왔습니다." 생생한 만남은 둘 또는 그 이상의 존재가 온 힘을 쏟는 파트너십을 말한다. 목수와 나무, 선생과 학생, 리더와 따르는 자, 그들의 파트너십이 우리 인생에서 더 많이 일어나도록 돕는 것이 〈목수 이야기〉가 내게 주는 의미다.

생생한 만남은 예측을 불허하고 도전적이며 위험이 따른다. 이런 만남에 따르는 위험에는 보증도 담보도 없다. 고로 이런 만남은 상대방을 객체로 대하는 '관성적 충돌'보다 훨씬 더 선호도가 떨어진다. 그러나 생생한 만남은 관성의 충돌에 부족한 무언가를 선물한다. 이 만남에는 인생을 살맛 나게 하는 활력이 있다. 이 만남은 가치 있는 일을 탈태시킨다.

신뢰 서클에서 〈목수 이야기〉에 대한 탐구를 마칠 때쯤, 우리는 뫼비우스 띠 위의 삶을 더 높은 수준에서 깨닫게 된다. 내면 스승은 존중과 뒤돌아보기에 기반을 둔 대화에서 자극받았고, 우리가 이야기와 단둘이 있었다면 도달하지 못했을 깨달음을 우리에게 안겨 주었다. 제3의 상징물이 공동체에서 생기를 띠고 살아 있는 무언가가 되면, 우리의 대화는 서클이 해산되고도 한참 후까지 이어진다. 신뢰 서클의 대화는 끝났지만, 목수 경은 우리의 계속되는 여행에 길동무로 남는다.

적어도 나에게 경은 그런 길동무가 되었다. 30여 년 전 공동체에서 경과 처음 만난 이래 경은 내 길잡이가 되었다. 신뢰 서클에 의해 내 상상 속에서 너무나도 생생해진 캐릭터인 경은, 내 일상생활의 모든 순간을 함께했다.

CHAPTER 7

깊음이 깊음에게 말하다
- 말하기와 듣기, 배우기

그래서 난 호소한다.
말하는 뭇사람들 안의 외지고 중요한
그늘진 지역
그 안의 한 목소리에 호소한다.
우리가 서로를 속일 수는 있어도
우리 상호간의 인생 퍼레이드가
어둠에 실종될 수 있음을 유념하라고.
– 윌리엄 스태퍼드[1]

내면 스승 이야기

제3의 상징물을 써서 영혼의 진실에 '비스듬히' 다가가는 건 신뢰 서클을 만드는 데 유용한 방법이다. 우리가 어떤 방식으로 시詩나 어떤 주제, 느낌, 문제에 대해 말하고 듣고 서로에게 반응하는가는, 서클을 세울 수도 있고 무너트릴 수도 있다. 신뢰 서클은 그 방식이 단순하면서도 대항문화적인 규칙의 지배를 받는다. '고치기 금지, 구해 주기 금지, 조언 금지, 상대방 바로잡기 금지'. 이 규칙을 지키는 게 얼마나 어려운지, 그러나 규칙을 지키면 얼마나 많은 것이 수면 위로 떠오르는지에 관해 에피소드 하나를 소개하고자 한다.

인종 구성이 다양했던 한 신뢰 서클에 재닛이라는 백인 중학교 교사가 있었다. 그녀는 첫 번째 수련회 내내 뾰로통하고 어수선한 모습을 하고서 앉은 채 도통 입을 열지 않았다. 허나, 무슨 문제가 있느냐고 물음으로써 재닛을 침범하거나, 숫제 없는 사람 취급하는 경우는 없었다. 사람들은 존재감과 개방성을 가지고 그녀 곁에 머무르며 그들의 대화를 지속했고, 동시에 그녀의 영혼이 나타나기를 기다렸다.

두 번째 수련회 초반에 그룹이 인종 문제를 다룬 시 한 편을 탐구할 때 재닛의 불만이 삐져나오기 시작했다. 그녀는 교실에서 끔찍한 시간을 보내고 있었으며, 그건 죄다 '그 학생들' 탓이었고, '그 학생들'은 죄다 흑인이었다. 그러나 그건 인종 차별이 아니냐고 비판하거나, 그런 말이나 한다는 이유로 없는 사람 취급하는 경우도 없었다. 그 서클에는 흑인과 백인 교사가 몇 명 있었는데, 그들은 틀림없이 같은 교사로서 재닛이 하는 말에 심히 언짢았을 것이다. 그러나 모두들 재닛의 영혼을 계속 기다렸다.

때로는 다른 누군가가 시에 대해 무언가를 이야기하기 전에, 재닛이 이야기한 불만을 사람들이 존경스러운 침묵으로 받아들이기까지 했다. 간혹 재닛에게 상황을 탐구할 기회를 주고자 정직하고 열린 질문으로 반응하는 사람도 있었다. "그렇게 느낄 만한 첫 계기가 뭐였죠?" 또는 "그 학생에 대해 뭐가 가장 어렵다고 느끼시죠?" 그러나 재닛은 이런 질문을 탐구의 기회로 쓰지 않고 불평을 더 늘어놓는 기회로 삼았다.

다른 교사들이 학생들 때문에 곤혹스러웠던 상황을 이야기했다. 그 두 흑인 교사들을 골치 아프게 한 학생들은 백인이었다. 이 이야기들은 재닛을 판단하기 위해서 한 게 아니었다. 모두들 이런 문제를 겪고 있음을 정직하게 증언하려 한 것이다. 한 이야기에는 문화적 '혼선 빚기'의 익살스러운 에피소드가 들어 있어 덕분에 무거운 주제가 잠시나마 좀 가벼워졌다.

재닛은 두 번째와 세 번째 수련회 동안 자신의 악마들과 열심히 싸웠다. 그리고 네 번째 수련회에서 놀라운 일이 일어났다. 그녀는 눈물을 흘리며 그룹 멤버들에게 말했다. 지난번 수련회를 마친 후 자신의 귀에 들리는 자신의 말을 듣고서 경악했다는 것이다. 그녀는 가장 어려운 학생과 관계를 개선하기로 결심했다. 재닛이 그 학생에 대해 더 많은 걸 알게 되자 분노의 일부가 연민으로 바뀌었다. 그녀가 겪는 문제의 상당 부분이 그녀 안에서 비롯되었음을 깨닫자 교실에서 겪는 문제들도 줄어들었다.

물론 인종 차별 같은 사회적 재앙에 대해 지적해야 할 때도 있다. 그러나 눈앞에서 지적하는 건 근본적 변화를 일으키지 못할 때가 많다. 얼마 못가 식어 버릴 '심경 변화' 쪽으로 마지못해 끌려가는 사람도 있긴 하나, 대체로 자기 방식의 오류를 더 단단히 붙들게 된다. 재닛의 근본적 변화는 깊고도 지속적이었다. 그건 변화가 내면에서 우러나왔기 때문이다. 변화를 가능케 했던 것은 그녀의 내면 스승을 믿어 주고, 또 내면 스승의 목소리를 듣게 해 준 공동체다.

왜 우리는 도와주고 싶어 할까?

'고치기 금지, 구해 주기 금지, 조언 금지, 상대방 바로잡기 금지'. 모두 단순한 규칙들이다. 그러나 남 바로잡기가 삶의 방식으로 굳어진 사람들은 이 단순한 규칙 때문에 고생한다. 장기 서클의 초반부에 이 규칙을 소개하자 누군가 불쑥 내뱉었다.

"그럼 도대체 앞으로 2년간 서로 뭘 하라는 겁니까? 방금 우리가 할 줄 아는 건 다 제껴 놓으셨잖아요!"

흔히 말하듯 이건 장난이 아니다. 특히 이른바 남을 돕는 직업을 가진 사람들에게는 더더욱 장난이 아니다. 이들은 우리의 존재 이유가 모두 다른 이를 바로잡기 위함인 듯 행동한다. 최근 내가 운영했던 한 모임에서 어느 참가자는 다른 사람의 영혼의 생사가 그녀의 조언에 달려 있다고 완전히 확신했고(흥, 규칙 좋아하시네!), 난 그녀에게 중지 명령을 세 번이나 내려야 했다.

과연 우리는 신뢰 서클에서 뭘 해야 하는가? 우리는 재닛과 함께 서클에 있던 사람들이 하던 일을 하면 된다. 우리는 우리 자신의 진실을 말하면 된다. 우리는 다른 사람의 진실을 받아들이는 자세로 들으면 된다. 우리는 서로에게 상담해 주지 않고 오로지 정직하고 열린 질문만 하면 된다. 우리는 서로에게 침묵과 웃음이라는, 치유와 힘을 주는 선물을 건네면 된다.

이런 식의 함께하기는 너무 대항문화적이라서 우리가 평상시 삶으로 돌아가지 못하도록 분명한 설명, 꾸준한 실천, 부드러우나 단호한 집행을 제공하는 진행자가 함께 있어 주어야 한다. 그러나 일단 이런 식의 함께하기를 경험하면 우리는 그걸 친구 관계나 가족 관계, 일터, 시민 생활 등 다른 관계에까지 적용하고 싶어질 것이다.

우리가 신뢰 서클을 규정하는 법뿐만 아니라 그 법의 정신까지도 끌어안으려면 고치고, 구원하고, 조언하고, 남을 바로잡는 습성이 우리 인생에서 왜 그리 강력한 장악력을 가졌는지 알아야 한다. 물론 그 습성이 온화하게 나타날 때도 있다. 그럴 때 우리를 붙들고 있는 건 단순한 연민이다. "당신이 문제가 있어서 그걸 나와 나누었으니 난 돕고 싶어요. 그래서 상담을 해 주는 거니까, 내 조언이 유익하면 좋겠어요." 여기까진 좋다.

그러나 사안이 심각해질수록 내 조언이 어떤 실제적 값어치를 가질 가능성도 줄어든다. 당신의 자동차를 고치는 방법이나 논문 쓰는 방법을 내가 알 수는 있다. 그러나 당신을 지옥이나 다름없는 직장 생활에서 구원할 방법이나, 당신의 망가진 결혼 생활을 고쳐 줄 방법이나, 당신을 절망에서 건질 방법을 난 알지 못한다. 당신의 가장 밑바닥 어려움에 대한 내 답은 '내가 당신이라면 어떻게 했을까?' 이런 생각들이다. 그러나 당신은 내가 아니다. 내가 당신의 심리적·영적 복제 인간이더라도 내 해법은 당신에게 별 소용이 없을 것이다. 왜냐하면 그것은 당신의 영혼에서 우러나오거나 당신이 스스로 자기 것으로 소화한 게 아니기 때문이다.

우리의 가장 심오한 질문들, 신뢰 서클에서 우리가 탐색하도록 요청받은 그런 질문들 앞에서 조언하기 습성은 그 어두운 그림자를 드러낸다. 만일 그림자가 자기 논리를 털어놓고 말할 수 있다면 이런 식으로 말하지 않을까? "내 조언을 받아들였는

데 문제 해결에 실패하면, 당신 노력이 부족한 탓이에요. 내 조언을 못 받아들이면, 그래도 난 최선을 다한 거죠. 고로 난 책임 없어요. 어떤 결과가 나오든 더 이상 당신이나 당신의 곤혹스러운 문제로 내가 고민하지 않아도 되는 거죠."

우리가 고치지 못할 사안들에 대해 건네는 '고치는 법'에는 그림자가 있다. 그 그림자의 아이러니는 서로에게 거리를 두려는 욕구다. 관심 있어 하는 듯 보이나 실은 상대를 포기하는 전략이다. 아마도 그래서 우리 시대의 가장 흔한 타령이 "아무도 진심으로 날 보지도, 귀 기울이지도, 이해하지도 않아요"가 아닐까 싶다. 우리가 깊이 듣기보다는 더 이상의 개입을 회피하기 위해서, 그래서 그 사람을 고치는 데 급급하다면 어떻게 남을 이해할 수 있겠는가? 고립감과 투명 인간이 된 듯한 기분이 너무 많은 인생에 그림자를 드리우고 있다. 나처럼 나이 든 이들이 부단히 고쳐 주려고 하는 젊은이들의 인생에 드리워진 그림자는 더욱 짙다. 그림자가 생기는 원인은 부분적으로는 상대로부터 놓여나기 위한 '돕기' 방식 때문이다.

당신이 내게 당신의 가장 밑바닥에 있는 질문에 대해 이야기할 때, 당신은 고침을 받거나 구원받고 싶어 하지는 않는다. 당신은 누군가가 당신을 보아 주고 들어 주길 원하는 것이다. 당신의 진실이 인정받고 존중받길 원하는 것이다. 당신의 문제가 영혼 깊이 걸쳐 있다면, 오로지 당신의 영혼만이 당신이 뭘 해야 할지 알고 있다. 내 주제넘은 조언은 당신의 영혼을 다시 숲 속으로 내몰 뿐이다. 고로 당신이 내게 문제에 대해 말할 때 내 가 제공할 수 있는 가장 좋은 서비스는, 당신의 내면 스승의 말 을 들을 수 있는 공간 안에 당신을 붙들어 두는 것이다.

그러나 당신을 그런 식으로 붙들어 두는 데는 시간과 기력 과 인내가 필요하다. 분침은 째깍거리는데 당신에게 어떤 변화 도 일어날 기미가 보이지 않으면 난 애가 타기 시작한다. 나 자 신이 쓸모없고 바보같아지면서 내가 해야 하는 다른 일들이 생 각나기 시작한다. 난 우리 사이의 공간을 계속 열어 두면서 당 신이 당신의 영혼을 들을 수 있게 하는 것이 아니라, 그 공간을 조언으로 채운다. 또한 당신의 필요를 충족시키기 위해서가 아 니라 내 조바심을 잠재우려고, 그리고 내 생활로 돌아가려고 한 다. 그렇게 난 골치 아픈 문제를 가지고 있는 당신이라는 사람 으로부터 "도우려고 했는데"라고 말하면서 떠날 수 있다. 난 내 가 선한 사람이라는 느낌을 가지고 떠나간다. 뒤에 남겨진 당신 은 아무도 당신을 보지도, 당신의 말을 듣지도 않는다는 느낌 속에 있다.

고치고 구원하고 조언하고 남을 바로잡으려는, 이렇듯 깊이 인이 박인 습성들을 어떻게 바꿀까? 어떻게 우리 자신의 진실 을 말하고, 남의 진실을 듣고, 웃음과 침묵이라는 선물을 선사 함으로써 상대방에게 존재감을 줄 수 있는 법을 배울까? 이런 함께하기는 신뢰 서클의 핵심이다. 고로 이번 장에서는 말하고 듣는 법을 다룰 것이다. CHAPTER 8은 정직하고 열린 질문을 하는 기술에, CHAPTER 9은 침묵과 웃음을 선명하게 만들고 치유하는 능력에 사용할 것이다.

우리 자신에게 말하기

신뢰 서클에서 '우리 자신의 진실을 말한다'는 것은 뭘 뜻하는가? 물론 이 질문은 내용적 측면을 묻는 게 아니다. 내용은 누가 언제 말하느냐에 따라 달라지기 때문이다.

그러나 내용이 무엇이든 신뢰 서클에서 우리의 진실을 말하는 것은 늘 같은 모습이다. 우리 자신의 중심에서 서클의 중심에, 공동체 공간의 열린 마음에 말하는 것이다. 그 공간에서는 우리가 말하는 것을 주의 깊게, 그리고 존중감을 가지고 붙든다. 이런 방식의 말하기는 일상적 대화와 아주 확실한 차이가 있다. 일상적 대화에서 우리는 직접 자신의 지성이나 에고로부터 자기가 영향을 끼치길 원하는 사람의 지성이나 에고를 향해 말한다.

일상적 말하기는 '표현적'이기보다는 '수단적'이다. 단순히 자신의 진실을 얘기하는 게 아니라 어떤 목표를 성취하려는 의도가 있는 것이다. 수단적으로 말할 때 정보를 주거나, 옳다고 인정하거나, 꾸짖거나, 공동의 명분을 만들기 위해 우리는 듣는 이에게 영향을 끼치려 한다. 그러나 표현적으로 말할 때 우리는 내면의 진실을 드러내려고 말한다. 이때 말하기는 내면 스승의 목소리에 관심을 기울이고 있음을 바로 그 내면 스승에게 알림으로써 내면 스승을 존중하는 분위기에서 이루어진다. 우리의 목표는 누군가에게 무언가를 가르치기 위함이 아니라 내면 스승에게 우리를 가르칠 기회를 주고자 함이다.

물론 언제 지성이나 에고가 아니라 영혼으로부터 말하고 있는지 가려내기는 아주 어렵다. 그것은 지성과 에고가 우리 삶의 중심이라고, 그리고 진실의 음성을 말한다고 우기기 때문이다. 우리 안의 다양한 목소리를 분간하는 법을 배우는 데는 시간이 걸리며, 영혼의 음성에 주기적으로 접근하는 데는 더 많은 시간이 필요하다. 내면의 중심으로부터 말하고 있다는 특징은 호수의 잠잠함처럼 미묘하다. 내면의 목소리를 간파하는 능력은 아무도 물결을 일으키지 않는 공간에서 말하기를 거듭하면서 차츰차츰 성장해간다.

언제 우리 자신의 중심으로부터 말하는지 알긴 어렵지만, 서클의 중심에 말하는지를 가려내기는 그리 어렵지 않다. 표현적 말하기는 수단적 말하기에 비해 스트레스를 덜 받는다. 목표를 달성하고자 다른 이에게 말할 때 우리는 영향력을 행사하려는 데서 오는 걱정을 느낀다. 그러나 서클의 중심에 말할 때 우리는 결과 달성이라는 목표에서 자유롭기에 기운이 돋고 평안함을 느낀다. 진실을 말하려는 것 외에 다른 마음이 없는 상태에서 말하기 때문이다. 이때 나타나는 자기 긍정의 느낌은 이런 식의 말하기 실천을 강화한다.

신뢰 서클에서 어떻게 듣는가는 어떻게 말하는가만큼 중요하다. 누군가 자신의 중심으로부터 서클의 중심을 향해 말할 때, 나머지 사람들은 일반적으로 반응하는 식이 아니라 새로운 방식으로 반응해야 한다. 즉, 수긍하거나 반박하거나 말하는 이에게 영향을 주려고 하는 게 아니라, 말하는 이가 뭘 얘기하든 그냥 가급적 단순히 받아들이는 것이다. 신뢰 서클에서는 이 방법을 배운다.

마음을 열고서 듣기는 내면적·비가시적 행위다. 그러나 신뢰 서클에서 마음을 열고서 듣기는 적어도 다음과 같은 세 가지 외적·가시적 형태를 띤다.

* 다급하게 반응하려고 하지 말고 짧게, 그리고 사색적 침묵이 말하는 이들 사이에 있게 한다. 침묵은 말하는 이를 존귀하게 대하는 것이며, 모든 이에게 말한 내용을 흡수할 시간을 주며, 흐름을 늦춤으로써 말하고 싶어하는 사람은 다 말할 수 있게 한다.
* 말하는 이에게 논평으로 반응하지 말고, 정직하고 열린

질문으로 반응한다. 이 질문은 말하는 이가 하는 말이 무엇이든 그 내용을 더 깊이 들을 수 있도록 돕고자 하는 것 말고는 다른 의도가 없다. 이런 질문하기는 까다로운 기술이며, 이 주제는 다음 장에서 다룰 것이다.

* 누군가가 진실을 말했을 때, 그에 대한 반응은 서클의 중심 속을 향해 자신의 진실을 개방적으로 말하는 것이다. 이것은 누군가의 진실 말하기에 존중을 표하는 것이다. 이때 뒤이어 말한 진실은 앞서 표현된 진실 옆에 나란히, 단순히 개인적 체험담 정도로 자리매김되어야 한다. 아울러 다른 말하는 이들을 긍정 또는 부정하려는 의도가 없어야 한다.

상대에게 영향을 주고자 수단적으로 말할 때 상대방이 하는 말을 마음을 열고서 듣기란 거의 불가능하다. 우리는 기껏해야 동의하는 건 받아들이고 나머지는 거부한다. 즉, 듣자마자 여과 장치를 가동시키느라 바빠서 정신없다. 다시 말하면, 우리는 우리의 에고로 듣는다. 그러나 표현적으로 말할 때 우리는 열린 마음으로, 영혼으로 듣는다. 이때는 말하는 내용에 온전히 주의를 집중해서 듣는데, 그건 우리와 우리의 진실에 대해 논평하려는 게 아니기 때문이다. 즉, 진실을 표현하기 위해 정직한 노력을 하고 있음을 알기 때문인 것이다.

이런 식으로 듣는 능력이 늘어나면 '들어주기를 통한 말하기'라는 선물을 서로에게 주게 된다.[2] 듣는 이가 열린 마음으로 듣게 되면, 말하는 이는 듣는 이의 유일한 바람이 누구나 안심하고 진실을 말하는 것임을 믿게 된다. 그러면 말하는 이도 마음을 더 많이 열세 된다.

모든 선물 주기가 그렇듯이 이 선물도 선물한 사람에게 선물로 되돌아온다. 즉, 남의 말을 더 깊이 듣는 법을 배우면, 자신의 말도 더 깊이 들을 수 있게 되는 것이다. 이것은 신뢰 서클에서 진행되는, 일반적인 말하기나 듣기와 구별되는 가장 중요한 결실이다.

우리의 담화가 다른 사람에게 영향을 주는 데 목표가 있다면, 우리는 감히 자신의 말을 주의 깊게 들으려고 하지 않을 것이다. 물론 자기비판적 듣기는 생각조차 하지 않는다. 그렇게 자기 말을 듣다가는 스스로 한 말의 정당성에 의구심이 들까봐, 그 의미를 부끄럽게 여길까봐, 또는 우리가 추구하는 영향력을 잃게 될까 봐 두려운 것이다. 그러나 우리가 적대적 말하기와 듣기로부터 해방되면 우리 자신이 한 말을 듣고 되새겨 볼 가능성이 훨씬 더 커진다. 이제 우리는 내면 스승에 의해 가르침을 받는, 무장 해제를 경험한 사람들인 것이다!

자신의 중심에서 서클의 중심을 향해 말할 때, 긍정도 부정도 안 하는 듣는 이들의 존재감 속에서, 내 말은 우리 사이의 공간에 나를 포함한 모든 이가 볼 수 있는 상태로 덩그러니 앉아 있다. 이제 나의 내면에서 좌담회가 일어날 가능성이 크다. 그 내면 좌담회에서 난 질의나 지적이나 수긍을 받는다. 이런 좌담회는 회의석상에서, 식사 자리에서, 혹은 밤에 문득 잠이 깨었을 때 일어날 수 있다.

* 왜 내 소신과는 다른 그런 말을 했을까?
* 내가 한 말을 난 믿어, 그러나 그게 무슨 말인지는 잘 모르겠어.
* 오랜 세월 동안 내가 한 말은 나에게는 진실임을 알았지만, 얼마나 진실인지는 지금에서야 깨달았어.
* 내가 말한 진실을 되새기다가 이제껏 발견하지 못했던, 내 삶에 중요한 의미가 있는 부분을 퍼뜩 깨달았어.

많은 이는 말하기와 듣기를 담당하는 기본 규칙이 있는 환경에 익숙하다. 예를 들어 일부 심리 치료 그룹에서는 말하고 있는 이에게 피드백을 해 달라고 요청한다. 그래야 그 사람이 자기 말이 다른 이에게 어떤 감정적 영향을 주는지 알 수 있기 때문이다. 심리 치료 기법의 하나인 긍정질문요법appreciative inquiry 그룹에서는 듣는 이가 지금 말하는 이의 이야기를 자기 말로 되풀이해 주라는 요청을 받는다. 그래야 다른 사람들이 자기 이야기를 제대로 이해했는지 말하는 이가 알 수 있기 때문이다. 이런 규칙들은 타고난 환경에서는 좋은 결실을 맺을 수 있겠지만, 신뢰 서클에서는 서클의 온전성을 훼손시킬 것이다.

신뢰 서클에서는 듣는 이가 말하는 이의 이야기에서 어떤 영향을 받는지는 중요하지 않다. 누군가 서클의 규칙을 어겼을 때를 제외하고 듣는 이가 말하는 이의 말을 본래 의도대로 이해했는가도 중요하지 않다. 신뢰 서클에서 유일하게 값어치 있는 '피드백'은 말하는 이의 내면에서 솟아나는 피드백이며, 유일하게 값어치 있는 이해는 말하는 이의 자기 이해다. 신뢰 서클에서 가장 중요한 것은 상대방의 영혼이 안심하고 진실을 말할 수 있는 공간, 그리고 안심하고 그 진실이 우리 삶에 의미를 가지도록 받아들일 수 있는 공간 안에 서로를 붙들어 두는 것이다.

신뢰 서클에서 일어나는 일은 자기도취적 자기 매몰이 아니다. 열매 없이 스스로가 자기의 기준이 되어 자기 속에서 맴도는 사고방식도 아니다. 신뢰 서클에서 우리는 자신의 영혼과 대화한다. 그 대화는 우리의 인생을 바꿀 수도 있다.

우리의 이야기를 하다

우리 사이의 공간이 진실한 말하기와 마음을 열고서 듣기 덕에 영혼에게 안전해지면, 우리는 유난히 위력 있는 형태로 진실을 말하게 된다. 이 형태는 우리의 의견, 생각, 신념보다 더 깊이 들어간다. 바로 우리 인생 이야기를 말할 때 드러나는 진실이다. 작가 배리 로페즈가 말했듯이 진실은 "잠언이나 공식으로 되돌릴 수 없는, 생생하게 움직이고 발음할 수 없는 무언가다. 이야기는 진실이 패턴 무늬처럼 한눈에 들어오는 환경을 만드는 것이다."[3]

스토리텔링은 언제나 사람됨의 중심에 있었다. 왜냐하면 스토리텔링은 우리의 가장 기본적 필요를 충족시키기 때문이다. 스토리텔링은 우리의 전통을 전수하고, 실패를 고백하고, 상처를 치유하고, 희망을 일으키고, 공동체 의식을 강화한다. 그러나 침해와 회피로 점철된 문화에서 시공을 초월해 존중받았던 이런 행동 양식은 이제 더 이상 당연한 것이 아니다. 이제 스토리텔링은 특별한 환경 안에서 지원받아야 하고, 강력한 기본 규칙의 보호도 받아야 하는 대상이 되었다.

스토리텔링은 남을 고치고 이용하고 깔보고 외면하는 행위가 만연한 환경에 우리의 약점을 노출시키는 것이다. 그래서 우리는 부지불식간에 스토리텔링을 경계하게 되었고, 아예 삼가거나 방어적이 되었다. 이웃, 일터의 동료와 식구들이 수년간 곁에 살아도 서로의 삶에 대해 잘 모른다. 허나 누군가의 사연을 알수록 그 사람을 미워하거나 해를 가하는 게 더 힘들어지는 법이다. 헌데 우리는 그런 일이 일어나게 해 주는 바로 그 값진 스토리텔링을 잃어가고 있다.

　우리는 연약함을 담은 이야기를 하기보다는 추상화 속에서 안전함을 갈구한다. 상대에게 우리의 의견, 생각, 신념에 대해 이야기하면서 우리의 삶에 대해선 말하지 않는다. 학문적 토양에서는 이런 태도를 '복되다'라고 한다. 말하기가 더 추상적일수록, 우리를 하나되게 하는 보편적 진실에 더 가까워진다고 고집한다. 그러나 실제로 일어나는 일은 정반대다. 우리의 담화가 더 추상적일수록 서로 잇닿아 있다는 느낌도 줄어든다. 대부분의 '원시적' 스토리텔러들의 공동체보다 지식인들의 공동체가 공동체 의식이 더 약한 이유다.

　사람들이 집단적 침묵 중 간혹 입을 여는 어느 예배 때 앉아 있다가, 스토리텔링과 공동체의 관련성에 대해 무언가를 배웠다. 얼마 전 절친한 친구를 잃은 한 남자가 친구의 죽음을 애도하며 두 사람이 함께했던 경험에 대한 감동적인 이야기를 하고 있었다. 개인적으로 이 남자나 그의 친구를 몰랐지만, 그가 들려준 이야기는 나의 삶 깊숙한 곳으로 나를 데리고 갔다. 내 친구들이 떠올랐고 그들이 얼마나 소중한지, 그들 존재의 소중함을 그들에게 알려 주는 게 얼마나 중요한지 떠올랐다.

　10~15분간의 침묵 후에 다른 사람이 이야기했다. 첫 번째로 입을 연 사람은 나한테 일어났던 느낌을 소름끼칠 정도로 정확히 묘사했다. "우리는 거창한 생각 속으로 들어가면 서로가

다 함께 가지고 있는 진실을 찾을 거라고 생각하죠"라고 그녀는 말했다. "그러나 아래로 내려갈 때만, 개인적 체험의 우물 깊숙한 곳에서 끌어올릴 때만, 뭇사람의 삶에 공급되는 생수를 퍼낼 수 있어요."

이 원칙이 리트머스 테스트로 주어지는 대화 그룹을 알고 있다. 낙태나 사형 제도처럼 눈엣가시 같은 이슈들로 서로 물고 뜯는 사람들이, 진행자가 있는 주말 수련회로 소집되었다. 함께하는 시간 동안 그들은 해당 화제에 대한 자신의 입장을 선언, 설명, 변호하는 것을 금지당했다. 그들은 사람들에게 자신이 어떤 입장에 있건 그 입장을 가진 계기가 된 경험에 대한 개인적 이야기를 전해야 했고, 다른 사람들은 열린 마음으로 들어야 했다.

이 과정은 다른 갈등 해결 방식보다 더 많은 상호 이해를 낳는다. 사람들은 비슷한 경험이 개인들 속에서 사뭇 다른 결론을 낳는다는 사실을 되새기게 된다. 인간 여행에서 우리는 다 함께 가지고 있는 세부 사항으로부터 이끌어 낸 각양각색의 결론이 아니라, 함께 가지고 있는 세부 사항에서 공통적인 유대감을 발견한다.

신뢰 서클에서 이야기를 불러일으키는 방식은 다양하다. 때로는 화두가 된 주제와 삶의 사건들을 자발적으로 연결시키면서 이야기가 피어오른다. 때로는 진행자가 특별한 이야기들을 권유한다. "당신이 깊은 공동체 의식을 느꼈던 경험에 대해 말씀해 주십시오." 그리고 때로는 진행자가 사례 연구case study 의 형태로 이야기를 끌어올 것을 사람들에게 청한다. 여기서 사례 연구라 함은 특정한 삶의 순간들을 이야기 구조로 만들어 뫼비우스 띠 위에서 이루어지는 여행을 면밀히 들여다볼 수 있게 하는 것이다.

가령 교사들에게는 교실에서 겪은 최고의 순간과 최악의 순간을 사례 연구로 끌어낼 것을 청한다. 그들이 마치 '가르치기 위해 태어난' 듯 느꼈던 순간들과, '차라리 태어나지 말걸' 하고 느꼈던 순간들을 묘사해서 영혼과 역할이 일상의 길에서 어떻게 결합되고 헤어지는지 똑똑히 보게끔 하는 것이다.[4]

신뢰 서클의 초점을 유지하기 위해 사용하는 제3의 상징물도 개인적인 이야기들이 피어오르게 한다. CHAPTER 4에서 봤듯이 〈목수 이야기〉나 〈나 이제 내가 되었네〉 같은 시는 무슨 일이 일어났는지 그냥 이야기하는 것보다 훨씬 더 깊이 들어간 상태에서 경험으로부터 배울 수 있도록 한다. 사고의 원형原型이 되는 '큰 이야기'는 우리 삶의 '작은 이야기'에 빛을 비추어 자칫 놓치기 쉬운 의미들을 드러낸다.

신뢰 서클에서 개인적인 이야기를 할 때의 기본 규칙은 그 이야기들에 어떤 문제가 담겨 있든, 그걸 '해결'해 주려고 도움의 손길을 내미는 것은 금지된다는 것이다. 그럼에도 불구하고 신뢰 서클에서 스토리텔링을 하면 말하는 이의 삶과 듣는 이의 삶에서 강력한 '해결책'이 나온다.

말하는 이로서, 특히 수치스럽거나 가슴 아픈 이야기를 할 때, 어두운 바깥으로 버려지지 않고 자신의 이야기를 할 수 있음을 발견하는 것에서 해결책이 나온다. 자기 고백과 다름 없는 이야기가 판단 없이 받아들여진다는 것을 깨달을 때 비로소 문제의 근원적 토대까지 깊이 파고 들어갈 자유를 찾는다. 그리고 거기서 비롯된 지식은 자신이 필요로 하는 해결책의 실마리를 담고 있다.

듣는 이로서 난 서클의 어떤 사람이 내가 가진 문제와 비슷한 문제를 가지고 있음을 발견한다. 즉, 다른 사람의 목소리로 내 문제가 말해지는 걸 들으면서 난 내 딜레마에 대한 새로운 깨달음을 얻는다. 때로는 어떤 사람이 본인의 문제에 대한 가능한 해결책을 찾을 때, 내 내면 스승이 찾아온다. 적어도 누군가가 내가 가진 것과 같은 문제를 가지고 있음을 안다는 것은, '내가 미치지 않았구나, 혼자가 아니구나' 하는 느낌을 준다. 이런 느낌은 심오한 자기 이해의 길을 열어 준다.

그렇다고 어떤 이야기가 삶의 문제 해결자 노릇을 해야 할 필요는 없고, 꼭 해결책이 있는 퍼즐이나 교훈이 담겨 있는 이야기일 필요도 없다. 표현하는 방법으로 이야기를 전달하는 것 자체가 목적이 될 때, 이야기는 막강한 위력으로 우리에게 깨달음과 치유와 되살림을 선사한다. 철학자 마르틴 부버에 관한 이야기는 이야기의 위력을 잘 말해 준다.

> 이야기는 그 자체로 도움이 되는 식으로 말해져야 한다. 우리 할아버지는 장애인이셨다. 한번은 사람들이 할아버지의 스승에 대해 이야기해 달라고 했다. 할아버지는 당신이 기도하는 동안 스승이 어떻게 춤추고 뛰놀았는지 이야기했다. 할아버지는 이야기 하면서 자리에서 일어났고, 당신 이야기에 너무 몰입한 나머지 스승이 한 일을 재현하려고 춤추고 뛰놀기 시작했다. 그의 장애는 그 시간 이후 치유되었다. 이야기는 이렇게 전해야 한다![5]

무엇이 진실인가?

영혼이 원하는 것은 잡담이 아닌 진실이다. 고로 우리 사이의 공간이 영혼을 반기려면, 그 공간은 진실을 말할 수 있는 공간이어야 한다. 이런 공간을 만들고 보호하는 우리의 능력은 신뢰 서클의 토대를 형성하는 진실의 전제를 얼마나 잘 이해하느냐, 진실이 우리 한복판에 출현하는 방식에 대해서 얼마나 잘 이해하느냐에 달렸다.

이러한 전제를 달갑게 여기지 않는 사람들이 있다. 그들은 삶의 가장 밑바닥에 있는 문제에 대해 절대적인 답이 있다고 믿는 사람들이다. 그리고 그 정답을 아는 사람들이 다른 이들을 전도해야 한다고 믿는 사람들이다! 신뢰 서클의 기본 규칙(특히 고치기, 구원하기, 조언하기, 바로잡기 금지 규칙)에서 뚜렷이 나타나듯, 절대주의의 오만은 신뢰 서클에서 환영받지 못한다.

그러나 상대주의의 정신없음 역시 환영받지 못하긴 마찬가지다. 사실 신뢰 서클에 참여하고 그 훈련을 따르는 행위는, 그 자체로서 이미 '당신을 위한 진실 하나, 날 위한 또 다른 진실 하나, 서로의 차이는 신경 쓰지 마'식의 어리석고 위태로운 상대주의적 발상을 뛰어넘는 것이다. 만일 내가 그런 상대주의의 신봉자였다면 난 '공동체'라고 부르는 번거로운 일로 시달림을 당하지 않을 것이다. 공동체에서는 무엇이 진실인가에 대한 나의 이해를 바꿀 수 있는 방식으로 말하고 들어야 한다.

진실에 대해 서로 다른 개념을 가질 수는 있으나, 우리는 그 차이를 유념해야만 한다. 알든 모르든, 싫든 좋든, 인정하든 안 하든, 우리의 인생은 인과 관계의 복합적 그물망으로 서로 연결되어 있다. 진실에 대한 내 이해는 당신의 인생에 영향을 끼치고, 당신의 이해는 내 삶에 영향을 미치고, 우리의 차이는 우리 둘 다에게 중요한 문제다. 신뢰 서클은 우리의 차이점과 접점을 모두 존중한다.

현장에서 내가 쓰는 진실에 대한 정의는 단순하다. "진실은 열정과 훈련으로 이루어지는, 중요한 것들에 대해 영원히 계속되는 대화다."[6] 그러나 이 단순한 정의를 실천하는 일은 결코 간단하지 않다. 진실은 대화의 결론에서 찾을 수 없다. 왜냐하면 결론은 계속 변하기 때문이다. 고로 우리가 '진실 안에서' 살고자 한다면 순간의 결론 속에서 사는 것만으로는 불충분하다. 우리는 갈등과 복합성이 뒤따르는 대화에서 지속적으로 사는 법을 찾는 한편, 내면 스승과 계속 가깝게 잇닿아 있어야 한다.

신뢰 서클에서 우리는 대화 속에 머무름으로써 진실 속에 있을 수 있다. 이런 서클에서 우리의 다름은 외면당하지 않는다. 그렇다고 다름을 해소하고자 싸우지도 않는다. 대신 차이점은 분명하게 존중하는 태도로 나란히 놓인다. 이런 서클에서 우리는 다양한 진실을 말하고 듣는데, 그 방식은 상대방을 외면하지 못하도록 하면서 언어에 의한 총격전도 벌이지 못하게 한다. 이런 방식은 우리가 더 크고, 늘 새롭게 솟아나는 진실을 향해 함께 성장하도록 한다. 그리고 그 진실은 우리가 얼마나 많은 공통분모를 지녔는지를 드러낸다.

어떻게 더 큰 진실이 신뢰 서클에서 솟아날까? 그리고 어떻게 우리가 그 진실을 향해 성장할까? 이런 일은 우리가 함께 '진실의 태피스트리(직조기로 짜는 무늬천의 일종−옮긴이)'를 만들어 낼 때 일어난다. '진실의 태피스트리'는 경험과 해석의 복잡다단한 천을, 우리 각자가 서클 안으로 끌고 들어오는 다양한 깨달음의 실로 꿰맴으로써 만들어진다. 그러려면 집단적 훈련의 직조기가 필요하다. 이 직조기는 씨줄과 날줄의 실을 서로 간의 창의적 긴장 속에 붙들어 놓을 만큼 튼튼해야 한다. 이 직조기는 바로 신뢰 서클의 원칙과 수행 방법이다.

세상의 통념은 바로 우리가 진실 공유에 이르는 유일한 방법이 토론을 통해 상대를 지적하고 교정하는 것이라고 한다. 그러나 내 경험을 통해 보자면 열띤 논쟁 속에서 우리의 생각이 변하거나 상호 이해로 나아가는 일은 드물다. 오히려 우리는 패전에 대한 두려움 때문에 상대방과, 그리고 내면 스승과도 단절된다. 그리고 전쟁에서 이기는 데 온 힘을 쏟느라 사색과 혁신을 위해 쓸 자원까지 남김없이 다 써 버린다.

어떤 사람은 전투 상황에 들어가면 아수라장에서 뒷걸음친다. 그리하여 갈등은 그들을 건드릴 수 없는 개인적 신념의 여우굴 속으로 종적을 감춘다. 어떤 사람은 기존의 확신을 더 단단히 부여잡고, 그것이 손에 익은 무기라도 되는 양 적을 향해 휘두르며 돌격한다. 지적·영적 전쟁터에서 우리를 새로운 깨달음으로 이끌, 그러나 동시에 우리를 공격에 노출시킬 잠정적 사색이나 여린 생각을 표현하고자 모험을 할 사람은 별로 없다. '적'의 지적 앞에서 우리는 새로운 이해의 지평으로 우리를 이끌 도전을 끌어안기보다는 늘 믿었던 것에 더 몸과 마음을 바친다.

그러나 상대방에 대한 지적과 교정이 기본적으로 금지된 신뢰 서클에서는 놀랄 만한 일이 일어난다. 우리가 스스로를 지적하고 교정한다! 더 정교하게 표현하자면, 내면 스승이 우리를 지적하고 교정한다. 이런 서클에서 우리는 충분히 안심하고 잠정적이거나 여린 깨달음의 보따리를 풀어놓는다. 우리는 오랜 시간에 걸쳐 자신과 다른 이의 생각들과 함께 조용히 앉아 있을 기회를 얻는다. 이 기회는 우리의 깨달음이 어떻게 그룹의 더 큰 패턴 무늬와 이어지는지, 그 패턴 무늬 중 어느 만큼을 우리 자신의 것으로 너그러이 받아들이고 싶은지 살펴볼 수 있는 기회다.

신뢰 서클에서 진실의 태피스트리는 우리 눈앞에서 지속적으로 짜여지고 있다. 태피스트리가 완성된 모습을 드러내는 것을 지켜보면서 그 패턴 무늬가 나아지게 만든 어느 부분에 실한 올을 보탠 나, 또는 다른 누군가를 본다. 그리고 무늬가 부조화스러운 부분에 실 한 올을 보탠 나 혹은 다른 누군가도 본다. 서서히, 유기적으로, 진실과 허위와 옳고 그름에 대한 내 감각은 신뢰 서클이라는 베틀로 짠 인생의 천처럼 진화한다. 진실은 우리가 '영원히 계속되는 대화'에 참여하면서 우리 안에서, 우리 사이에서, 우리 주변에서 진화한다.

CHAPTER 8

질문 속에서 살기
- 진실을 실험하라

마음속 풀리지 않는 모든 걸 인내하자.
그 의문들 자체를 사랑하려 애쓰자. …
지금은 그 의문들과 더불어 살자.
그러다 보면 아마도 차츰차츰
나도 모르게 먼 훗날
해답 속으로 들어가 살게 되리라.
— 라이너 마리아 릴케[1])

진실은 내 두려움 아래에 있다

우리가 영혼을 환영하는 공간을 만들고자 한다면, 서클의 중심을 향해 우리 자신의 진실을 말해야 한다. 아울러 다른 사람들이 그들의 진실을 말할 때에도 마음을 열고서 들어야 한다. 우리는 또한 다른 사람들이 말할 때 환영하는 식으로 반응해야 한다. 이건 일상에서는 진귀하게 일어나는 일이다.

일반적인 대화를 잘 들어 보라. 우리가 얼마나 자주 상대에게 동의하거나 반대하거나 아니면 단순히 화제를 바꿔 버리는 식으로 반응하는지 알게 될 것이다! 영혼을 심하게 다루려는 의도가 없는데도 우리는 종종 그런 일을 한다. 대화 중에 우리 의견을 끼워 넣거나 우리의 안건을 주장하면, 말하는 이의 내면 스승은 후퇴하고 우리의 에고는 전진한다.

신뢰 서클에서 우리는 대안적 방식으로 반응하는 것을 배운다. 이 반응 기술의 핵심은 정직하고 열린 질문을 하는 것이다. 말하는 이가 더 깊고 더 진실된 말하기로 뻗어나가도록 불러들이는 질문을 하는 것이다. 이런 질문이 얼마나 희귀한지 잘못 믿겠다면, 요 며칠간 이런 질문을 과연 몇 번이나 받았는지 꼽아 보라. 정직하고 열린 질문은 대항문화적이지만 신뢰 서클의 핵심이다. 안전 공간에서 이런 질문을 던지는 것은 내면 스승이 해당 주제에 대해 더 말하도록 청하는 셈이며, 상대방에게 우리의 성향을 들이밀어 초래되는 잡음이 사라지면서 내면 스승의 목소리가 더 또렷이 들리게 해 준다.

몇 년 전 난 내면 스승과 이야기해야 할 필요를 깨달았다. 난 60대 초반이었고, 미래에 대해 조바심을 내고 있었고, 나 자신도 왜 그러는지 종잡을 수 없었다. 그래서 친구 몇 명을 초대해 이 감정이 뭘 의미하는지 파악하게끔 도와달라고 했다.

내가 청한 사람들은 경륜과 지혜를 갖춘 사람들이었다. 그러나 그들의 의견이나 조언이 필요했던 건 아니었다. 난 내 두려움 아래에 있는 진실을 만지고 싶었고, 그러려면 그들이 내게 정직하고 열린 질문을 던져 주어야 했다. 이 장에서 묘사한 기본 규칙을 길잡이 삼아 그들은 바로 그 일을 내게 해 줬다. 18개월에 걸쳐 두 시간씩 세 차례 모였고, 그들은 내 속앓이의 원인을 진단할 공간을 만들어 주었다.

서서히 그리고 저항도 좀 하면서 난 내 두려움의 대상을 보기 시작했다. 난 내 나이와 직업과 생존에 아주 가까이 닥쳐온 충돌을 두려워하고 있었다. 난 40대 후반부터 독립적으로 일했고, 책 쓰기도 생계에 도움이 되었다. 하지만 대체로 전국을 돌며 강의를 하거나 워크숍을 인도해 생계를 유지했다. 이제 60대 초반이 되어 공항과 호텔 방과 식당 밥과 낯선 사람으로 가득찬 강당을 오가는 끝없는 행군을 떠올려 보니, 이런 일을 하기에는 내 체력이 달린다는 생각이 들었다. 그렇다고 내려놓자니 수입이 줄어들 게 걱정스러웠다.

그룹의 세 번째 회합 때까지 내 딜레마는 서로 들러붙은 뿔 같았다. 난 나이 듦과 두려움에 대해 몇 마디 했고, 누군가 이렇게 응했다. "나이 듦과 관련해서 가장 두려운 게 뭐죠?" 그 질문을 그 순간 처음 받았던 건 아니다. 그러나 그때의 내 답변은 에고나 지성보다 더 깊은 곳에서 올라왔고, 내가 한 번도 말하거나 생각조차 해 본 적 없는 언어로 나왔다. "책은 절판되고, 청중은 더 이상 박수쳐 주지 않고, 자기가 누군지조차 모르는 일흔 살 남자가 되는 거라오."

이 말을 듣는 순간 난 내 영혼이 말하는 소리를 들었음을 알았다. 그리고 들은 것을 행동으로 옮겨야 함을 알았다. 단지 육체적·재정적 안위뿐 아니라 내 정체성과 영적 안위까지 달린 문제였기 때문이다. 고로 난 그때, 이제는 그 속으로 들어가 살고 있는 은퇴 계획을 짜기 시작했다. 그 계획은 '여기 내 안에' 작가와 강연자 말고 다른 누군가가 살 수 있을지 모색하는 기회였고, 그 발견이 무엇이든 내가 기력과 시간이 있을 동안 준비하도록 실행에 옮기는 기회가 되었다.

묻는 법을 배우다

이 결정에 따르는 모든 위험을 감당하면서 결정을 내릴 수 있었던 것은, 내 곁에 정직하고 열린 질문을 던져 준 소모임이 있었기 때문이다. 그들의 질문으로 생겨난 공간은 내 영혼이 말하도록 청했고, 내가 영혼의 말을 들을 수 있도록 해 주었다.

정직하고 열린 질문하기는 간단해 보인다. 그러나 나를 포함한 많은 이는 질문인 척하는 조언하기가 아니라 '진짜 정직하고 열린 질문'은 어떤 틀에 담아야 하는지 몰라 쩔쩔맨다. "상담치료사를 만나 보는 건 어때요?" 이건 정직하고 열린 질문이 아니다! 그런 질문은 당신의 필요가 아니라 내 필요를 충족시킬 뿐이다. 그런 질문은 진실을 불러오기보다는 내가 생각한 당신의 문제와 해결책 쪽으로 당신을 등 떠미는 것이다. 수줍은 영혼을 입막음하는 게 아니라 입을 크게 벌리도록 만드는 질문을 하려면 그 방법을 배워야 하고, 배우는 데는 도움이 필요하다.

정직하고 열린 질문의 특징은 무엇인가? 정직한 질문은 나 자신에게 말할 수 있는 가능성 없이 할 수 있는 질문이다. "이 질문의 정답을 난 알고 있지. 당신이 그 정답을 맞춰서 내게 말해 주길 바래." 이건 물론 내가 당신에게 치료사를 만나 보면 어떻겠느냐고 물을 때도 하는 말이다. 부정직한 질문은 영혼을 모독한다. 당신에게 뭐가 필요한지 안다는 식의 교만은, 충고를 질문처럼 위장한 사기성은 영혼을 모독하는 행위다.

내가 가령 정직한 질문을 할 때, 즉 "지금 겪는 갈등과 비슷한 느낌의 경험을 과거에도 한 적이 있나요?" "이젠 유익하다고 느끼는 과거 경험에서 무언가 배운 게 있나요?"라고 물을 때 '정답'이 뭔지 나는 알 수 없다. 당신의 영혼은 이런 질문에 진실로 답해도 환영받으리라고 느낀다. 숨겨진 안건이 없기 때문이다.

열린 질문이란 당신이 탐색하는 영역을 제한하는 게 아니라 확장하는 질문이다. 상황을 특정한 틀 속에 끼워 넣으려고 밀어붙이거나 슬쩍 등 떠미는 게 아니다. "당신이 방금 말한 경험에 대해 어떻게 느끼지요?" 이건 열린 질문이다. "왜 그리 슬퍼 보이세요?" 이건 열린 질문이 아니다.

우리는 모두 열린 질문과 닫힌 질문의 차이를 안다. 그러나 우리는 종종 후자를 향해 넘어지고 미끄러져 들어간다. 예를 들어 당신이 어떻게 느끼는지에 대한 열린 질문에 당신이 답하는 걸 내가 듣고 있다. 당신이 분노를 언급하지 않았음을 깨닫는다. 뭘 하는지 의식하지 못한 채 난 속으로 생각한다. "내가 당신 같았더라면 틀림없이 화가 날 텐데…." 그리고 생각한다. "당신은 분노를 꾹꾹 누르고 있는 거요. 그러면 안 좋은데…." 이제 난 당신에게 묻는다. "당신은 분노하나요?"

이 질문은 당신이 원하는 대로 답할 수 있으니까 열린 질문처럼 보인다. 그러나 이 질문의 직접적 원인은 당신이 어떻게 느껴야 하는지 넌지시 암시하고 싶은 내 욕구다. 고로 이 질문은 당신의 영혼이 겁먹고 도망가게 한다. 내가 당신이라면 화가 날 거라고 해서 당신이 분노를 숨겼다는 내 생각이 맞는 건 아니다. 내가 납득하기 너무 어렵지만, 세상 뭇 사람의 속마음이 다

내 것과 같은 건 아니다! 당신이 실제로 분노를 숨겼더라도, 내가 분노를 끄집어내려고 시도하면 당신은 내 주제넘음에 대한 방어책으로 분노를 더 깊숙이 파묻으려 한다. 당신이 화가 났다면 내 시간표가 아닌 당신의 시간표대로 분노를 처리할 것이다. 그 첫걸음은 내가 이름 붙인 걸 당신이 받아들이는 게 아니라, 당신 스스로 당신의 분노에 이름을 붙이는 것이다.

"말하는 이가 사용하는 언어보다 앞서 가지 마세요." 이것은 정직하고 열린 질문을 하게끔 유도하는 데 좋은 지침이다. 사람들이 말하는 단어에 세밀한 주의를 기울이면, 그들이 이미 알고 있지만 아직 완전히 이름 붙이지 못한 것에 대해 생각해 보도록 청할 수 있다. 내가 당신에게 묻는다. "당신이 '낙담했다'라고 했을 때 무슨 의미로 그렇게 말하셨나요?" 이런 질문은 당신이 다른 감정들을 발견하는 데 도움이 된다. 만일 다른 감정들이 존재하고, 당신이 거기에 이름 붙일 준비가 되어 있다면 말이다.

그러나 그런 질문조차도 만일 내가 듣기를 기대하는 '마법의 단어를 말하게' 하려고 물어본다면, 가령 '분노'라는 단어를 말하게 하려고 묻는 거라면 당신의 차단기가 내려올 것이다! 영혼은 고주파 거짓말 탐지기다. 조종하려는 모든 시도를 재빨리 포착하고 줄행랑을 칠 것이다.

나 스스로 정직하고 열린 질문을 하는 법을 배우려고 애쓰는 과정에서 몇 가지 지침을 발견했다. 그러나 영혼을 환대하는 질문을 하는 가장 좋은 방법은 정직하고 열린 정신으로 물어보는 것이다. 그 정신을 계발하는 가장 좋은 방법은 모든 사람은 내면 스승을 가지고 있으며, 그 인생의 권위자는 내 내면 스승이 아니라 그의 내면 스승이라는 사실을 일정한 때마다 자신에게 알려 주는 것이다.

내면 스승이 일하는 현장을 보면서 정직하고 열린 질문을 하는 법을 배우기 위한 최고의 학교가 있다. 바로 많은 신뢰 서클에서 표준 과정으로 실행하는 선명성 위원회clearness committee라는 분별 과정이다. 그 이름만 들으면 60년대에 만들어졌나 싶을 텐데, 실제로 그렇다. 1660년대에, 그러니까 아직 '미합중국'이라는 나라마저 없던 식민지 시절에 만들어졌다!

선명성 위원회(이렇게 이름 지은 이유는 선명함을 얻기 위한 위원회이므로)는 미국 역사 초기 어느 기독교 단체의 발명품이다. 그 사람들은 교회가 있는 어지간한 큰 마을에서라면 그냥 목사에게 가져갔을 문제들을 해결할 나름의 '시스템'이 필요했다. 그 시스템은 두 가지 핵심적인 신념을 구현해야 했다. 그들의 길잡이는 외적 권위가 아닌 내면 스승이었다. 그리고 내면 스승의 목소리를 선명하게 들으려면 공동체가 필요했다.

그 결과물인 선명성 위원회는 단지 우리가 정직하고 열린 질문을 하는 법을 배우는 공간이 아니다. 이 위원회는 더 큰 신뢰 서클의 더 고도로 집중된 축소판이며, 누군가의 내면 여행을 지원하기 위해 모인다는 데 의미를 두는, 고밀도의 경험을 하는 환경이다. 지속적인 신뢰 서클에서 선명성 위원회가 평범한 일상이 된다면, 서클에서 일어나는 다른 모든 일에 깊이가 더해진다. 바로 그 이유로 이 장의 나머지 부분을 선명성 위원회 과정을 설명하는 데 쓰고자 한다.

선명함을 얻다

과정의 시발점은 '집중대상자'가 그에게 집중할, 그러니까 위원회에 봉사할 사람 4~6명을 불러들이는 것이다. 집중대상자란 그의 개인적 삶이나 일 또는 둘 다와 관련된 문제로 씨름하고 있는 사람이다.

'4~6명'은 무심코 던진 숫자가 아니다. 선명성 위원회는 집중대상자를 빼고 4명보다 적지 않고 6명보다 많지 않은 인원으로 구성되었을 때 가장 효과적이다. 그 사람들은 물론 집중대상자가 신뢰하는 사람들이고, 만약 다양한 배경과 경험과 관점까지 골고루 갖췄다면 훌륭하다.[2]

모임 시작 전, 보통 집중대상자는 자기 문제에 대한 2~3페이지짜리 설명서를 적어서 위원들에게 나눠 준다. 집중대상자가 글쓰기를 부담스러워할 경우에는 녹음을 해서 미리미리 위원회와 공유한다. 집중대상자는 위원회가 모일 때 멤버들을 보면서 말로 발표를 하고, 그런 발표에 도움이 될 메모도 미리 한다.

'선명함'을 향한 첫걸음으로서 발표하려는 문제를 세 부분으로 나누는 것이 도움이 된다고 많은 사람이 말한다.

* 가능한 한 제대로 문제를 파악한다. 어떤 문제들은 분명하다("두 일자리 중에 뭘 고를까 고민 중입니다"). 어떤 문제들은 모호하다("살면서 어쩐지 균형을 잃었는데, 뭐가 잘못된 건지 잘 모르겠어요"). 선명함이 이 과정의 목표이므로 문제는 혼미한 게 당연하고, 실제로 종종 그렇다. 문제가 집중대상자에게 선명하게 보이면 이 과정은 그게 진짜 문제가 아님을 드러낸 것일 수 있다!

* 문제와 직접적으로 관련된 배경을 제시한다. 선명성 위원회의 작업이 진행되는 데는 간단한 분량의 자전적 정보가 도움이 된다. 만약 당신이 직장을 그만둘 생각을 하고 있는데, 지난 10년간 직업을 다섯 번이나 바꿨다면, 그 사실을 전면에 내세우는 게 좋을 것이다.

* 문제를 가지고 어디로 가는지 보여 줄 단서들이 당장 보이는 곳에 있다면, 그것이 무엇이든 그 이름을 말한다. 여기서 집중대상자는 당면한 문제에 대해 그가 가지고 있는 예감을 다 함께 가지고 있도록 한다. 그 예감이 두 가지 일자리 제안 중 하나로 마음이 기우는 것이든, 저

앞의 안개에 휩싸인 비전에 대한 안타까움이든, 그것을 공유한다.

선명성 위원회가 시작되기 전에 위원들은 집중대상자와 그 과정을 통제하는 규칙들을 검토하는 시간을 가지도록 한다. 그 규칙들에 대해선 이번 장을 진행하면서 설명할 것이다. 모든 구성원이 규칙과 규칙의 보이지 않는 부분에 담긴 원칙을 이해하는 것은 중요하다. 그리고 누군가의 영혼을 위한 안전 공간을 지키겠다는 약속에 따르는 의무를 진지하게 받아들여야 한다.

위원회 구성원들은 여기 제시된 것을 본 딴 일정표를 가지고 있어야 한다. 이런 일정은 규칙 준수뿐 아니라 시간 준수에도 도움이 된다. 과정이 늘어지거나 집중대상자의 문제가 해결된 듯 보여도, 일정대로 가는 것은 종종 예기치 못한 깨달음을 낳는다. 고로 두 시간이라는 총 소요 시간은 타협의 대상이 아니다. 과정의 각 부분에 할당된 시간 역시 타협의 대상이 아니다.

오후 7:00

둥글게 배치한 의자에 앉아 침묵한다. 오로지 집중대상자가 침묵을 깨고 말할 준비가 되었을 때에만 시작한다.

7:00~7:15

집중대상자가 자기 문제를 설명한다. 그동안 위원들은 끼어들지 말고 듣는다.

7:15~8:45

질문만! 한 시간 반 동안 위원들은 간단하고 정직하고 열린 질문을 하는 것 외에는 어떤 다른 방법으로도 집중대상자에게 말하지 않는다.

8:45~8:55

집중대상자가 질문을 더 하는 것에 그치지 않고 그들이 들었던 내용을 '거울로 반사시키기를 원하는가? 아니면 계속 질문만 받을 것인가? 집중대상자가 거울로 반사해 주기를 요청한다면, 위원들은 집중대상자가 한 말과 행동을 해석 없이 반영해 준다.

8:55~9:00

함께 나눈 경험에 대해 집중대상자와 서로서로 긍정하고 축하한다.

오후 9:00

끝. '이중 보안'의 규칙을 지켜야 함을 명심하면서 마친다.

선명성 위원회는 몇 분 가량의 침묵으로 시작한다. 그 침묵을 깨는 사람은 집중대상자이며, 그의 문제를 발표할 준비가 되어 있을 때 그리한다. 미리미리 문제에 대해 위원들과 의견을 나눴을지라도 이 말로 하는 평가의 내용은 종종 얼굴을 마주 보고서야 전달될 수 있을 것 같은 미묘한 느낌을 드러낸다. 발표는 15분 이상 진행되면 안 된다. 그 발표 시간 동안 위원들은 말해선 안 되며, 애매한 내용을 분명하게 하려고 질문해서도 안 된다.

집중대상자가 문제 발표를 마치면 위원들에게 일을 시작할 수 있음을 알린다. 그 후 90분간 위원들은 단순하나 까다로운 규칙을 길잡이로 삼는다. 집중대상자에게 말하려면 오로지 짧고 정직하고 열린 질문을 해야 한다.

질문은 짧고, 논점이 분명해야 하고, 가능하면 짧게 해야 한다. 이렇게 질문한다고 하자. "당신은 이러이러한 이야기를 하셨는데, 난 저러저러한 생각이 들었어요. 그래서 그러그러한 걸 묻고 싶네요." 이럴 때 난 종종 집중대상자를 내가 사물을 바라보는 방식 쪽으로 슬쩍 떠민다. 사전 설명 같은 서론 없이 짤막한 질문을 하면 은밀한 조언하기를 시작하는 위험도 줄일 수 있다.

질문할 때는 부드럽게 속도를 조절해야 한다. 질문 하나 마치고 침묵하고, 답변 듣고 침묵하고, 다음 질문으로 나아가는 식이다. 선명성 위원회 사람들은 취조나 대질 심문을 하는 형사들이 아니다. 여유 있고 품위 있는 속도감은 수줍은 영혼이 안전감을 느낄 수 있게 한다. 내가 집중대상자에게 질문을 하나 하면, 그가 답변한 후 내가 또 다른 질문을 하는 것은 괜찮은 것 같다. 그러나 다른 누군가가 기회를 가지기 전에 세 번째 질문을 하고 싶은 유혹이 들면 난 심호흡을 한번 하면서 이 방에는 다른 사람들도 있음을 명심한다.

단지 내 호기심을 충족시키기 위해 질문해서는 안 된다. 질문은 집중대상자의 내면 여행을 지원하려는 소망으로, 내가 끌어낼 수 있는 최대한의 순수성을 가지고 해야 한다. 위원회의 위원으로서 내 필요를 충족시키고자 하는 게 아니다. 집중대상자에 대한 온전한 존재감에 따라 여기 있어야 한다. 내 소망은 집중대상자가 자기 영혼에 온전한 존재감으로 있도록 도와주는 것이다.

문제에 대해서보다 그 사람에 대해 질문을 하면 큰 도움이 된다. 선명성 위원회는 문제 해결보다 참된 자아에 가까이 다가가는 것을 목적으로 하기 때문이다. 회사에서 복잡하고 고통스러운 인종 문제를 다루던 한 CEO가 소집한 선명성 위원회가 생각난다. 그녀는 한 위원의 이 질문이 도움이 되었다고 한다. "이

전의 갈등에서 당신 자신에 대해 배웠던 것 중 지금 당신에게 소용될 만한 것이 있습니까?" 그러나 다른 위원이 이런 질문을 했을 때 도움이 안 되었다고 했다. "괜찮은 기업 전문 변호사가 있나요?"

집중대상자가 받은 질문이 정직하거나 열려 있지 않다고 느끼면, 그는 그렇다고 말할 권리가 있다. 그래서 질문자가 다시 규칙과 그 규칙의 보이지 않는 부분을 흐르는 정신으로 돌아가도록 할 권리가 있다. 그러나 자신의 질문이 부족함을 드러냈을 때 자신을 해명하거나 변호할 권한은 없다. "그게 말이죠, 그 질문은 당신이 이러이러하게 말했을 때, 내가 저저러한 생각을 했고, 내가 진짜 말하려고 했던 것은 그러그러한 것이었어요."

이러한 '해명'은 집중대상자를 내 사고방식으로 끌어오려는 또 다른 시도에 불과하다. 집중대상자가 내게 이의 제기를 했다면, 난 한 가지만 선택할 수 있다. 뒤로 물러 앉아 비판을 흡수하고, 더 도움이 되는 방식으로 그 과정에 돌아오는 것이다. 어떤 해명이나 변론도 자신의 필요와 이해관계를 집중대상자의 것보다 앞장세우며, 그의 영혼을 겁주어 물러나게 한다.

보통 질문을 하면 집중대상자는 큰소리로 대답한다. 그러면 내면 스승이 하는 말을 듣는 데 도움이 된다. 그러나 집중대상자는 어떤 질문이든 별다른 해명 없이 넘길 수 있다. 그러면 위원들은 비슷한 질문을 되풀이하는 걸 삼가야 한다. 질문을 넘기는 것은 집중대상자가 내면 스승을 억누르고 있음을 의미하지 않는다. 특정한 질문에 대해 다른 사람들 앞에서 답할 수 없다는 사실로부터 집중대상자는 중요한 무언가를 배울지도 모른다.

속일 사람은 나 자신뿐이다

정직하고 열린 질문을 하는 훈련은 선명성 위원회의 가장 중요한 역할이다. 그러나 이 위원회 작업의 지침이 되는 다른 규율도 있다. 모든 규율은 집중대상자의 내면 여행을 지원하는 데 목표가 맞춰져 있다는 게 그것이다.

집중대상자가 울 때 위원은 그에게 티슈를 건넨다거나, 그의 어깨에 손을 얹는다거나, 평온해지는 말을 하는 '위로'를 건네서는 안 된다. 이런 행위는 정상적인 상황에서는 위로가 될 수 있겠지만, 선명성 위원회에서는 흐름을 깨는 행위다.

내가 만일 집중대상자를 위로한다면, 그 눈물 속에 있는 메시지가 무엇이든 그 메시지로부터 그녀의 관심을 분산시킬 것이다. 이제 집중대상자는 내면 스승이 아니라 내게 신경을 쓰며, 내가 좋은 돌보미인 것처럼 느끼게 하려고 애쓴다. "신경 써 주셔서 감사합니다. 근데 제 걱정은 하지 마세요. 전 괜찮을 거예요." 집중대상자와 대인적 교류에 관련됨으로써 난 그의 내면 여행의 궤도를 이탈시켰다. 두 시간 동안 명심해야 할 바는 내 책임은 단 하나라는 것이다. 바로 집중대상자가 참된 자아의 목소리에 온 정신을 집중하고 그의 신경이 흐트러지지 않도록 돕는 것이다.

마찬가지로 집중대상자가 우스운 농담을 했을 때 살짝 웃는 건 무방하겠지만, 오랫동안 큰소리로 웃어선 안 된다. 다시금 정상적인 상황에서는 우리가 응원으로 간주하는 행동이, 이 환경에서는 흐름을 깨고 주의를 산만하게 하는 행동이 되기 때문이다. 집중대상자의 웃음에 합류함으로써 난 내 자신에게로 관심을 끌 뿐 아니라("보세요, 저도 유머 감각이 있다구요!"), 집중대상자가 결정적인 내면의 질문을 하는 것을 막을 수 있다. "그 질문을 받았을 때 내가 느꼈던 고통을 감추려고 내 유머 감각을 동원했던 것은 아닐까?"

선명성 위원회의 가장 까다로운 훈련 중 하나는 눈 맞추기다. 우리 문화에서는 말할 때 서로 눈을 들여다보지 않는 것을 무례한 일로 본다. 그러나 이 다음에 대여섯 명이 대화하는 자리에서 무슨 일이 일어나는지 관찰해 보라. 한 사람이 말할 때 듣는 이들은 아무 말 없이 신호만 주고받는다. 미소 짓거나, 고개를 끄덕이거나, 머리를 갸우뚱하거나, 미간을 찌푸린다. 듣는 이들은 꾸준히 말의 내용을 이해하는지, 공감하는지 지금 말하고 있는 이에게 알린다.

만약 말하는 이의 목표가 다른 사람을 설득하거나 공감대를 형성하는 것이라면, 이런 행위는 말하는 이를 도우려는 것이었거나 실제로 도움이 되었을 수 있다. 그러나 비언어적 단서는 말하는 이로 하여금 그의 내면 스승이 배타적으로 지배하는 길을 가는 게 아니라, 듣는 이의 선택이 일부 반영된 길로 가도록 말하는 이를 팔꿈치로 슬쩍 미는 것과 같다. 우리가 다른 이들로부터 이런 신호를 접수하면, 수사학적 목표를 달성하려는 마음에 우리가 말하는 것을 종종 변화시킨다.

선명성 위원회에서 집중대상자의 목표는 다른 사람과 소통하는 게 아니라 참된 자아와 소통하는 것이다. 여기서 비언어적 신호는 단지 무관한 게 아니라 사람을 샛길로 인도하기 십상이다. 집중대상자에 대해 위원들이 어떤 생각과 느낌을 품는가는 중요하지 않다. 유일하게 의미 있는 반응은 집중대상자 안에서부터 솟아나는 반응이다.

고로 선명성 위원회의 위원들은 비언어적 반응을 되도록 삼가고, 최대한 받아들이는 식의 중립성을 동원해 집중대상자에게 귀 기울인다. 그러나 대부분은 이 상태에 도달하는 것을 매우 어려워 한다. 그래서 우리는 집중대상자가 질문에 답할 때 위원들이 내보낼 수 있는 비언어적 신호를 피할 수 있도록 눈맞춤하지 말라고 독려한다. 심지어 두 시간 내내 눈을 안 맞춰도 되고, 눈을 아예 감고서 말하거나 시선을 바닥에 떨궈도 된다고 격려한다.

위원들이 비언어적 신호를 삼가는 것을 어려워하듯이, 처음에는 집중대상자도 눈을 안 맞추는 게 되려 어렵다고 느낄 수 있다. 그러나 얼마 지나지 않아 이 방법이 오히려 모두에게 해방구가 됨을 알게 된다. 이 방법은 진실한 말하기와 마음을 열고서 듣기를 고무하고, 영혼을 존대하고 환영하는 공간 속으로 우리를 깊숙이 끌어들인다.

난 30년간 중요한 결정을 내릴 때마다 선명성 위원회를 이용했고, 도움을 받았다. 사람들의 정직하고 열린 질문을 듣고 내면 스승의 반응을 들으면서 늘 동일한 생각 하나를 떠올렸다. 이 공간에서 난 그 누구에게도 그 무엇에 대해서 설득할 필요가 없다. 그러므로 내가 속여야 할 사람은 나 말고는 아무도 없다. 이런 순간 이치에 맞는 단 하나뿐인 행동은 내가 내 진실을 아는 한 최대한 분명하게 말하는 것이다. 그런 단순한 깨달음이 나로 하여금 내면의 명령을 듣고 따르게 했고, 그것이 내 인생의 경로를 바꾸었다.

축하하는 이유

한 시간 반가량 질의와 응답을 한 후 선명성 위원회는 마지막 단계로 접어든다. 15분 남았을 때 누군가가 집중대상자에게 묻는다. 위원들이 질문하면서 그들이 들은 내용을 '거울로 반사'

하기를 바라는지, 아니면 계속 '질문만 허용'하는 규칙대로 갈 것인지 묻는다.

집중대상자로서 내 선택은 늘 거울로 반사하기였다. 왜냐하면 선명하게 하기 과정의 마지막 단계인 거울로 반사하기 시간에 새로운 깨달음이 내게 찾아왔던 적이 꽤 있었기 때문이다. 그러나 거울로 반사하기는 위원들을 '질문만 허용'하는 규칙에서 풀어 주기 때문에 우리를 고치고, 구원하고, 조언하고, 바로잡으려는 미끄러운 비탈의 가장자리에 세워둔다. 고로 거울로 반사하기에서 허용되는 것과 허용되지 않는 것을 분명히 정의하고, 비탈의 가장자리에 넘지 말아야 할 보호대를 만들 필요도 있다. 거울로 반사하기는 세 가지, 오로지 세 가지 형태를 띤다.

첫 번째 형태의 거울로 반사하기는 집중대상자에게 "당신이 이러이러한 질문을 받았을 때, 당신은 저러저러한 답변을 했습니다"라고 말하는 것이다. 질문과 답변은 말한 내용을 직접 인용해야지 자기 말로 풀어선 안 된다. 내가 거울을 치켜들면 난 당연히 그 질문과 답변 속에 집중대상자가 봐야 할 무엇이 있으리라 생각한다. 그러나 그 무언가가 무엇인지 내가 말하는 것은 허용되지 않는다. 내가 조언을 건네기 시작할 우려가 있기 때문이다. 내가 건넨 반사체에 대해 집중대상자는 자유롭게 말하거나 말을 하지 않을 수 있다. 내가 집중대상자의 말에서 발견한 무엇이 중요한 게 아니다. 내가 거울로 반사시킨 것 속에서 집중대상자가 발견하는 그 무엇이 중요한 것이다.

두 번째 거울로 반사하기의 형태는 집중대상자가 두세 개의 다른 질문에 대해 답한 두세 개의 답변을 인용하는 것이다. 이렇게 해서 집중대상자가 각각의 질문을 관련지어 볼 수 있도록 하는 것이다. 나는 답변 사이에 패턴이 있음을 암시하는 식으로 '점 잇기'를 하면서 문제 분석과 어쩌면 '해결책' 제안에까지 위태하리만치 바짝 다가선다. 그러나 역시 내가 발견했다고 생각하는 패턴을 묘사하거나 힌트를 주는 것조차 허용되지 않는다. 마찬가지로 집중대상자는 아예 아무 말도 안 하는 걸 포함해서 그가 원하는 방식대로 대답할 자유가 있다.

거울로 반사하기의 세 번째 형태는 집중대상자의 몸짓 언어 body language다. 난 집중대상자에게 이렇게 말할 수 있다. "보험회사가 한 일자리 제안에 대해 질문받았을 때, 당신은 의자에 구겨 앉은 채로 나지막하고 단조롭게 말했어요. 당신이 국립공원당국이 한 제안에 대해 질문받았을 때, 당신은 꼿꼿이 앉아서 더 큰소리로 활기찬 어조로 말했어요."

중요한 건 내가 몸짓 언어를 해석하는 게 아니라 묘사하는 것이다. "의자에 구겨 앉아 나지막하고 단조롭게 말했어요"는 묘사다. "당신은 말할 때 열정도 없고, 그저 의기소침해 보였어요"는 해석이다. 전자는 집중대상자가 거울을 들여다보고서 거울 안에 뭐가 있는지에 대한 자신의 결론에 도달할 수 있게 한다. 후자는 판단이며, 판단은 받아들임이 아니라 반발을 일으킬 수 있다. 그리고 내 판단은 틀릴 가능성이 크다. 내가 '의기소침하다'라고 말한 자세는, 그 말을 한 이에게 심오한 고뇌의 자세였을 수 있기 때문이다.

몸짓 언어는 그걸 '말하는' 사람이 대개 들을 수 없다. 고로 항상 존재하는 미끄러운 비탈의 위험에도 불구하고 순전히 반사하는 식으로 몸짓 언어를 거울로 반사하는 것은, 자신의 내면 스승의 소리를 들으려는 사람에게는 큰 선물이 된다.

두 시간 과정에서 5분이 남았을 때 한 위원이 말한다. "이제 긍정하고 축하할 시간입니다." 난 많은 선명성 위원회에서 봉사했지만, 이 마지막 5분의 행위가 가식적이거나 강요된 행위였던 경우는 보지 못했다. 전체 과정이 막바지에 다다를 때 난 거의 매번, 방금 내 눈으로 무언가 경이롭고 진귀한 것을 봤음을 깨닫는다. 바로 인간 영혼의 실재와 위력이다. 난 한 인간이 그의 내면 스승으로부터 중요하고 종종 예상치 못했던 깨달음을 얻는 걸 목격했다. 영혼의 소리가 너무 자주 파묻히는 이런 세상에서 영혼을 환영하고 존귀하게 여기며, 영혼이 자신의 일을 하는 걸 지켜보는 건 분명 축하거리임에 틀림없다.

선명성 위원회에서 진행되는 영혼의 일은 조용하고, 은근하고, 말로 표현하기가 거의 불가능하다. 그러나 다음에 소개하는 한 참여자의 말은, 이 과정을 거치면 가장 손에 잡히지 않는 감정에 손에 잡히는 형태를 부여할 수 있음을 증언하고 있다.

 지난 몇 년간 내가 여러 다른 수위에서 스스로에게 물었던 질
문은 "어떻게 _____를 사랑하지?"였습니다. 공란은 다양한
말로 채울 수 있겠지요. 아내, 자식, 부모님, 학생, 친구들…. 이
게 제겐 가장 도전적인 질문이었습니다.

 최근 신뢰 서클에서의 제 작업을 통해 이 문제에 대해 새로
운 깨달음을 얻었습니다. 우리가 함께하는 시간의 일부분으로
서 우리는 선명성 위원회를 탐구하고 참여했습니다. 이 과정에
서 전 새롭고도 가장 힘든 방식의 듣기 공부를 했습니다. 제 자
신의 증오와 판단에 얽매이지 않은 채 듣는 것이죠. 전 다른 사
람의 영혼을 위해, 참되고 성스러운 그 무언가를 위해, 열린 자
세로 영혼에 귀 기울이는 걸 배웠습니다.

 깨달음의 순간에 전 이 방법이, 즉 남에게 온전히 집중한 채
내 자신에게서 벗어나 귀를 여는 것이, 사랑을 실천에 옮기는 법
임을 발견했습니다. 이제는 제가 만나는 사람 누구하고도 언제
든지 이 방법을 실천에 옮길 수 있습니다. 전 듣기를 통해 소박
한 사랑을 실천할 수 있습니다. 그리도 모호하고 이상주의적이
었던 사랑이라는 개념이 갑자기 부드럽게 착륙한 겁니다.[3]

손 안에 새 한 마리

우리는 모두 세상 문화에 의해 빚어진다. 고로 우리는 모두 선명성 위원회에 들어올 때 우리의 관계를 고치고, 구원하고, 조언하고, 남을 바로잡으려는 쪽으로 끌어오려는 인력引力을 가지고 온다.

이런 끌어당기는 힘을 물리치는 것을 돕기 위해 선명성 위원회의 구성원들이 따라야 할 행동 규칙이 있다. 그 규칙들은 너무 구체적이어서 우스꽝스럽기까지 하다. 집중대상자가 울 때 티슈를 건네지 말라. 집중대상자가 농담을 던졌을 때 크게 웃지 말라. 말하거나 들을 때 중립적 표정을 유지하라. 집중대상자가 두 시간 내내 눈 맞추기를 피하는 걸 허용하라.

내가 이런 기본 규칙을 가르치면 사람들은 이런 수위의 '촘촘한 관리'에 억압 받는 듯한 느낌이 든다고 한다. 그럴 때 나는 "잘 됐네요!"라고 털어놓는다. 누군가의 영혼을 신뢰 속에 붙들어 두기로 합의했다면, 우리는 그 일을 제대로 하기 위해 헌신의 무게를 느껴야 한다. 그리고 남에게 선명하게 하기 과정을 가르치는 사람들은 행동의 잣대를 아주 높임으로써, 가볍게라도 규칙을 어기면 부끄러움을 느끼게 해야 한다. 그렇게 해서 집중대상자가 피해 입을 가능성을 최소화하는 것이다.

그러나 잣대를 높이면 자칫 선명성 위원회가 법法의 정신보다 '법으로만 움직이는' 과정이 될 위험이 있다. 영혼의 안전 공간을 만들려면, 우리가 영혼을 따뜻하게 환대하는 행동 규칙을 만드는 것만큼이나 환대의 정신을 갖추는 것이 중요하다.

고로 규칙을 가르치는 것에 덧붙여 난 사람들에게 규칙의 보이지 않는 부분에 담긴 정신에 대해 두 가지 뚜렷하고 단순한 이미지를 제시한다. 첫 번째 이미지는 이번 장에서 나열한 규칙을 가르치기 전에 제시한다. 선명성 위원회의 구성원으로서 우리는 오로지 집중대상자만이 차지하는 공간을 만들고 지켜 줘야 한다. 두 시간 동안 우리의 유일한 존재 이유는 집중대상자를 안전 공간에 붙들어 두고, 흩어지지 않은 관심을 그에게 주고, 주의를 산만하게 할 어떤 것도 그 공간에 들어오지 못하도록 경비하는 국경수비대처럼 행동하는 것이다.

우리의 행동을 이끄는 규칙들은 우리가 관심을 우리 자신에게로 끌어오는 말로 그 공간을 침해하는 것을 막고자 만들어졌다. 그렇기 때문에 우리는 집중대상자가 어떤 질문에 이의를 제기해도 우리 자신에 대해 해명할 수 없으며, 집중대상자가 울어도 위로를 건넬 수 없으며, 집중대상자가 한 비언어적 표현을 해석해서도 안 된다. 이런 행동을 하면 우리의 필요와 안건이 그 공간 안에 있는 집중대상자의 영혼의 자리를 비집고 들어가기 때문이다.

집중대상자가 관심을 독점하는 '공간을 만들고 지켜 주는' 국경수비대 같은 이미지는 선명성 위원회의 행위에 대한 거의 모든 질문에 대한 답이다. "집중대상자가 말할 때 필기해도 될까요?" 만일 필기하는 게 집중대상자의 주의를 흩어지게 하면 답은 "아니오"다. 필기가 집중대상자로 하여금 관심을 집중시키는 데 도움이 된다면 답은 "예"다. "만일 집중대상자나 위원이 화장실에 가야 하면 어떻게 하죠?" 집중대상자는 간단히 양해를 구한 후 자리를 뜨고, 위원들은 그가 돌아올 때까지 침묵을 지킨다. 위원은 설명 없이 최대한 조용히 다녀오면 된다. 그동안 선명하게 하기 과정은 계속된다.

집중대상자를 위한 안전 공간을 붙들어 두기 위한 규칙이 하나 더 있다. '이중 보안' 규칙이다. 위원회가 끝나면 그 안에서 말한 내용은 어떤 것도 남에게 옮겨져선 안 된다. 모임 중에 필기했던 사람은 자리를 뜨기 전 집중대상자에게 필기한 것을 건네줘야 한다. 이렇게 하면 집중대상자에 관한 정보를 지킬 수 있고, 덤으로 집중대상자에게 훌륭한 선물을 남겨 주게 되기 때문이다. 그것은 그의 영혼이 안심하고 진실을 말할 수 있었던 시간에 발설되었던 진실에 대한 세밀한 기록이기 때문이다.

이중 보안의 두 번째 부분은 첫 번째만큼이나 중요하다. 위원들은 집중대상자에게 하루, 한 주, 한 해 후에 이런 말을 하는 게 금지되어 있다. "당신이 이러이러한 말 했던 것 기억나요? 거기에 대해 당신과 나누고 싶은 생각이 있어요." 집중대상자가 후속 탐색을 위해 우리를 찾아 나설 수는 있다. 그러나 우리가 피드백이나 조언을 가지고 그 사람을 추적한다면 그의 고독을 침범하는 꼴이 된다. 집중대상자들은 대개 선명성 위원회의 모든 규칙 중 이 이중 보안의 규칙이야말로 그 공간 안에서 그들의 진실을 자유롭게 말할 수 있다는 확신을 주었다고 말했다.

이 규칙을 가르친 후에, 그리고 위원회 과정이 시작되기 바로 전에, 난 두 번째 이미지를 제시한다. 두 번째 이미지는 많은 이가 도움이 되었다고 말한 것이다. 앞으로 두 시간 동안 우리는 집중대상자의 영혼을 붙들고 있기를, 마치 양손으로 작은 새 한 마리를 붙들고 있는 것처럼 해야 한다고 말한다.

그렇게 하는 과정에서 우리는 십중팔구 세 가지 유혹을 경험하게 될 것이다. 아래의 세 가지 유혹을 다 물리치는 것이 중요하다.

* 얼마 지나지 않아 이 생물을 해부해 그 작동 원리를 알아내고 싶어진다. 그래서 우리의 손이 새를 더 꽉 옥죄기 시작한다. 우리가 할 일은 분석이 아니라 단순히 열린 신뢰 안에서 붙들고 있는 것이다.
* 시간이 흐르면 우리의 팔이 피곤해지면서 새를 내려놓고 싶다는 유혹이 생긴다. 집중도가 떨어지고, 생각은 공중에 떠다니며 더 이상 집중대상자를 우리 의식의 중심에 붙들어 두지 못한다. 이 유혹 역시 물리쳐야 한다. 새는

가볍고, 영혼은 더 가볍다. 우리에게 그 사람을 고치고 구원하고 조언하고 바로잡아야 할 의무가 없음을 이해할 때, 우리의 짐은 짐스럽지 않을 것이다. 우리는 이 영혼을 지치지 않고 두 시간 동안 붙들고 있을 수 있다.

* 선명하게 하기 과정의 막바지에는, 이제껏 최선의 의도에 따라 열려 있는 상태로 그 새를 붙들었더라도, 바가지처럼 오므린 양손이 슬쩍, 그러나 끈질기게, 위로 올라가려 한다. 새에게 날라고 부추기는 것이다. "여기서 뭘 배웠는지 모르겠어요? 이제 날 준비가 되지 않았나요? 이제 깨달은 것을 실천에 옮겨야죠?" 이 유혹 역시 물리쳐라. 이 새는 자기가 날 준비가 될 때 날 것이다. 그때를 우리는 알 수 없다.

선명성 위원회의 성공은 집중대상자가 그의 문제를 '해결'하느냐, 행동에 옮길 준비가 되었느냐에 달려 있지 않다. 인생은 누구나 알다시피 그렇게 깔끔하게 전개되지 않는다. 선명성 위원회의 성공은 단순히 우리가 두 시간 동안 열린 손 안에 그 집중대상자를 안전하게 붙들고 있었는가에 달려 있다. 우리가 그렇게 하면 집중대상자는 거의 늘 내면 스승으로부터 새로운 깨달음을, 그리고 종종 한두 가지 계시를 받는다.

선명성 위원회가 끝났다고 그 집중대상자를 붙드는 것을 멈출 필요는 없다. 그룹이 해산하는 모습을 보고 머릿속에 떠오르는 이미지는 내 열린 손을 내 열린 가슴으로 끌어오는 것이다. 가슴속에서 난 계속 그 집중대상자를 내 생각과 돌봄과 기도 속에 붙들어 두는 것이다.

난 지난 30년간 이런 '함께 홀로서기' 방식을 수천 명에게 가르쳤다. 이 과정이 끝나면 난 항상 묻는다. 노련한 성인들이 "소모임에서 두 시간 내내 당신을 관심의 중심에 두고서, 당신 자신이 당신 영혼의 말을 듣도록 공간을 만들어 주고 그것을 지켜 주는 것만 생각하던 마지막 때가 언제였습니까?" 간혹 예외도 있지만 항상 들려오는 답은 이렇다. "이런 경험은 제 생애 한 번도 없었어요."

함께하는 방식은 다양하다. 우리의 모든 상호 작용이 선명성 위원회 규칙의 지배를 받는다면, 인생은 상당히 악몽 같을 것이다! 그러나 상대방 근처에서 숱한 시간을 함께 보내면서도, 정작 상대방의 내면 여행에 이런 방식의 지원을 한 적은 드물거나 아예 없다는 사실이 참 안타깝다.

그러나 너무 늦은 때는 없다. 버지니아 쇼레이는 재능 있는 고등학교 교사였으며, 비범한 사람이었다. 그녀는 생애 마지막 몇 달간 이런 지원을 찾았고 받았다. 2년 코스 신뢰 서클의 참여자였던 그녀는 그룹이 시작된 후에 불치암을 앓고 있음을 알았고, 그룹이 끝나기 전에 세상을 떠났다.

버지니아의 서클에 있던 사람들은 그녀의 여행에 길동무가 되었고, 그녀의 용기에서 혜택도 받았다. 그걸 가능하게 했던 것은 버지니아가 요청했던 네 차례의 선명성 위원회였다. 그녀는 일지에 그 위원회에 대해 이렇게 적었다.[4]

이 선명성 위원회에 있는 모든 사람은 아주 정직하고 열린 질문을 했다. 난 그 질문에 내 마음과 내 두려움과 내가 표현할 수 없었던 뭇 감정들을 활짝 열었다. 내 의도, 내가 이루지 못한 목표와 꿈, 인생이 너무 빨리 마감된다는 데 따른 두려움, 가족에 대한 두려움을 민낯으로 드러냈다. 난 아직도 배우고 주는 일을 완수하지 못했음을 그들에게 이야기했다. 책을 쓰고 싶었지만 내 세계는 이제 허물어지고 있다. 위원회는 날 위로하지 않았다. 날 고치지도 않았다. 난 그들 곁에서 안전하다고 느꼈다. 그들의 존재감 속에서 힘을 얻었다. 이 모임 후에 내 병을 이해하기 시작했고, 그걸 선물로 받아들이기까지 했다. 선명성 위원회는 내 인생을 정글로부터 끌어내온 동지들이다.

버지니아가 죽기 직전 그녀는 선명성 위원회뿐 아니라 신뢰 서클 전체에 대한 감사를 표하기 위해 나에게 편지를 보내왔다. 이 장을 마감하기에 이보다 더 좋은 언어는 없을 듯하다.

선생님께 편지를 쓰는 이유는 이 서클에 깊은 감사를 드리고 싶어서입니다. 제 인생을 너무 복되게 했고, 각양각색의 깨달음을 얻었어요. 가르치는 일뿐만 아니라 제 개인과 가정, 삶에서도 말이지요.

하나만 거론하자면 신뢰 서클은 자신을 존중하고 존귀하게 여길 용기를 주었고, 저 자신을 정말로 알게 하는 새로운 길을 닦아 주었어요. 인생의 역설을 이해하는 데 도움이 되었고, 특히 시한부 암 진단을 받았을 때 그랬습니다. 제가 지닌 내적 자원에 대해 의식하는 데 도움이 되었어요. …

감각 너머를 보는 법을 배웠습니다. 침묵과 명상과 다른 눈들을 통해 영적 세계를 보는 법을 배웠습니다. 난생 처음 자연을, 자연의 순환을, 계절을 만끽하는 법을 배웠어요. 다른 사람들이 제 존중을 받을 자격이 있음을, 저도 다른 이의 존중을 받을 자격이 있음을 깨달았어요.

무엇보다도 우리는 모두 더 큰 공동체의 일부분임을 배웠고, 이건 제 신념 체계를 엄청나게 변화시켰어요. 덕분에 제 두려움을 정복하는 법을 배웠고, 제 자원이 무한함을 알게 되었어요. 정말 살고 죽을 용기를 온전히 이해하기에 이르렀어요. 그리고 참된 자아를 안다는 것이 얼마나 황홀한 일인지도요!

CHAPTER 9

웃음과 침묵
— 의외로 잘 어울리는 한 쌍

침묵을 향상시킬 수 없다면
굳이 말하지 않아도 된다.
— 미국에서 유명한 경구[1]

웃음은 어디에서건 덜어 낼 필요가 없다.
웃음은 모든 걸 향상시키기 때문이다.
— 제임스 서버[2]

막막함에서 절망감으로

신뢰 서클에서 말하고 듣고 반응하는 게 뭘 의미하는지 인쇄 지면으로 전달하는 일 앞에서 사실 좀 막막함을 느낀다. 이 직전의 마지막 몇 장에서 신뢰 서클 과정의 본질에 대해, 어떻게 수줍은 영혼을 환영하고 이중성을 극복한 삶을 향한 여행을 지원하는지에 대해 어느 정도 빛을 비췄기를 바란다. 그러나 그 몇 장을 쓰면서 난 계속 이런 생각을 했음을 고백한다. "거기 있어야 이해할 수 있어요."

이제 신뢰 서클에서 침묵과 웃음의 역할에 대해 쓰려니까 '막막하다'는 건 적합한 표현이 아니다. '절망스럽다'가 더 과녁의 중심에 가깝다! 어떻게 무언의 침묵에 대해 글을 쓸까? 딱 맞는 순간에 딱 맞는 말을 해서 저절로 샘솟는 그런 웃음을 어떻게 활자로 표현할까? 그러나 난 써야만 한다. 침묵과 웃음은 둘 다 영혼을 위한 안전 공간을 만드는 일에 필수적이기 때문이다.

침묵과 웃음은 잘 어울리지 않는 한 쌍 같다. 그러나 경험상 그들은 의외로 잘 어울리는 한 쌍이다. 예를 들어 몇 시간 동안 침묵 속에 있어도 어색하거나 긴장감을 느끼지 않고, 더불어 고생스러운 시간을 헤쳐 나갈 때 농담까지 하는 두 사람을 무엇이라고 부를까? 물론 정답은 좋은 벗이다.

침묵과 웃음은 우리를 무방비 상태로 만든다. 그래서 침묵과 웃음을 지탱하려면 좋은 벗이어야 한다. 침묵이 우리를 무방비 상태로 만드는 이유는, 잡음 내기를 멈추면 통제력을 잃기 때문이다. 텔레비전을 끄거나 흥얼거리는 걸 잠시 멈추면 순간 무슨 생각이나 감정이 튀어 올라올지 누가 장담하겠는가? 웃음이 우리를 무방비 상태로 만드는 이유는, 그것이 우리의 허물과 연약함에 대한 반응에서 비롯되기 때문이다. 우리가 농담 대상일 때 얼마나 바보스러워 보일지 누가 알겠는가? 우리는 서로 믿는 사람들하고만 침묵과 웃음을 나눌 수 있다. 더 자주 나눌수록 우리의 믿음은 더 깊어진다.

영혼은 침묵을 사랑한다. 침묵은 수줍은 영혼이 안전감을 느끼는 데 도움이 되기 때문이다. 영혼은 웃음을 사랑한다. 영혼은 진실을 추구하고, 웃음은 현실을 있는 그대로 드러내기 때문이다. 그러나 무엇보다도 영혼은 생명을 사랑하며, 침묵과 웃음 모두 생명력을 불러일으킨다. 그래서 아마도 우리는 침묵과 웃음을 똑같이 편안하게 나눌 수 있는 사람들에 대해 벗 이상의 이름을 가지고 있는지 모르겠다. 바로 '영혼의 친구'라는 뜻인 소울메이트soulmate 말이다.

함께 웃는가, 아니면 비웃는가?

난 늘 웃음이 넘쳤던 가정에서 자랐고, 우리 가족은 지금도 잘 웃는다. 그러나 우리 부모님은 남을 비웃는 것(나쁜 일)과, 사람들과 더불어 웃는 것(좋은 일)의 차이를 우리가 분간하도록 하셨다. 동정compassion은 문자적으로 '함께 감정을 느낀다'라는 뜻임을 알게 되었을 때 이 차이가 떠올랐다. 동정적 웃음은 비극과 희극의 씨줄과 날줄로 짜여진, 우리 모두가 다 함께 가지고 있는 인간적 상황을 볼 때 솟아난다. 상대방과 더불어 웃는다는 건 동정의 한 형태이며, 신뢰 서클에서 돌아다니는 웃음이다.

이 장을 쓰고 있을 때 난 한 서클을 운영했다. 함께하는 시간이 끝날 무렵 누군가 나에게 우리가 가족과 친지들에게 돌아가면 사람들이 이렇게 물어볼 것 같다고 깨우쳐 주었다. "그 수련회에서 무슨 일이 있었어?" 그 남자는 자기 인생의 주요 인물들과 더불어 강력한 내면의 경험을 다 함께 가지고 있는 게 어렵다고 했다. 내면 여행 후 남편이 이해할 수 없는 방향으로 돌아서서 결혼이 위기에 처한 가정도 있다고 했다.

많은 사람이 그 이야기를 듣고 고개를 끄덕이자 분위기가 좀 침울해지기 시작했다. 그때 누군가 몸을 구부리더니 빨간색 커버를 씌운 작은 책을 서류 가방에서 꺼냈다. 그는 이 책에 크고 작은 모든 문제에 대한 합리적 해결책이 가득해서 늘 가지고 다닌다고 했다.

책 제목은 《선가禪家적 유대교: 당신을 위한 작은 가르침Zen Judaism: For You, a Little Enlightenment》이었다. 그 제목 때문에 여기저기서 키득키득 웃음이 새어 나왔다. 그러나 그 웃음은 그가 책에서 어떤 '가르침'을 낭독한 후 터진 웃음과는 비교할 수 없는 것이었다. "만일 당신이 오랫동안 선가의 명상을 하면, 자신을 막고 있다고 느끼는 친지로부터 비난을 받을 것입니다. 그들을 무시하시오."[3]

우리의 웃음은 우리 친구나 가족이나 그 고민을 꺼낸 남자를 조롱한 것이 아니었다. 그 고민을 꺼냈던 남자도 그 방에 있던 누구보다도 더 크게 '선가의 가르침'을 떠올리며 웃었다. 우리는 누굴 비웃지 않았다. 우리는 서로서로 더불어 우리의 공통된 처지를 떠올리며 웃었다. 우리의 웃음은 우리 고민의 무게를 좀 가볍게 하는 데 도움이 되었고, 사랑이 더 넘치는 자세로 고민을 처리할 수 있게 했다.

집에 돌아가 "무슨 일이 있었어?"라는 질문을 받으면 아마 많은 이가 우선 이 이야기를 들려줌으로써 말문을 열지 않을까 상상한다. 그래서 문제에서는 긴장을 제거하고, 수련회를 탈신비화하고, 더 깊은 대화 속으로 들어가는 길을 여는 것이다. 유머의 누룩을 넣지 않은 영적 진중함은 먹으면 체하는 인생의 빵과 같다.

웃음은 우리를 성스러운 것 가까이로 이끌어 오는 데 있어 침묵만큼이나 유용하다. 어린 아이들이 있는 어느 가족의 저녁 식사 자리가 떠오른다. 어른 한 명이 우리에게 머리를 숙이고 눈을 감고 식사 기도를 하자고 청했다. 어른들은 따랐으나 두세 명의 아이들은 실눈을 뜨고 싶은 걸 참지 못했고, 서로 눈이 마주치자 연쇄 반응이 일어났다. 처음에는 코웃음을 억누르더니, 나중에는 속으로 웃음을 삼켰고, 이내 통제 불가능한 웃음바다가 되었다. 그 매혹적인 순간 속 아이들의 웃음은 내게 언제나 기도의 한 형태로 기억된다. 아이들의 웃음은 어른들이 침묵 속에서 하는 것만큼이나 효과적인 기도였고, 아이들 속에 깊이 가라앉아 있는 인생의 성스러운 것을 축하해 주었다.

어른들이 근엄함의 가면을 유지하기 위해 웃음을 억누를 때, 우리의 영혼까지 억눌릴 수 있다. 이 사실을 신뢰 서클에서 배운 한 공립학교 교사가 있었다. 그녀는 집에서 가족·친구들과 있을 때는 잘 웃는 사람이었다. 그러나 교실에 들어서는 순간 그녀는 정확히 훈련받은 대로 전문가다운 얼굴을 덧입고 선생의 절도를 가지고서 말하고 행동했다.

수년간의 교사 생활 후 그녀는 지치기 시작했다. 자신의 영혼을 위한 아주 새로운 기회를 가지고자 신뢰 서클에 가입했고, 곧 그녀 안의 '야생동물'이 출현해도 될 만큼 안전하다고 느낄 때 그녀는 자신의 교사 생활이 스텐드업 코미디(개그맨이 무대에 혼자 서서 독백하는 코미디-옮긴이) 같았음을 알게 되었다. 그녀는 유머가 그녀다움의 본질이었음을 깨달았고, 가족과 친구들과 있을 때처럼 학생들 앞에서도 자신에게 진실되기로 결심했다.

영혼과 역할을 재결합시킨 후 그녀는 가르침에서 기쁨을 되찾았다. 그리고 그녀의 학생들은 선생님이 더 진정성 있고 덜 고압적이 되자 배움에 더 적극적으로 참여하게 되었다.

침묵의 교제

두 가지 웃음에 대한 우리 부모님의 훈계의 대칭점은 침묵에도 있다. 우리는 사람들에 '대해' 침묵할 수 있다. 우리의 경멸을 전달하기 위해 사람들에게 '침묵 처방'을 내릴 때도 있고, 다른 이에게 부조리가 자행되는 걸 볼 때 겁쟁이의 침묵을 지킬 수도 있다. 이런 종류의 침묵은 공동체를 망가뜨리고, 우리를 악의 공범자 자리에 세우기까지 한다.

또는 사람들과 '더불어' 침묵할 수 있다. 사색과 깊이 생각하기와 기도를 에워싸는 침묵, 우리가 신뢰 서클에서 행하는 침묵이 바로 이것이다. 이 더불어 하는 침묵은 인간이 교제하는 행위의 또 다른 형태다. 이런 동정적 침묵은 상대방과 서로 이어지면서 맞닿는 데 도움이 된다. 동정적 침묵으로 인해 우리는 어떤 말로도 다다를 수 없는 진실에 손을 대고, 또한 진실이 우리에게 손을 댄다.

내가 11년간 살면서 일했던 공동체인 펜들 힐에서 우리의 삶은 너무 서로 얽혀 있었다. 그래서 사람들은 금세 정이 들었고, 그만큼 금세 소외될 수도 있었다. 그러나 소외되었다는 것은 거기 살았던 한 여자에 대해 내가 말하려는 바를 완곡히 표현한 것이다. 그녀는 지상의 모든 생명에서 풋풋함과 좋은 것을 파괴하기 위해 지옥의 구덩이에서 직접 파송된 악마의 자식처럼 보였다.

펜들 힐에 사는 사람들은 아침마다 '예배 모임'에 참석한다. 45분간 집단적 침묵 시간을 가지는데, 간혹 마음으로부터 절로 샘솟는 말이 있으면 침묵을 깨고 말한다. 어느 날 아침 예배 시간에 늦게 들어갔는데, 남은 자리는 그녀의 옆자리뿐이었다. 순간 짜증이 솟구쳐 돌아 나오려고 했으나, 어쩌다가 그 자리에 앉게 되었다. 나는 눈을 감고 명상을 시작했다. 그리곤 어둠의 세계에서 온 생명체 옆에 앉아 있음을 서서히 잊어버렸다.

30분 남짓 후 다들 머리를 숙이고 있는데, 난 눈을 뜨고 그 여자의 손이 손바닥을 위로 향한 채 무릎 위에 포개져 있는 걸 가만히 바라보고 있었다. 햇살 한 줄기가 그 손 위를 비췄고, 희미하지만 꾸준히 맥박치는 동맥이, 그녀의 아주 인간적인 심장의 원초적 박동이 보였다. 그 순간 여기 있는 사람이 나와 똑같이 강점과 약점을 지녔음을 언어를 넘어 깨달았고, 그녀가 누구인가, 그리고 나는 그녀에게 누구인가에 대한 내 느낌은 어떤 종류의 근본적 변화를 겪었다.

난 그 뒤로도 이 여자와 친하게 지내지 않았다. 진실을 말하자면 난 그녀에 대한 경계심을 늦출 수 없었다. 그러나 그 침묵의 햇살이 내리쬐던 순간부터는 더 이상 그녀를 악마처럼 볼 수 없었다. 그녀의 사람됨에 대한 이 계시와 우리 관계에 대한 재설정은, 내가 그녀와 '말로 풀려고' 했다면 도저히 달성할 수 없었던 일이라고 생각된다. 침묵 속에는 우리가 언어로 도달할 수 있는 것을 무색케 하는 깊음의 교제가 있다.

　　신뢰 서클에서 침묵에는, 웃음보다 덜 시끄럽다는 것 말고, 웃음과 차별화되는 중요한 하나의 모습이 있다. 우리의 관계를 더욱 깊게 해 주는 웃음은 계획된 행위가 아니라, 다 함께 가지고 있는 경험에 대해 저절로 일어나는 우발적 반응이다. 노련한 개그맨이 불러일으키는 그런 웃음이 아니다. 우리가 일상생활 속에 깨알처럼 박혀 있는 희극적 요소를 끄집어낼 때, 또는 거기에 스포트라이트를 비출 때, 자연스럽게 일어나는 그런 웃음이다.

　　그러나 우리의 관계를 심화시키는 침묵은 절로 일어나는 반응이 되기 이전에 먼저 의식적인 행위여야 한다. 왜? 웃음은 우리 문화에서 쉽게 받아들여지지만, 침묵은 아니기 때문이다. 소리의 중단을 뭔가 끔찍한 일이 일어났다는 표시로 여기는 문화에서 우리는 의도적으로 침묵의 순간을 만듦으로써 스스로 생겨난 침묵으로 가는 길을 닦는다.

　　몸과 마음의 의사인 레이철 리먼은 침묵의 실천적 의미에 대한 강력한 이야기를 들려준다. 그녀의 동료 한 명이 카를 융식

꿈 분석에 대한 회의에 참석했다. 참가자들은 전문가 패널들에게 묻고 답하기 카드를 작성해 제출했다. 그 패널 중 한 사람은 카를 융의 손자였다. 다음은 리먼이 동료에 대해 쓴 글이다.

어느 묻고 답하기 카드에 되풀이되는 끔찍한 악몽 이야기가 적혀 있었다. 꿈에서 주인공은 모든 인간적 존엄성을 빼앗겼고, 나치의 잔혹함을 떠올릴 만한 일을 겪었다. 패널 중 한 사람이 그 내용을 큰소리로 낭독했다. 내 동료는 그걸 들으며 어떻게 해석할지 머릿속에서 개념을 선명하게 잡았고, 패널이 어떤 해석을 할지 쉽게 예상할 수 있었다. 그녀의 이성은 꿈에서 묘사된 고문과 잔혹성에 대한 상징적 설명을 제공하느라 바삐 돌아갔다. "정말 쉬운걸." 그녀는 생각했다.

그러나 패널은 전혀 의외의 반응을 보였다. 꿈 낭독이 끝나자 카를 융의 손자는 수많은 청중을 보더니 이렇게 청했다. "모두들 잠시 일어서 주시겠습니까? 우리 함께 서서 이 꿈에 대한 반응으로 잠시 묵념의 시간을 가지도록 하겠습니다." 청중은 1분 남짓 서 있었고, 내 동료는 꿈에 대한 토론이 언제 시작되나 조바심을 내며 기다렸다. 그러나 다시 앉았을 때 패널은 다른 질문으로 옮겨갔다.

내 동료는 전혀 이해할 수 없었다. 며칠 후 그녀는 융 분석가였던 어느 선생에게 그 일에 대해 물었다. "아, 로이스." 선생이 말했다. "인생엔 차마 말할 수 없는 고통이 있어요. 너무 극한의 고통이라, 언어를 훨씬 뛰어넘는, 설명할 수도 없고 심지어 치유할 수도 없는, 그런 상처가 있지요. 그런 고통 앞에서 우리가 할 수 있는 일이란 그런 일을 혼자서 겪지 않도록 증인 역을 하는 것밖에 없습니다."[4]

이 이야기에는 두 가지 하위 텍스트가 있다. 그 하위 텍스트는 왜 '더불어 침묵하기'를 신뢰 서클에서 가르치고 실천해야 하는지 이해하는 데 도움이 된다. 첫째, 융 회의에서 있었던 침묵은 저절로 솟아난 것이 아니었다. 그 침묵은 리더 중 한 사람이 이끌어 낸 것이다. 융의 손자가 침묵 시간을 요청하지 않았다면 아마도 패널은 분석적 토론으로 미끄러져 들어갔을 것이다.

둘째, 그 강당에 있던 많은 사람이 왜 침묵만이 유일하게 유의미한 반응이었는지 이해했으나(그렇지 않았다면 그들은 그 꿈을 해석해 달라고 닦달했을 것이다), 레이첼 리먼의 동료는 이해하지 못했다. 그녀는 분석적인 사고의 틀에 갇혀 있었기에, 나중에 그녀가 신뢰하는 선생이 무슨 일이 왜 일어났는지 설명해 줄 때까지 깨닫지 못했다.

일종의 수행 방법으로서의 침묵

레이철 리먼이 쓴 글에 나오는 그런 침묵은 신뢰 서클에서 때로는 큰 고통에 대한 반응으로, 때로는 큰 기쁨에 대한 반응으로 흔하게 일어난다. 이런 침묵은 무관심이나 무신경을 전달하는 게 아니라 경외심과 존경을 전달한다. 침묵은 자신의 진실을 서클의 중심을 향해 내려놓았던 사람에게 이렇게 말한다. "당신이 우리에게 열어 보인 당신 영혼의 진실을 침해하지도 회피하지도 않겠습니다. 우리는 영혼의 진실과 당신을 이 침묵과 공감대 속에서 공감하며 붙들고 있겠습니다."

그러나 서클 안의 모든 사람이 침묵과 편한 사이가 되는 건 만만치 않은 일이다. 침묵에 대한 두려움은 우리 심리의 뼛속까지 박혀 있다. 평균적인 그룹에서 참을 수 있는 침묵은 최대 15초가량이라는 조사 결과도 있다고 한다. 앞으로 몇 주간 당신이 직접 이 주제에 대해 조사해 볼 수도 있을 것이다. 만약 지인들과 모임 중에 침묵의 순간이 온다면, 우리의 수다스러운 문화에서 쉽지는 않겠지만, 누군가 아무 할 말이 없어도 말문을 열기까지 얼마나 시간이 걸리는지 재 보라.

물론 우리가 침묵을 두려워한다는 증거는 우리 각자의 생활에서도 찾아볼 수 있다. 우리는 대부분 잡음으로 가득 찬 곳에서 일한다. 그러나 우리 중 얼마나 많은 사람이 차에 들어가자마자 라디오부터 켜는가? 집에 도착하면 텔레비전부터 켜는가? 산책을 나감으로써 이런 산만함에서 해방된 사람 중 얼마나 많은 이가 이어폰을 끼고 다니는가? 흐르는 물처럼 끊임없이 이어지는 수다에 너무 의존하게 되면서 스마트폰 없이는 아무 데도 못 가는 사람이 또 얼마나 많은가?

성스러운 신비와 마주보게 한다는 것을 목표로 하는 종교 공동체만큼은 침묵을 가치 있게 여기리라 생각할 수 있다. 그러나 내가 아는 대부분의 교회에도 진짜 침묵은 드물었다. 많은 경우 허공은 말소리나 그 밖의 소리로 채워졌다. 내가 특히 기이하게 여겼던 부분은 인도자가 잠시 침묵의 시간을 가지겠다고 했을 때도, 그러니까 인도자가 말하지 않을 때도, 그 '침묵'에는 오르간 반주가 곁들여졌다. 그리고 그때에도 15초가 최대한이다.

신뢰 서클에서 침묵은 핵심 요소다. 이것은 서클이 얼마나 대항문화적인지 다시금 상기시켜 주는 대목이다. 침묵이 없어진다면 우리는 단지 숲 속으로 와자지껄 몰려들어가 영혼더러 나오라고 소리치는 또 하나의 인간 군상에 불과할 것이다. 신뢰 서클을 만드는 모든 다른 핵심적인 방법(제3의 상징물, 중심에서 중심으로 말하기, 심층적 듣기, 정직하고 열린 질문 등)은, 침묵으로 박음질하고 침묵으로 밑단을 달 때 우리 인생에 큰 변화를 불러올 가능성이 최대화된다.

사람들이 침묵을 편하게 느끼도록 하려면 신뢰 서클의 진행자는 침묵을 표준적 관행으로 만들어야 한다. 침묵을 위협이 아닌 선물로서 경험할 기회를 시작했을 때부터 계속 제공하면 침묵이 절로 피어오르게 된다.

예를 들어 서클을 여는 순간 진행자는 보통 인도자가 하듯 환영 인사나 자기소개나 안건 검토나 훈계성 발언으로 시작하지 않는다. 대신 진행자는 이렇게 소박하게 말한다. "우리 자신을 온전히 이 서클에 가지고 오도록 잠시 몇 분간 침묵의 시간을 가지겠습니다." 그리고 진짜 3~4분이 다 지날 때까지는 침묵을 깨지 않는다.

사람들이 침묵으로 시작하는 것을 더 편하게 여기게 되면 흐름 중간에, 가령 제3의 상징물에 대한 대화 도중에 임하는 침묵도 편하게 여기게 된다. 처음에는 진행자가 말하는 이들의 사이사이에 침묵이 임하도록 되새겨 주어야 한다. 그래야 모든 사람이 되새김질의 시간을 가질 수 있고, 입을 늦게 떼는 사람도 말할 기회를 가지기 때문이다. 일단 이런 침묵의 열매가 눈에 보이기 시작하면 그때부터는 진행자가 그리 빈번히 되새겨 주지 않아도 된다. 선명성 위원회에서처럼 우리의 침묵에 대한 신뢰는 집중대상자가 말 사이의 여백에서 얼마나 많은 걸 배우는지 목격하면서 무르익어간다.

내가 공동체 조직에서 일할 때 이런 사실을 배웠다. 사람들이 하고 싶어 하지만 정작 본인이 나서기에는 민망한 일이 있기 마련 아닌가. 그때 그 일을 하도록 어떤 구실이나 허가를 내주면, 괄목할 만한 변화가 일어난다는 것이다. 영혼은 침묵을 원한다. 우리가 신뢰 서클에서 사람들에게 침묵할 구실과 허가를 내주면 영혼은 그 기회를 부여잡는다. 그리곤 인생에서 혁신이 일어난다.

왜 영혼은 침묵을 사랑할까? 내가 아는 가장 심오한 답은 우리가 어디서 왔고 어디로 가는지에 대한 미스터리를 끄집어내야 한다는 것이다. 태어났을 때 우리는 위대한 침묵에서 올라와 영혼을 옥죄는 세상으로 들어온다. 사망했을 때 우리는 위대한 침묵으로 돌아가고, 거기서 영혼은 한 번 더 자유로워진다.

우리의 문화는 죽음의 침묵을 너무나 두려워한다. 그래서 중단 없는 소음을 숭배한다. 아마도 이것은 '영생'의 세속적 표시일지도 모른다! 그 모든 잡음의 한복판에서 작은 침묵들은 우리 모두가 가고 있는 '위대한 침묵'과 더 익숙해지도록 도와준다. 작은 침묵은 '작은 죽음'을 우리에게 불러오고, 이 '작은 죽음'은 놀랍게도 깊은 충족감을 준다. 예를 들면 우리가 침묵 속으로 가라앉을 때 우리의 허세와 극성은 중단되고, 우리는 일시적인 에고의 죽음을, 우리가 숱한 시간을 쏟아 공들여 계발한 분리된 자의식의 죽음을 경험한다. 그러나 이 '작은 죽음' 속에서 우리는 무서움이 아니라 도리어 평화와 고향집 같은 편안함을 느낀다.

수도사 생활에 대한 오래된 지침인 성 베네딕트의 규칙에는 '날마다 죽음을 눈앞에 두라'는 훈계가 포함되어 있다.[5] 젊을 땐 이 조언이 약간 음산하다고 생각했다. 그러나 나이가 드니까 죽음을 눈앞에 두는 이 방법이 얼마나 생기를 공급하는지 깨닫게 되었다. 침묵으로 가라앉으면 영혼에 더 가까이 다가가고, 죽음을 두려워할 줄 모르는 내 안의 어떤 곳에 잇닿게 된다. 침묵 속에서 경험하는 작은 죽음들은 삶의 가치를 더 느끼게 해 준다. 이 글을 쓸 때 방 안에 퍼지는 햇살과 창문을 통해 불어오는 미풍을 더 만끽하게 해 준다.

고로 침묵은 단지 작은 죽음뿐 아니라 작은 탄생도 가져온다. 아름다움과 생기와 희망과 생명에 대한 작은 깨달음이 새롭게 탄생하는 것이다. 침묵 속에서 우리는 탄생과 죽음이 많은 공통점을 가지고 있음을 파악하기 시작한다. 우리는 위대한 침묵으로부터 두려움 없이 이 잡음의 세상으로 왔다. 어쩌면 우리는 위대한 침묵이 우리의 처음이자 마지막 고향임을 알기에 또다시 두려움 없이 그곳으로 건너갈 수 있을 것이다.

웃음, 침묵, 권력

이 책의 마지막 장에서 나는 신뢰 서클에서 영혼을 환영함으로써 비폭력적 사회 변혁 운동에 기여할 수 있다는 주장을 펼칠 것이다. 내 이론이 얼마나 모순적인지 알고 있다. 속생활과 겉생활을 떨어뜨려 놓기를 즐겨하는 우리 문화에서, 이 책에서 탐구한 생각들은 일반적으로 정치와 무관한 것으로 간주되는 것들이다.

고로 난 다음 장을 위한 정지 작업 차원에서 웃음과 침묵의 정치적 유의미성에 대해 생각해 보고자 한다. 이것이야말로 개인적인 것과 정치적인 것이 결합될 수 있는지에 대한 리트머스 시험지 테스트가 될 것이다. 우리가 신뢰 서클에서 하는 모든 일 중 웃기와 침묵하기는 가장 탈정치적 행위처럼 들린다. 그러나 역사는 웃음과 침묵이 오랫동안 억압적인 권력에 저항하고, 심지어 꺾는데 사용되었음을 보여 준다.

가령 풍자는 억압받는 사람들이 행사하는 힘 중 부패한 지도자들이 가장 두려워하는 것이다. 부조리한 정권 주변에 웃음이 굴러다니기 시작하면 권력의 토대에는 금이 가고, 정치적 지진계가 널뛴다. 지진이 퍼져 나가지 못하게 하려고 독재자들은 할 수 있는 한 풍자시인을 억누르고, 그게 안 되면 제거하려고 하며, 지하에서 풍자가 솟아나는 기미가 보일까봐 경계를 늦추지 않는다. 민주주의 체제에서만 권세 있는 자를 풍자하는 것이 허용된다. 그리고 사임한 미국의 고위 공직자들은 민주주의 체제에서 풍자는 권력자를 끌어내릴 수 있음을 보여 준다.

난 전체주의 국가가 아닌 민주주의 국가에서 사는 축복을 누리고 있다. 그러나 내가 소중히 아끼는 민주주의는 권력의 탐욕과 오만을 애국적·종교적 의복으로 장식하는 브랜드 정치에 의해 늘 위협받고 있다. 이 모든 것에 딱 맞는 고전 이야기가 바로 웃음과 침묵의 정치적 잠재력에 대해 우리에게 많은 가르침을 주는 안데르센의 〈벌거벗은 임금〉이다.[6]

줄거리는 여러 세대의 아이들에게 익히 알려져 있다. 재단사인 척하는 사기꾼들이 왕을 설득해 거액을 들여 새 옷을 맞추게 한다. 이윤을 극대화하기 위해 그들은 옷을 공기로 만들고, 왕에게는 무지하고 어리석은 자만이 이 '새 옷'을 보지 못한다고 설득한다. 무지하고 어리석은 자로 낙인찍히기 싫은 왕은 홀딱 발가벗은 채 퍼레이드를 하기로 한다. 길가에 일렬로 늘어선 마을 사람들도 무지하고 어리석은 자로 낙인찍히기 싫어서 이 옷의 화려함을 칭송한다. 이 장면은 이중적인 삶의 고전적 사례를 제공한다. 왕과 마을 사람들 모두 똑같이 속으로는 진실을 알지만 겉으로는 거짓된 삶을 살아가는 것이다.

바보들의 음모를 깬 유일한 사람은 이렇게 외친 어린 소년이었다. "임금님은 벌거숭이다!" 소년의 아버지가 두려워하며 아이의 입을 막는다. 그러나 이 무고한 외침은 이미 마을 사람들이 눈에 보이는 증거를 그대로 믿는 것을 가능케 한 해방구가 되었다. 이제 왕이 실오라기 하나 걸치지 않았다는 생각이 들불처럼 번져간다. 군중 속에서 이 아이만이 이중적이지 않은 삶을 살았다. 아이는 토머스 머튼의 표현대로 다른 모든 사람을 '미친 사람이나 범죄자'가 되는 길로부터 구원해 주었다.[7]

이 이야기에는 마을 사람들이 큰소리로 웃음을 터뜨렸다는 언급이 없다. 그러나 마을 사람들이 오랫동안 크게 웃었으리라는 상상을 해도 무방할 듯하다. 길거리에서 웃지 않았더라도 집에 와서 그랬을 것이다. 사실 이 이야기는 들려줄 때마다 자신의 지도자를, 그리고 말할 것도 없이 자신을 그 속에서 알아보게 함으로써 한 세기 반 가까이 웃음을 자아냈다.

이 허구 속의 백성들은 공공장소에서 웃는 것이 너무 두려웠지만, 왕이 입은 '새 옷'에 대해 감탄하기를 멈춤으로써 정치적인 발언을 했다. 그들이 단순히 침묵으로 빠져들고 거짓 앞에서 비위 맞추기를 그만두었다면 정치적 지진계는 널뛰기를 다시 시작했을 것이고, 부패한 권력자들은 벌벌 떨었을 것이다.

이런 침묵의 메시지는 단순하다. '우리 백성들'은 더 이상 부패한 지도자들이 통제력을 유지하는 데 도움이 될 허상을 떠받치는 일에 함께하지 않을 것이다. 우리는 환호를 거두고 침묵으로 빠져듦으로써 권력 남용을 유지하는 데 한몫하는 '동의'를 철회하는 쪽으로 작은 한 걸음을 내딛을 것이다. 우리는 더 이상 부패한 지도자들이 휘감고 있는 국기와 종교적 상징물이 의미가 있다고 동의하거나 동의하는 척하지 않을 것이다. 그것이 상징하는 것은 부패한 지도자들의 이중성일 뿐이라는 것이 우리의 암묵적 판단이다.

물론 내가 묘사한 이런 웃음과 침묵은 우리가 신뢰 서클에서 실천하는 것과는 다르다. 우리는 부패한 지도자들을 비웃는 것이지, 그들과 더불어 웃지 않는다. 우리는 침묵으로써 부패에 이의를 제기하는 것이지, 그 지도자들을 위해 동정을 표시하는 게 아니다.

우리 부모님이 "그런 건 예의바른 게 아니다"라고 말씀하시면 난 두 가지 변명을 댈 것이다(받아들여질지는 잘 모르지만!). 첫째, 풍자적 웃음과 이의를 나타내는 침묵은 사회적 변화를 일으키는 비폭력적 방법이다. 잔인함과 부조리 앞에서 비폭력을 행사하는 사람들은 경제적·군사적 폭력을 정당화하기 위해 경건함과 애국심의 옷을 덧입는 지도자들보다 훨씬 더 예의바르다고 주장할 수 있다.

둘째, 동정적 침묵과 웃음을 다 함께 가지고 있는 사람들은 침묵과 웃음의 실천을 통해 '권력에 진실을 말할' 준비가 되어 있고, 이로써 정치 체제를 치유할 수 있다. 웃음 속에서 우리는 실상과 허상을 구분하는 법을 배운다. 이것은 정치 풍토의 자욱한 연기와 거울 속에서 좋은 길잡이가 된다. 침묵 속에서 우리는 언젠가는 죽을 것임을 기억하고, 이로써 어떤 처벌이 뒤따르더라도 진실을 말할 용기를 얻게 된다.

다른 이가 우리에게 가할 수 있는 어떤 처벌도, 이중적인 삶을 사는 대가로 우리 스스로에게 가하는 처벌보다 더 나쁠 순 없음을 깨닫는 데서 용기가 생겨난다. 이중적인 삶의 끝은 한 번도 자신의 참된 모습대로 살아본 적이 없다는 데 따른 슬픔이다. 그러나 우리가 '이중성을 극복한 삶'을 산다면 우리는 늘 마지막에 웃는 자가 될 것이다.

그 웃음은 사람들을 비웃는 것도, 사람들과 더불어 웃는 것도 아니다. 그 웃음은 우리 자신을 향해, 우리 자신과 더불어 웃는 것이다. 그 웃음은 울타리 친 삶이 자신의 감옥이었음을, 돌이켜 보면 우스워 보이는 허상을 두려워한 나머지 자신의 온전함을 거부했음을 깨닫는 데서 비롯된다. 그때 우리는 마지막에 웃는 자가 될 것이고, 진실과 함께 행동하고 폭력적인 세상의 한복판에서 사랑할 수 있을 것이다. 메리 올리버가 쓴 글처럼 말이다.

어디서 이런 확신이 오는지
나도 모르겠다
용감한 육체인지
이성의 무대인지
그러나 감히 짐작하자면
영혼이 본연의 모습을 되찾고자 함이 아니었을까
단지 그것만이

이렇게 신명나게

우리를 앞으로 내보내지 않았을까[8]

CHAPTER 10

제 3 의 길
– 일 상 속 비 폭 력 의 삶

그릇된 일과 옳은 일이라는 발상
그 너머에 들판이 있다.
거기서 널 만나겠다.
영혼이 거기 풀숲에 드러누우면
세상을 논하기엔 세상이 너무 충만하다.
발상, 언어, '서로'라는 구절까지
도무지 말이 안 된다.
—루미[1]

월 요 병

내면의 여행 초기에 난 주말 수련회 때의 고양감 이후 종종 월요병이 찾아오는 걸 깨달았다. 이틀간 붕 떠오른 후 일터에 돌아가는 순간부터 내 영혼은 가라앉았다. '현실 세계'에서 생활의 요구에 부딪히면 내가 이루었다고 생각한 내면의 진보는 환영처럼 여겨졌고, 내가 찾았다고 생각한 새 자아는 신기루처럼 자취를 감췄다.

그러나 이제는, 그 실망감은 물론 고된 직장 생활과 고갈된 내 영적 체력 탓도 있었지만, 그게 다는 아니었음을 깨닫는다. 내가 갔던 수련회들은 비록 의도는 좋았을지라도 애초부터 절망을 낳게끔 만들어졌다. 참여하기보다는 숨어 버리려는 영성으로 빚어졌던 그 수련회에서 난 산꼭대기에 선 듯했다. 그리고 너무 고고한 경험들은 오래 유지될 수 없었다.

신뢰 서클은 우리를 결국은 다시 내려와야 하는 산 꼭대기에 올려놓지 않는다. 신뢰 서클은 우리를 뫼비우스 띠 위에 내려놓고, 거기서 우리는 땅에서 발을 떼지 않는다. 신뢰 서클 참가자들이 이런 말을 하는 걸 여러 번 들었다. "이 수련회는 제가 참석했던 수련회 중에서 처음으로 어떤 '도취감'을 남기지 않은 수련회네요. 대신 그 밖의 더 확고히 발판을 딛고 선 느낌과, 더 편안하다는 느낌이 남아요."

신뢰 서클을 떠나 일터나 그 밖의 삶의 무대로 되돌아갈 때 우리는 생명을 주는 방식으로 그 속에서 더 잘 부대낄 수 있다. 그 서클에서 우리가 했던 내면의 작업은 세상을 끊임없이 공동 창조하고 있음을, 고로 세상의 피해자가 될 필요가 없음을 일깨워 준다. 이제 우리는 "네 앞에 생명과 죽음을, 축복과 저주를 두었나니, 너는 생명을 택하라"[2]라는 오래된 계율에 대한 새로운 이해를 가지고 월요일 아침으로 들어간다.

그러나 우리가 '생명을 택할 때' 우리는 재빨리 폭력으로 뒤얽힌 문화 현실과 마주하게 된다. 그 폭력은 언론에 많이 보도되는 육체의 야만성 이상의 것을 의미한다. 그런 폭력보다 더 흔한 것은 인간 영혼에 대한 공격이다. 이런 폭력은 우리의 삶 주변에 잔뜩 널려 있어서 그것이 폭력 행위라는 것조차 인식하지 못할 수 있다.

부모가 아이를 모욕할 때, 선생이 학생을 비하할 때, 상관이 부하 직원을 경제적 목적을 위해 처분 가능한 수단으로 볼 때, 의사가 환자를 물건처럼 다룰 때, 사람들이 게이나 레즈비언을 '하나님의 이름으로' 정죄할 때, 인종주의자가 피부색이 다른 사람은 인간 이하라는 신념을 가지고 살 때 폭력이 이루어진다. 물리적 폭력이 육체의 죽음에 이를 수 있는 것과 똑같이, 영혼의 폭력은 다른 형태의 죽음을 일으킨다. 자기 자신의 역할이나 존재 가치에 대한 생각, 다른 이에 대한 신뢰, 창의적인 모험, 공공선公共善을 향한 헌신 등이 죽는 것이다. 이런 죽음에 대해

부고를 싣는다면 일간지들은 모두 두꺼운 책이 될 것이다.

싸울 것인가, 아니면 피할 것인가? 양자택일 구도를 넘어서다

'폭력'이라는 것은 다른 사람의 정체성과 존엄성을 침해하는 모든 방식을 의미한다고 본다. 나는 이러한 개념 정의가 도움이 된다고 본다. 그 이유는 크고 작은 폭력 행위 사이의, 지구 반대편에서 민간인들에게 폭탄을 투하하는 것과 교실에서 아이를 비하하는 것 사이의 핵심적 연결 고리를 드러내기 때문이다.

우리는 대개 가정이나 교실이나 일터에서 우리의 삶을 산다. 우리는 거대한 지구상의 드라마에서 단역 배우로 활동한다. 그러나 우리가 삶의 마이크로 무대에서 하는 선택들은 전 지구적으로 일어나는 일을 더 악화시키거나, 개선시키거나, 아무튼 어떤 식으로든 영향을 미친다. 우리가 하는 일이라곤 고작 날마다 주어지는 적은 양의 폭력에 순순히 따르는 것일지라도, 우리는 폭력에 무심해짐으로써 폭력이 '평범한 것'이라는 대중의 정신착란을 받아들이고 수동적으로 폭력의 지배에 동의하게 된다.

신뢰 서클에서 우리가 받는 선물 중 하나는 폭력이 얼마나 비정상적인가에 눈 뜨는 것이다. '우리 본성 속의 선한 천사를 불러오는 신뢰 서클이 제공하는 조건에서, 우리는 다른 사람의 정체성과 존엄성을 침해하지 않고 존귀하게 대하는 본래의 힘을 경험한다. 그리고는 이런 식으로 서로 관계를 맺을 때 놀랄 만한 일이 우리 안에서, 우리 사이에서 일어나는 걸 목격한다.

신뢰 서클에서 우리는 세상의 폭력에 대응하는 '제3의 길'을 배운다. 제3의 길은 원시 시대부터 내려온 '싸울 것인가, 아니면 피할 것인가'라는 동물적 본능에 대해 대안을 제시한다.[3] 싸운다는 것은 폭력에 폭력으로 맞대응하는 것이며, 똑같은 것을 더 많이 만들어 내는 것이다. 피한다는 것은 폭력에 양보하는 것이며, 공공선보다 개인의 성역을 더 앞세우는 것이다. 제3의 길은 비폭력의 길이다. 여기서 비폭력의 길은 영혼을 존귀하게 여기는 방식에 따라 모든 상황에서 행동하려는 헌신을 의미한다.

비폭력이 화두였던 신뢰 서클은 기억나지 않지만, 비폭력은 내가 아는 모든 신뢰 서클의 암묵적인 가르침이었다. 우리가 상대방의 영혼을 위한 안전 공간을 만들어내면, 우리는 비폭력적으로 산다는 게 뭘 뜻하는지 깨닫게 된다. 그리고 일상생활에서 비폭력적으로 살기 위한 비전을 이루게 된다. 그리고 서클의 원칙과 방법 들이 어떻게 우리의 가정과 이웃, 일터, 공공 영역 등 우리가 사는 세상의 다른 영역에도 퍼져나갈 수 있는지 알게 된다. 이제 우리는 단순하나 중요한 진실을 이해한다. 제3의 길은 마하트마 간디나 마틴 루서 킹 목사 같은 사람만 할 수 있는

지고한 영웅주의의 길이 아니다. 비폭력은 당신과 나 같은 부족한 존재들이 걸을 수 있고 걸어야만 하는 길이다.

사실 제3의 길을 걷는다는 것은 문자적으로 걷기와 비슷한 점이 많다. 단순히 한 번에 한 발씩 영혼을 존귀하게 여기는 쪽으로 걸음을 내딛는 것이다. 이것이 의미하는 바를 보여 줄 세 가지 간단한 사례가 있다. 이 사례들이 중요한 이유는 어느 개인이나 조직도 할 수 있는 일이기 때문이다. 그리고 이 사례들은 모두 우리 생애의 작은 무대 중 하나이자 너무 많은 사람의 정체성과 존엄성이 침해되는 현장인 일터에서 나왔다.

신뢰 서클에서 영감을 얻어 조직적 의사 결정 과정에 참여하는 새로운 방식을 발견한 사람들을 난 알고 있다. 그들은 이전에 '그릇된 방향'의 낌새만 보여도 지체 없이 반대하고 나서서 동료들 사이에 싸움을 일으켰다. 하지만 이제 그들은 사람들이 하는 주장에 대해 정직하고 열린 질문을 하게 되었다. 그런 질문들 덕분에 대화가 피어났고, 깨달음이 생겼으며, 때로는 사람들 사이에 생각보다 많은 합일점이 있었음이 드러났다.

내가 아는 직장의 팀장들은 신뢰 서클에서 영감을 얻어 회의를 시작할 때 사적인 이야기를 하거나 부담이 적은 질문을 던져 사람들이 서로의 삶에 대해 조금씩 알아나갈 수 있게 한다. 이렇게 함으로써 사람들은 자신이 대체 가능한 부속품인 듯한 기분을 덜 느끼게 된다. 가령 "당신이 최고로 꼽는 휴가는요?"

"처음에는 어떻게 돈을 벌었죠?" 또는 "회사를 쉬는 날을 어떻게 보내야 잘 보내는 걸까요?" 같은 질문을 주고 받는 것이다.

내가 아는 어느 거대 보건 관리 기업 CEO는 신뢰 서클의 핵심 원칙에서 영감을 얻어 회사 조직 내에 직원들이 처벌을 받을 위험 없이 진실을 털어놓을 수 있는 안전 공간을 만들었다. 그 회사는 후에 업계에서 선망의 대상인 품질상Quality Award을 받았는데, 의사나 간호사가 그들의 실수를 보고할 수 있는 이 '비난 자유 지대'가 이 상을 받는 데 톡톡히 기여했다고 한다. "안전 공간에 보고된 사건 중 절반은 직접적인 시스템 향상으로 이어졌지요." 그 CEO의 말이다. 예전에 간호사였던 그 CEO는 자기 자신도 간호사 시절에 "환자에게 약물을 투여하다가 저지른 실수를 보고에서 누락한 적이 있어요"라고 말했다.[4]

제3의 길을 걷길 원한다면 이런 걸음들이 얼마나 간단한가를 깨닫는 것이 중요하다. 동시에 이런 걸음들이 겉보기처럼 그리 간단하지만은 않음을 깨닫는 것도 중요하다! 신중함보다는 신속함을 앞세우는 회사 문화에서 정직하고 열린 질문을 하는 것은, 서로가 조심스럽고 자기 방어적인 일터에서 사적인 이야기를 끌어내는 것은, 사람들이 자신들과 상대방을 보호하려고 은폐를 밥 먹듯 하는 일터에서 진실 말하기를 권유하는 것은 녹록치 않은 일이다.

이런 환경에서 제3의 길을 걷는 사람은 대개 의심, 반발, 조롱이나 더 나쁜 일을 당하기 십상이다. 이런 일들은 비물리적 폭력이 이곳저곳에 얼마나 도사리는지 우리에게 일깨워준다. 고로 비폭력적 변화의 행위자로서 봉사하고자 하는 사람은 살아남고 버티는 데 적어도 네 가지 자원이 필요하다. 그것은 무엇을 할 것인가에 대한 건전한 근거, 합리적 실행 전략, 지속적인 지원 공동체, 마지막으로 딛고 설 내적 발판이다.

비폭력을 위한 핵심 근거는 단순하고 뻔하다. 우리가 영혼을 존귀하게 여기는 이유는 영혼이 존경받을 만하기 때문이다. 이 동기에 따라 행동할 때 우리는 세상을 바꾸는 데 성공할 수도, 실패할 수도 있다. 그러나 우리는 경외와 존경을 실천함으로써 우리 자신을 더 낫게 바꾸는 일을 늘 할 수 있다.

그렇다고 비폭력적 변화의 주체에게 실질적 동기 부여가 부족한 것은 아니다. 영혼을 존귀하게 여기는 것은 그 자체로서 목적이며, 또한 세상일을 수행하는 능력도 강화시킨다는 것을 그들은 알고 있다. 회의 중 정직하고 열린 질문을 던지는 사람은 언쟁을 하거나 골방에서 고민하는 것보다 머리를 맞대고 함께 고민하는 게 더 나은 결정으로 이어질 가능성이 크다는 것을 아는 사람이다. 팀원들이 서로의 삶에 대해 알아갈 계기를 마련하는 상사는, 일반적으로 사적 유대 관계가 있는 동료들의 생산성이 더 높으며, 위기가 닥쳤을 때 회복력도 더 높다는 것도 알고 있다. 진실을 말하고도 비난받지 않는 안전 공간을 만드는 사장은, 실수를 거리낌 없이 인정하고 고칠 때 조직이 발전한다는 것을 안다.

비폭력의 주체들이 갖춰야 할 두 번째 자원은 합리적 변화 전략이다. 언쟁이 아닌 질문을 통해 의사 결정 과정에 참여하려고 결단을 내렸다면, 그 사람이 취할 '전략'은 단순하다. 바로 새로운 역할에 유능함과 열린 마음으로 임하고, 결과를 조작하려 들지 말고 새로운 가능성의 모델을 만드는 것이다. 이런 방식으로 하면 협동적 의사 결정으로 가는 운동이 반발 없이 진행될 것이다. 반발이 없는 이유는 무슨 일이 일어났는지 아무도 눈치 채지 못하는 사이에 이루어졌기 때문이다! 만약 조직이 협동적 의사 결정을 지원해 더 나은 의사 결정을 하게 된다면, 그런 실천은 배가될 것이다.

스토리텔링이 팀 강화에 도움이 된다고 확신하더라도, 상사는 스토리텔링을 마른 하늘에 날벼락처럼 떨어뜨려선 안 된다. 상사는 미리미리 근거를 다 함께 가지고 있게 하고, 실행을 위한 충분한 동의를 얻은 후 스토리텔링을 차근차근 도입해야 한다. 아울러 스토리텔링을 진행하면서 더 많은 동의를 얻어내야 한다. 이 과정은 신중하게, 존중하는 태도로 이뤄져야 한다. 그리고 스토리텔링을 거북해하는 이들에게는 그 선택을 존중하여 거부권을 줘야 한다. 그렇게 하면 스토리텔링처럼 '해괴한' 방법이 어느덧 새 표준이 되고, 사람들은 자신이 더 이상 투명 인간이 아닌, 값어치 있는 존재라고 느낄 것이다.

　회사 직원들의 업무 활동을 강화하기 위해 위험이 따르는 진실 말하기 과정을 도입하기로 결정한 사장은, 앞장서서 위험이 따르는 진실을 말함으로써 과정을 시작해야 한다. 품질상을 받은 보건 관리 기업의 사례를 보면 CEO가 먼저 결정적 실수를 보고하지 않았던 자신의 과오를 공개적으로 인정했다. 이 사례에 이 이야기가 끼어 있는 것은 우연이 아니다. 그 CEO의 전략은 확실하고 설득력 있었다. 바로 리더가 진실을 말하는 데 앞장섬으로써 모든 위치에 속한 직원들의 진실 말하기에 정당성을 준 것이다.

　비폭력적 변화의 가장 중요한 역할인 세 번째 자원은 지속적인 지원 공동체다. 신뢰 서클과 같은 이런 지원 공동체에서 우리는 단지 비폭력의 원칙과 수행 방법을 배우기만 하는 게 아니다. 우리는 더 큰 세상으로 들어가는 실험에서 기댈 수 있는 동행자들과 시간을 보낸다. 이런 사람들과 함께라면 우리는 성공과 실패를, 희망과 두려움을 나눌 수 있다. 이 사람들은 우리가 다음 걸음을 내딛는 데 필요한 용기를 북돋아 준다.

　애초에 1~2년간 모이려던 많은 신뢰 서클이 6~7년, 심지어 10년 뒤에도 여전히 정기 모임을 가진다. 서클과 세상 사이를 오가며 '이중성을 극복한 삶'을 살겠다는 결의를 유지하는 데 공동체의 뒷심이 중요함을 깨달은 것이다.

마지막으로, 비폭력의 주체는 딛고 설 내적 발판이 있어야 한다. 내적 평안이 머물 곳을 가지지 않고서는 제3의 길을 걸을 수 없고, '세상의 눈보라' 속에서 살아남을 수도 없다. 이 내면이 머물 곳을 찾는 데는 신뢰 서클이 도움이 된다. 그러나 내적 성역은 단지 우리의 생존만을 위한 것이 아니다. 내적 성역은 비폭력적 행동에서 영혼의 발판이 됨으로써 남에게도 보탬이 된다.

정직하고 열린 질문을 하고, 사람들에게 그들의 이야기를 들려달라며 불러들이고, 조직적 진실 말하기를 독려하는 것은 단지 인사 관리 기술이나 사회 공학 기술 같은 게 아니다. 조종하고 통제하려는 욕구에서, 그 욕구의 보이지 않는 부분에 있는 두려움에서 비롯된 일은 속임수이자 파괴 행위다. 그러나 여린 마음과 선의에서 비롯된 이런 행위는 다른 사람에게도 똑같은 마음의 파장을 일으킨다. 우리는 내면이 평화로울 때만 비로소 세상에서 우리에게 맡겨진 조그마한 영역에서 평화를 만드는 자, 즉 피스메이커peacemaker가 될 수 있다.

비극적 틈 사이에 서다

폭력은 그 생김과 꼴은 다양할지라도 모두 이중적인 삶에, 우리 안의 지진대에 뿌리를 두고 있다. 이 지진대가 갈라져 터지면 우리 사이에 골이 생긴다. 그러나 폭력은 개인의 내면이나 개인 간의 차원을 종종 넘어선다. 전쟁이라 불리는 물리적 폭력에는 대규모의 제도적 지원이 필요하다. 마찬가지로 대부분의 비물리적 폭력에도 그것을 허용하고 때로는 부추기기까지 하는 제도적 장치의 뒷받침이 있어야 한다.

성패를 가르는 경쟁이 학생들을 배움에 이르게 하는 가장 좋은 방법이라고 간주하는 대학이나, 고통 받는 환자를 연구의 추상적 '대상'으로 취급하는 의대나, 유독 그들만이 하나님의 마음을 안다는 발상 위에 세워진 종교 제도나, 사람보다 자본의 권리를 우선시하는 경제 제도나, 힘이 곧 정의라는 생각에 뿌리를 둔 정치 제도나, 특정 인종이나 성별의 사람에게 우월성을 부여하는 문화 제도 등 여러 방식을 통해 폭력은 우리의 집단적 존재라는 옷감을 짜는 씨줄과 날줄이 되어 버렸다.

나쁜 소식은 폭력이 우리 삶의 모든 위치에 있다는 것이다. 좋은 소식은 우리 역시 모든 위치에서 비폭력을 택할 수 있다는 것이다. 그러나 비폭력을 택한다는 게 구체적으로 무슨 뜻인가? 답은 물론 상황에 따라 다를 것이다. 상황이 천차만별이면, 답도 천차만별일 것이다. 허나 이 모든 답을 관통하는 '마음의 습관' 하나가 있다. 세상에 비폭력적으로 존재한다는 것은 양극의 긴장을 붙드는 법을 배우고, 그 긴장감이 그 자체로 우리의 마음과 이성을 끌어당겨 제3의 사고방식과 행위 방식을 열어 주리라 믿는 것이다.

특히 우리는 순간의 '현실'과 더 나은 것이 피어날 '가능성' 사이의 긴장을 붙드는 법을 배워야 한다. 비즈니스 회의에서라면 우리가 뭘 할 건지에 관해 답을 얻지 못하고 있는 현실과, 책상 위에 올라온 어떤 방법보다 더 나은 방법을 찾으려는 가능성 사이의 긴장을 말한다. 가령 9·11 사태 이후 우리가 끝없는 전쟁의 악순환에 빠져들었다는 사실과, 언젠가 평화로운 세상에서 살게 되리라는 가능성 사이의 긴장을 말한다.

물론 현재의 딜레마를 넘어서는 제3의 길은 이론상으로라면 몰라도 현실에서는 나타나지 않을 것 같은 경우가 많다. 치열한 비즈니스 회의 자리에서 더 나은 해결책이 있다손 치더라도, 에고와 시간 제한과 대차대조표의 압박 때문에 그 해결책을 찾기가 어려워진다. 전쟁 중인 세상에서 우리의 꿈은 평화지만 탐욕, 두려움, 증오, 멸망의 무기로 점철된 암울한 현실은 어느새 그 꿈을 신기루로 만든다.

비폭력적으로 사는 것의 핵심은 우리가 비극적 틈에서 산다는 것, 있는 그대로의 현실과 그럴 수 있으리라는 가능성 사이의 틈에서 산다는 것을 깨닫는 것이다. 이 틈은 메워진 적이 없었고, 앞으로도 결코 메워지지 못할 것이다. 우리가 비폭력적으로 살고자 한다면 우리는 이 비극적 틈 속에 서 있는 법을 배워야 한다. 그리고 제3의 길에 대한 희망을 품고 현실과 가능성 사이의 긴장을 충실하게 붙드는 법을 배워야 한다.

나는 그 틈 속에서 사는 게 얼마나 힘든가에 대해 어떠한 낭만적 환상도 가지고 있지 않다. 현실과 소망 모두를 꽉 부여잡고 있으려고 노력하지만, 우리는 그 긴장을 계속 유지하기가 너무 힘겹다. 그래서 한 극을 놓아 버리고 다른 극으로 허물어진다. 때때로 있는 그대로의 현실 탓에 우리 자신을 포기할 때도 있고, 냉소적으로 발뺌하는 쪽으로 전락하기도 한다. 때로는 도피주의적 판타지에 매달려 아수라장 위를 둥둥 떠다니기도 한다. 난 양극단으로 다 끌려가 봤고, 왜 그렇게 되는지 이해하려고 노력해 보기도 했다.

내 속 깊숙한 곳에 '싸울 것인가, 아니면 피할 것인가'보다 더 원시적인 본능이 도사리고 있다. 이건 나만 가지고 있는 본능은 아니리라고 본다. 種종으로서 우리는 어떤 종류의 긴장에든 뼛속 깊이 안달한다. 우리는 가능한 빨리 긴장을 낱낱이 해소해 버리고 싶어 한다.

가령 우리가 결정을 내려야 하는 회의 자리에 있다고 하자. 사람들 사이에 의견이 분분하고, 이야기를 들어 볼수록 갈림길은 더 여러 갈래로 나뉘고, 막막함은 커져만 간다. 충돌하는 관점의 긴장을 붙잡고 있는 게 부담스럽기도 하고, 일을 얼른 '해치우고 싶어서' 우리는 사안을 표결에 붙임으로써 다수결로 가는 쪽을 택한다.

긴장은 해소되었다. 적어도 해소된 것처럼 보인다. 그러나 탐색 과정을 중도에 뚝 끊어버림으로써 우리는 더 나은 길을 찾을 기회를, 새로운 비전이 출현할 때까지 각기 다른 생각들이 서로를 풍부하고 풍성하게 만들 기회를 포기했다. 다수결로 갈 길을 정하여 긴장을 지하로 내몰았고, 이로써 앙심을 품은 소수가 생겨났다. 그 소수는 우리가 내렸다고 믿었던 결정을 뒤흔드는 데 전력투구할 것이다.

긴장을 빨리 해소하려는 우리의 본능은 훨씬 큰 규모로 나타나기도 한다. 2001년 9월 11일 쌍둥이 빌딩 테러의 진상이 밝혀지자, 우리 미국인들은 '우리에게 자행된 폭력'과 '우리가 어떻게 대응할 것인가'라는 긴장 사이에 갇히게 되었다. 물론 결론은 의심할 여지가 없었다. 우리의 대응은 가해자에게, 또는 가해자처럼 보이도록 만들어진 대역에게 폭력을 가하는 것이었다. 그것이 바로 '근대적인 국민 국가가 할 일'이 아닌가.

그러나 우리 미국인들에게는 대안이 있었다. 우리는 긴장을 좀 더 오래 붙들어 둠으로써, 그 긴장이 더 많은 생명을 주게끔 하는 길을 개척할 수 있었다. 만일 그리했다면 우리는 미국이 9·11 때 느꼈던 공포가, 전 세계 많은 사람에게는 늘 있는 일임을 깨달았을 것이다. 그 깨달음은 전 지구적 문제에 공감하는 능력이 더 깊어지게 했을 것이다. 그리고 그 공감 능력은 미국인들이 국제 사회의 일원으로서 더 많은 공감력과 책임감을 가진 세계 시민이 되는 데 보탬이 되었을 것이다. 그 결과 머나먼

곳에 사는 사람들이 날마다 느끼는 공포의 원인이 되는 미국의 국가 정책과 그 걸음을 부분적이나마 수정할 수 있었을 것이다. 그리고 이런 행동들은 세상을 미국인들을 포함한 모든 사람에게 더 안전한 곳으로 변화시켰을 것이다.

긴장을 좀 더 오래 붙들었더라면 우리는 윌리엄 슬로언 코핀이 제안한 것과 같은 행동으로 가는 길을 열었을지 모른다. 현실과 가능성의 틈 안에 우리를 두는 행동들 말이다.

우리는 대응하나, 똑같은 방식으로는 하지 않을 것입니다. 우리는 무고한 미국인들의 죽음에 보복하고자 다른 곳의 무고한 피해자들의 죽음을 갈구하지 않을 것입니다. 그런 짓을 하면 우리는 우리가 증오하는 자들과 똑같아질 뿐이니까요. 우리는 폭력의 순환을 거부합니다. 폭력의 순환은 더 많은 죽음과 파괴와 박탈을 불러올 뿐입니다. 우리는 다른 국가와 공조 체제를 건설할 것입니다. 우리는 국제적으로 허용되는 한도에서 첩보를 다 함께 가지고 있고, 자산을 동결하고, 테러리스트 강제 추방을 도모할 것입니다. 우리는 정의가 실현되게끔 능력이 닿는 범위 안의 모든 일을 할 것입니다. 그러나 법에 따라서만 할 것이고, 결코 무력에 의존하지는 않을 것입니다.[5]

긴장을 붙들며 위와 같은 갈래길을 열어두지 않고, 우리는

'싸울 것인가, 피할 것인가'라는 딜레마가 뿔을 맞대는 구도를 유지했다. "미국인은 결코 꼬리를 보이지 않는다"는 말에 따라 우리는 싸웠고, 내가 이 글을 쓰는 지금도 싸우고 있다. 그러나 2001년 9월 12일, 그러니까 9·11 다음 날보다 지금이 더 안전하다고 느끼는 사람이 있을까? 우리는 단지 두려움에 굴복했을 뿐이다.

마음이 무너질 때

왜 우리는 거창한 문제에 대해서나 소소한 문제에 대해서나 긴장을 붙드는 걸 질색할까? 답은 명료하다. 긴장을 붙들고 있으면 소신 없고 우유부단해 보이기 때문이다. 비즈니스 회의에서건 국제 무대에서건 우리는 힘 있어 보이고 싶지, 비실비실해 보이긴 싫다. 이런 판에 우리의 승부욕마저 더해지면, 우리는 긴장줄을 놓아버린 채 어서 빨리 투표함으로써 군대를 파병하고자 한다.

'비극적 틈 속에 서 있기'는 인기가 없다. 그건 우리의 에고와 문화에 깊이 뿌리내린 권력의 오만과 모순 때문이다. 오만함은 어디서 나오는가? 오만함은 두려움에서 나온다고 생각한다. 난 불안할수록 더 교만해진다. 내가 아는 가장 교만한 사람들은 또한 가장 불안한 사람들이기도 했다. 교만함의 에고는 우리가 긴장을 붙들고 있는 걸 싫어하며, 우리가 눈앞의 싸움에서 질 경우 에고 자신의 지위를 잃을까봐 두려워한다.

얼핏 보기에는 이게 우리가 긴장을 두려워하는 이유처럼 보인다. 그러나 두려움은 늘 여러 단계에서 나타난다. 두려움을 이해하려면 두려움의 밑바닥까지 파내려가야 한다. 긴장을 얼른 해소해 버리라고 우리를 몰아치는 것의 정체는, 긴장을 너무 오래 붙들다가 마음이 상할까 무서워하는 두려움이다.

여러 단계의 두려움 중 내 관심을 끄는 건 이 밑바닥, 혹은 암반층에 있는 두려움이다. 여기에는 적어도 두 가지 이유가 있다. 체면을 구길까, 패배할까 두려워하는 에고는 투정을 부리며 징징대는 것처럼 한심하다. 이런 두려움과 달리 마음이 무너질까 무서워하는 두려움은, 내 경우든 남의 경우든, 보고 있자면 더 많은 공감이 간다. 마음이 무너질까 두려워하는 것은 단지 상상 때문이 아니지 않은가. 우리의 마음은 강렬한 긴장을 얼마간 붙들다 보면 무너질 수 있고, 실제로 그렇게 마음이 무너진 사람들도 많지 않은가.

마음이 무너진다는 것은 뭘 뜻할까? 두 가지 측면에서 이해할 수 있다. 첫째는 마음이 산산조각나서 흩어지는 그림을 상상할 수 있다. 우리 대부분이 익히 아는 느낌이며, 우리 모두 마주치고 싶지 않은 운명이다. 또 다른 그림은 마음이 허물어지면서 새로운 능력이 열리는 것이다. 이 과정에는 고통이 없진 않다.

하지만 많은 이가 반길 일이다. 내가 현실과 가능성의 비극적 틈 속에 서 있을 때, 우리가 마음이라 부르는 이 작고 단단한 주먹 같은 것이 깨지면서 열린다. 나 자신과 세상의 고통과 기쁨, 절망과 희망을 더 많이 품도록 더 넉넉한 품으로 열리는 것이다.

두려움이 이런 갈림길로 가도록 해 줄 수 있다는 것을 보여 주는 살아 있는 경험담이 필요하다면, 십대 아이를 둔 부모와 이야기해 보라. 부모들은 종종 아이에 대한 희망과 아이의 삶에서 실제로 일어나는 일 사이의 비극적 틈 속에 서 있는 자신을 발견한다. 부모가 그 긴장을 붙들고 있지 못하면 이쪽으로든 저쪽으로든 한 방향으로 쏠려 간다. '내 새끼'가 누구인지 바로 못 보고 이상적인 판타지에 매달리든가, 아니면 '눈엣 가시' 같은 자식이라는 존재를 씁쓸한 냉소로 거부한다. 이 둘 모두 관련된 모든 사람에게 죽음을 나눠 준다.

그러나 많은 부모는 그 비극적 틈 사이에서 긴장을 붙들고 선 채 자식들에게 도움을 준다. 자식뿐 아니라 부모 자신도 더 열리고, 더 많이 알고, 더 동정심 많은 사람이 되었다. E. F. 슈마허는 이 그림을 이렇게 묘사했다.

우리가 살아가는 동안 논리적 사고로는 화해시킬 수 없는 상극을 화해시키는 작업과 맞부딪친다. … 어떻게 교육에서 자유freedom와 훈련discipline을 화해시킬 수 있을까? 무수한 어머니와 선생 들이 실제로 이 일을 해내지만, 아무도 해법을 종이에 적진 못한다. 그들은 상극을 초월하는 더 높은 수준에 속한 어떤 힘을 상황 속으로 끌어옴으로써 그 일을 해낸 것이다. 그 높은 힘은 사랑의 힘이다. … 다양한 문제들이 우리를 자신보다 높은 수준에 억지로 끼워 맞추도록 만든다. 문제는 우리에게 더 큰 힘을 요구하고, 우리가 더 높은 수준으로부터 그 힘의 물줄기를 끌어오도록 압박한다. 그렇게 사랑과 아름다움과 선함과 진실이 우리 삶 속으로 찾아온다.[6]

긴장을 붙들다 보면 마음이 허물어지고 열릴까? 이것의 증거가 될 만한 덜 평범한 사례가 필요하다면, 개인으로서의 삶을 진실과 정의, 사랑과 용서에 쏟아부어 이름을 떨친 사람들을 보라. 이런 묘사에 해당하는 사람 중 비극적 틈에서, 세상의 현실과 인간의 가능성에 대한 비전 사이에서 찢겨진 채 평생을 보내지 않은 사람을 난 알지 못한다. 달라이 라마와 민주화운동가 아웅 산 수 치, 넬슨 만델라 대통령, 시민운동가 도러시 데이, 마틴 루서 킹 2세 목사, 흑인 민권운동에 불을 지핀 로자 파크스, 반전운동가 틱낫한 스님의 인생 이야기는 '비극적 틈 속에서 있기'라는 한 구절로 요약할 수 있다. 그들의 마음은 무너졌고, 우리 모두를 위한 더 나은 미래의 가능성을 담은 더 넉넉한 품으로 열렸다.

이름이 알려지지 않은 수백만 부모와 세계적으로 유명한, 소수의 비폭력적 변화의 주체들의 이미지를 머릿속에 새긴 상태에서 에고의 두려움을 되돌아보고자 한다. 긴장을 붙들면 비실비실해 보이고 결과 달성도 어려워진다는 에고의 두려움은 근거가 없다. 유명인 또는 일반인들의 사례가 그 증거다. 가장 위대한 선을 달성하는 사람들은 비극적 틈 속에 서 있기를 가장 잘하는 사람들이다. 물론 표결에 부치거나 군대를 파병하는 것보다는 긴장을 붙들고 있는 것이 결과가 더 늦게 나오는 일임은 사실이다. 너무 실질적·도덕적으로 급박한 사안이라, 행동하기 전에 긴장을 붙드는 게 비현실적일 뿐 아니라 무책임하다는 주장도 자주 듣는다.

그런 경우가 있을 수도 있지만, 늘 그런 건 아니다. 모든 중요한 문제들이 그렇듯, 얼마나 신속하게 행동할지 잘 분별해야 한다. 영국 식민지였던 시절에 뉴저지 주에서 살던 기독교도 존 울먼(1720~1772)을 보자. 재단사였던 울먼은 기독교도 농부들과 상공인들 사이에서 살았다. 당시 농공상인들의 번영은 노예노동에 크게 의존했다. 그런데 울먼은 하나님으로부터 노예 제도는 가증스러운 일이니, 하나님을 믿는 이들은 노예를 풀어 주어야 한다는 계시를 받았다.

20년간 엄청난 개인적 댓가를 지불하면서 울먼은 그가 받은 계시를 하나님을 믿는 사람들과 나누는 일에 온 힘을 쏟았다. 그는 한 걸음 딛을 때마다 '말과 행동을 일치시키는' 데 힘썼다. 자신이 받은 계시를 나누고자 외진 농가를 방문할 때면 노예가 차리거나 내온 식사는 아예 먹지 않고 차라리 금식을 했다. 노예 노동으로 자기도 모르는 새 혜택을 입었다면 그 노예에게 꼭 값을 치렀다.

울먼의 메시지에 하나님을 믿는 사람들이 늘 호의적으로 반응한 것은 아니었다. 그런 사람들 중에도 누구 못지 않게 능수능란하게 이중적인 삶을 살았던 사람들도 있었다. 오죽했으면 이런 말까지 있었겠는가. "우리는 아메리카 대륙에 선善을 이루러 와서 부富를 이루었다." 귀족처럼 안락한 삶을 살던 이들이 울먼의 메시지를 받아들이려면 물질적 손해를 감수해야 했다.

존 울먼은 이 마을 저 마을, 이 농장 저 농장, 이 모임 저 모임을 돌아다니며 진실을 말했다. 그렇게 그는 '만인 안에 하나님이 있다'라는 비전과, 기독교도의 노예 소유라는 현실, 그 사이의 비극적 틈에 선 채, 끔찍한 긴장을 붙들고 살았다.

이것은 어느 각도에서 보면 악을 부둥켜안고서, 너무 오래 악에 매달려 있던 한 기독교 공동체의 이야기다. 허나 존 울먼의 지지자들은 남북전쟁이 발발하기 80년 전에 자신들의 노예들을 해방시켰다. 심지어 1783년에는 미국 의회에 인간의 노예화가 초래한 '복합적 악'과 '부조리한 상업'을 바로잡아 줄 것을 청원했다.[7] 1827년부터는 노예 탈출을 위한 비밀 조직인 '지하철도'를 이끌었다.

이들이 미국 역사상 일찌감치 노예제 반대 입장을 취할 수 있었던 것은 부분적으로는 존 울먼이라는 한 사람, 기꺼이 현실과 가능성 사이의 긴장을 붙들었던 한 남자 때문이다. 중요하게 짚고 넘어가야 할 것은, 울먼이 속했던 공동체 역시 세계에서 더 통합적으로 존재하는 방식이 열릴 때까지 그 긴장을 붙들려고 했다는 것이다. 그들은 울먼을 추방하지 않았다. 노예제에 동의하는 다수가 결정권을 가지도록 표결에 부치지도 않았다. 그들은 조급하게 긴장을 해소하려는 충동에 굴하지 않았다. 오히려 그들은 현실과 가능성 사이의 긴장이 그들의 집단적인 마음을 정의와 진리와 사랑으로 열도록 허용했다.

어떻게 이런 일이 일어나는지 보여 주는 하시드파 유대교도들의 이야기가 있다. 랍비에게 학생이 다가와 묻는다. "왜 토라 경전에는 '이 말씀을 네 마음 위에 두라'고 써 있죠? 왜 우리 마음속에 이 거룩한 말씀을 두라고 안 써 있죠?" 랍비는 대답한다. "그 이유는 우리의 마음이 닫혀 있어 거룩한 말씀을 그 속에 넣을 수 없어서지. 그래서 우리 마음 위에 놓는 거야. 말씀은 아직도 거기 있지. 언젠가 마음이 부서지고 말씀이 떨어져 그 속으로 들어갈 수 있을 때까지 말이다."[8]

신뢰 서클 내부의 긴장

신뢰 서클은 극과 극의 긴장을 붙드는 경험의 연속이다. 그런 경험은 서서히 우리의 마음을 부수어 더 큰 품으로 열리게 한다. 신뢰 서클에서 우리가 붙들도록 배우는 몇 가지 긴장이 있다. 그 긴장의 목록은 우리가 이제껏 이 책에서 살펴본 주제를 요약한 것이다.

* 다른 사람의 문제를 들을 때 우리는 고치거나 구원하려고 덤벼들지 않는다. 우리는 긴장 붙들기를 통해 그 사람에게 자신의 내면 스승의 목소리를 들을 공간을 마련해 준다. 우리는 상대방의 삶의 현실을 침해하거나 회피하지 않는다. 우리는 서로에게 현실이 되는 제3의 길을 찾는다.

* 우리는 '제3의 상징물'로서 영향을 줄 공동체를 창조한다. 상징물로 쓰이는 시나 이야기나 예술품을 사용하여 부담스러운 이슈를 비유적으로 붙들 수 있다. 흔히들 세상에서 하는 논쟁처럼 찬반양론을 만들어 강요하는 식으로 뒤돌아 가지 않는다.

* 우리의 담화에는 상대방을 설득해서 뭔가에 대해 찬성하거나 반대하게 만들려는 노력이 들어가선 결코 안 된다. 각 사람은 그의 중심에서 서클의 중심을 향해 말한다. 서클에서 우리는 '진실의 태피스트리'를 짜는 데 따르

는 긴장 붙들기를 통해 더 깊이 있는 탐색을 하게 된다.

* 신뢰 서클에서 진실은 불변의 외적 권위에 있지 않으며, 찰나적인 개인 각자의 생각 속에 있지도 않다. 진실은 우리 사이에, 영원히 계속되는 대화의 긴장 속에 깃든다. 그 속에서 우리의 내면으로부터 들려온다고 생각되는 진실의 목소리는, 다른 사람들이 그의 내면으로부터 듣는다고 생각하는 진실의 목소리와 견제와 균형을 이룬다.

이것뿐 아니라 다른 여러 방식을 통해 신뢰 서클은 우리가 영혼을 존중하고 '싸울 것인가, 피할 것인가'를 넘어서 서로 어울리는 방식으로 우리를 이끌어간다. 이 방식을 따르면 일상생활에서 제3의 길을 걷는 게 가능해진다. 이런 일이 어떻게 일어나는지 또 하나의 실례가 있다.

공립학교 교사인 짐은 동료들 사이에서 고부담 시험(당락 결정 시험 등 시험 결과가 수험자에게 큰 부담으로 작용하는 시험―옮긴이)을 반대하며, 그 반대 입장을 아주 강경하게 밀어붙이기로 유명하다. 그가 2년짜리 신뢰 서클에 가입한 가장 큰 이유는, 20년간의 교사 생활을 거치면서 그 자신이 말라 없어지는 듯한 느낌이 들어서였다. 신뢰 서클 활동으로 짐이 고부담 시험을 반대하는 입장을 바꾸게 된 건 아니지만, 자신과 여러 가지로 의견을 달리하는 사람들의 주장을 더 깊이 귀담아듣는 법을 배웠다. 그렇게 그는 자신의 마음이 무너지며 열리는 것을 경험했다.

신뢰 서클이 해산한 지 2년 후 짐은 소속 학교의 교직원 위원회의 위원장 선거에 출마하기로 마음먹었다. 이 위원회는 연방 정부의 고부담 시험 정책 수행을 맡아서 주관했다. 짐은 여전히 그 정책을 완강히 반대했으나, 이제 그 문제에 대한 교직원들의 다양한 관점을 존중하는 안전 공간을 만들어야 한다는 걸 깨달았다. 학교와 아이들을 망가뜨리지 않고, 교직원들이 서로 상처 주지 않고 앞으로 나아가는 방법을 찾으려면 이런 공간이 꼭 필요했다. 짐은 당선되었고, 그의 리더십으로 위원회는 이해 당사자 모두 존중받는다는 느낌을 가지면서 정책을 실행에 옮겼다.

이 이야기에서 짚고 넘어갈 만한 대목이 둘 있다. 첫째, 짐은 위원장 선거에 스스로 출마했다. 이 대목은 신뢰 서클에서 그의 자기 이해가 얼마나 현격한 변화를 겪었는가를 보여 준다. 그는 열정과 소신을 잃어버리지 않으면서도 이제 자신의 우선적 소명은 긴장 조성이 아니라 긴장을 붙드는 것임을, 울타리가 아닌 다리를 만드는 것임을 깨달았다. 둘째, 짐의 동료들이 짐을 선출했음은 동료들이 보기에도 그가 변한 것이 분명했기 때문이다. '예전의' 짐이라면 이런 요직에 절대 뽑히지 못했으리라. 짐이 다양한 관점과 목소리를 낼 안전 공간을 지킬 만한 사람이라고 아무도 믿지 않았을 것이기 때문이다.

짐이 선거에 출마하는 걸 아무도 모를 때 누군가가 짐에게 이렇게 물었다. "신뢰 서클에서 보낸 2년간 당신에게 일어난 가장 중요한 일은 뭔가요?" 그는 재빨리, 분명하게 대답했다. 그 답변 속에는 제3의 길을 걷는 데 필요한 내면의 자질들이 다 담겨 있었다. "수련회를 통해 마음의 푸근함을 되찾았고, 고난에 맛 들였어요."

어떤 목소리가 이런 말을 하는가? 이건 실제와 이론을 논하는 지성의 목소리가 아니다. 이건 기쁨과 분노를 말하는 감성의 목소리도 아니다. 이건 노력과 결과를 말하는 의지의 목소리도 아니다. 이건 자긍심과 수치를 말하는 에고의 목소리도 아니다. 이런 말은 오로지 영혼만이 할 수 있다.

영혼은 푸근하다. 영혼은 세상의 필요를 끌어안는다. 영혼은 지혜롭다. 영혼은 차단기를 내리지 않고 함께 아파한다. 영혼은 희망적이다. 우리가 계속 열린 마음으로 세상과 어울리게 한다. 영혼은 창의적이다. 우리를 패배시킬 현실과, 그저 도피처에 불과한 환상들 사이에서 새로운 길을 찾아낸다. 우리가 할 일은 이것밖에 없다. 바로 우리 자신의 영혼과 우리를 분리시키는, 세상에서 영혼이 재생 능력을 발휘하지 못하게 막는 울타리를 허무는 것이다.

"우리가 할 일은 이것밖에 없다." 바로 위에 이 문장을 쓰기 전 한참 생각했다. 우리가 할 일이 너무 간단한 것처럼 쓴 건 아닐까? 내 인생 전반에 걸쳐 울타리를 허무는 일은 간단함과는 거리가 멀지 않았는가? 그 일은 사실 지금까지도 어렵고 위험하게 느껴진다. 그러나 최근 몇 년간 난 '비非울타리화'가 쉽게 느껴지는 날이 점점 더 늘고 있고, 때로는 도대체 예전에는 이게 왜 이리 힘들었나 하며 어리둥절해한다.

왜 수월해졌을까? 답은 거울 속에 있다. 난 나이를 먹고 있다! 물론 다 그런 건 아니지만 나이를 먹을수록 수월해지는 일이 있고, 어려워지는 일도 있다. 이제는 밤새 깨지 않고 잠자기가 어렵고, 2층에 왜 올라갔는지 기억해 내기 어렵고, 동시에 여러 작업을 하는 데 필요한 신경 접합부를 동원하기가 어렵고, 책을 시작하고 끝마치기가 어렵다.

나이가 들수록 그나마 쉬워지는 일은 나다워지는 것이다. 나이가 드니까 나답지 않은 모습을 연출할 기운도 부족하고, 왜 그러고 살아야 하는지에 대한 동기 부여도 잘 안 된다. 누군가를 속이려고 애쓸 이유는 적어지고, 내게 허락된 시간 속에 고스란히 나답게 살고자 하는 욕구는 더 강해진다. 나이 듦이 선물이라고 느낄 수 있는 날, 있는 모습 그대로 세상에 있을 때 우러나는 소박한 온전함을 가지고 바위 꼭대기 위의 방크스소나무처럼 세상에 서 있는 날, 이런 나날들은 큰 축복의 날들이다.

〈죽음이 다가올 때〉라는 메리 올리버의 시를 처음 낭송한 것은 신뢰 서클에서였다.[9] 이 시는 그 후 10년 가까이 내 곁을 지켰다. '고독의 공동체'를 통해 시에 담긴 의미가 내게 활짝 열렸기 때문이기도 하고, 지금 현재의 내 상태에 대해 너무 분명하게 말하고 있기 때문이기도 하다.

시의 도입부에는 '가을의 허기진 곰' '홍역–수두' '어깻죽지 사이의 빙하' 등 죽음에 관한 이미지가 연달아 나온다. 한창 죽음을 부인할 독자라면 얼굴에 찬물을 끼얹는 것처럼 느낄 이미지들이다. 그러더니 '그러므로'라는 이정표에서 시는 돌연히 방향을 꺾는다. 그 후에는 우리가 생명의 유한함을 끌어안을 때 우리에게 열리는 생명을 주는 선택들을 열거한다. 그 이미지들은 이중적이지 않은 삶의 생생한 그림이기도 하다.

그러므로 난 모든 걸

형제애와 자매애로 본다

시간은 그저 하나의 개념에 불과함을

영원은 또 다른 가능성임을 본다

낱낱의 인생은

들판의 데이지처럼 흔하고 유일한

꽃 한 송이

낱낱의 이름은

모든 음악이 그렇듯 침묵을 향해 기우는

입 안 가득 퍼지는 아늑한 음악

낱낱의 육체는 용맹스러운 사자

지구에 소중한 무언가다

다 끝났을 때 난 말하고 싶다

평생 난 놀라움과 결혼한 신부였다고

세상과 팔짱 끼고 입장하던 신랑이었다고

다 끝났을 때 난 어리둥절해하고 싶지 않다

내 인생을 무언가 구체적인 것으로 진짜로 만들었다면

난 한숨 쉬고 무서워하거나

시시비비로 가득 차고 싶지 않다

이 세상을 단지 왔다 가는 손님처럼

그렇게 끝내고 싶지는 않다

　

우리의 생명이 유한하다는 단순한 사실을 받아들이면 참된 자아도 받아들일 수 있게 된다. 생명이라는 선물이 한동안만 우리 소유임을 분명히 깨달으면, 우리는 '이중성을 극복한 삶'을 선택하게 된다. 그렇게 살지 않으면 너무 어리석다는 단순·소박한 이유 때문에라도 그 선택 속으로 들어가 살 때, 우리 주변의 모든 생명이 "지구에 소중한 무언가"라는 사실이 한층 더 또렷이 보일 것이다. 그리고 우리 자신 속에, 그리고 모든 유한한 피조물 속에 존재하는 영혼을 존중하는 법을 더 많이 알아가리라.

책과 현실의 생생한 만남

독자와 그룹 리더를 위한
이 책의 주제 탐구 가이드북

캐릴 헐티그 캡슨·샐리 해어 지음

가이드북의 지은이들과 이 책의 저자인 파커 J. 파머는
아낌없는 지원을 제공한
릴리 인다우먼트 재단에 감사드립니다.

1부 가이드북 사용법

이 책의 본질은 신뢰 서클이라는 고독들의 공동체를 통해 이 중성을 극복한 삶을 향한 여행을 떠나는 것입니다. 신뢰 서클에서 사람들이 어울리는 방식은, 각 참여자가 그의 내면 스승에게 주의를 기울이는 동시에 서로에게서 배울 수 있는 기회를 제공합니다. 다음에 나오는 것은 신뢰 서클과 같은 방식의 북 스터디 그룹을 만들고 지도하기 위한 이 책의 각 장별 제안 사항들입니다. 제안 사항은 그룹이 주당 한두 시간씩 10~12주 모임을 가진다고 전제하고서 짠 것입니다. 이 제안 사항은 당신의 그룹과 당신의 리더십 스타일에 맞게 적절히 조정해서 쓰면 될 것입니다.

그룹에 합류하는 모든 사람이 무슨 일이 진행될지 분명히 이해한 상태에서 모임에 나오도록 결정하는 게 매우 중요합니다. 이것은 일반적인 북스터디 그룹이 아닙니다! 이 책의 정신을 공부하면서 사람들에게 '영혼 작업'을 하라고 요청할 것이며, 이런 일을 하는 줄 모르고 들어왔던 사람들은 반발하거나 방해자가 될 것입니다. 고로 참여하려는 사람들에게 이 그룹이 그들이 익히 알아왔던 책 모임과 어떻게 다른지 투명하게 알리십시오. 앞서 말했듯 핵심적 차이는 이 그룹 멤버들은 책뿐 아니라 자기 자신을 공부한다는 것입니다. 그 차이를 분명히 미리미리 깨달아야 합니다. 만일 사전 지식이 없는 상태에서 참여하면 예기치 못한 불상사가 일어날 것입니다!

그럼, 이 책을 각 장별로 검토하기 전에 신뢰 서클 그룹을 만드는 것이 일반적인 책 모임을 만드는 것과 어떤 차이점이 있는지, 리더의 역할을 포함해서, 하나씩 살펴보겠습니다.

1. **이 그룹에서 리더는 책 모임 리더가 흔히 하듯 책에 대해 가르치지 않습니다.** 리더의 역할은 참여자가 생각과 경험 사이를 자유자재로 오가며 책의 주제를 탐구하는 것이 자신의 삶에 대한 탐구가 되는, 그런 안전 공간을 만드는 것입니다. 당신은 교재를 '훑어' 주어선 안 됩니다. 당신은 참가자가 이 책을 이용해 그들 자신에게, 그들 자신의 내면의 지혜에 귀를 기울이도록 적절한 제3의 상징물과 신중한 구조와 정직하고 열린 질문을 사용할 수 있는 환경을 만들어 주어야 합니다. 이 모임은 "이 부분에서 저자가 무슨 뜻으로 이 말을 했다고 생각하나요?" 같은 질문을 하는 곳이 아닙니다(메이 사턴의 시詩를 전공한 참가자에게 파머가 어떻게 대응했는지 161~162쪽을 다시 읽어보아도 좋습니다).

2. **이 그룹에서는 리더도 참여자입니다.** 이 말이 뜻하는 바는 리더는 과정 밖에서 우두커니 서 있는 '관리자'로서만 존재해서는 안 된다는 뜻입니다. 리더는 그룹의 나머지 사람들과 함께 자기 탐색에 참여해야 합니다. 그러나 동시에 리더는 항상 리더의 책임을 의식하고 책임 완수에 힘써야 합니다. 그룹은 리더가 구성원과 그들의 발언, 안건, 일정, 제한선, 탐구 목표에 신경을 쓰면서 집중하고 있음을 의식할 때 안전감을 느낍니다(여기에는 한두 사람이 모임을 독식하지 않도록 하는 것도 포함됩니다). 그룹 구성원들은 푸근하고 쫓기지 않는 느낌을 받으면서 과정이 여유롭다고 느껴야지, 해야 할 일로 꽉꽉 채워졌다고 느껴선 안 됩니다(146~147쪽 참조).

3. **서클에서 쓰는 '제3의 상징물'은 이 책에 나오는 텍스트여야 합니다.** 신뢰 서클에서 의도성은 중요한 주제에 집중함으로써 달성됩니다. 이 책의 저자인 파머가 썼듯이 수줍은 영혼은 제3의 상징물을 사용한 간접 접근법에 가장 잘 반응합니다(159~162쪽 참조). 이 가이드북에서 우리는 당신의 모임도 책에 나온 아이디어나 시나 이야기를 제3의 상징물로 쓸 것을 권합니다.

4. **이 서클에서 이루어지는 대화에는 예-아니오, 맞다-틀리다의 답이 있는 게 아닙니다.** 일반적인 책 모임에서는 "A라는 문제에 대해 저자의 생각에 동의합니까?"라는 식의 질

문을 합니다. 이 모임에서는 아무도 '정답'을 가지고 있지 않은 채, 정직하고 열린 질문을 합니다. 그리고 우리는 수단적 말하기가 아닌 표현적 말하기를 합니다(198~199쪽 참조). 이 책의 내용에, 또는 옆 사람에게 찬반을 표하는 게 아닙니다. 참여자들에게 그들 자신의 경험과 그들 자신의 삶을 불러올 질문과 소재를 쓰도록 요청해야 합니다. 다음 단락에서 우리는 이런 자기 배움의 공간을 만들고 붙드는 데 도움이 될 질문들을 제시할 것입니다.

5. **그룹이 책 속으로 통과하는 경로는 꼭 순차적·단선적이지 않아도 됩니다.** 어떤 장章은 그 장에 담겨진 깨달음 안으로 모임 구성원들을 더 깊이 끌어들이기 위해 복습하거나 더 많은 시간을 할애해도 됩니다. 책의 어떤 부분을 비순차적으로 소개해도 됩니다. 가령 모임 초반에 신뢰 서클에서 리더의 역할과 어떤 공간이 필요한지 상세히 기술한 CHAPTER 5를 다루고, 그 개념들을 일부 끌어올 수 있습니다. 그렇게 하면 당신이 리더로서 서클을 만들고 붙드는 일을 할 때, 그 일에 대한 모임 구성원의 이해도와 지지도가 높아져 당신의 일도 수월해집니다.

6. **신뢰 서클의 원칙과 방법에 대한 리더의 이해도는 신뢰 서클 창조에 결정적 요소입니다.** 고로 책을 신경 써서 읽고 흡수하는 데 시간을 쓰십시오.

7. **이 책 모임에서 우리는 우리가 누구인지 깨닫게 됩니다.** 뒤에 나오는 모임 틀에 대한 제안이 당신의 그룹 리더십을 뒷받침해 주고, 더 나아가 이 그룹에 대한 당신의 아이디어를 촉발시키는 마중물이 되기를 바랍니다. 우리는 신뢰 서클의 온전함과 참여하는 개인 각자의 온전함을 보호하기 위해 과정 지도 방식에 대한 분명하고 중요한 가이드라인을 제시합니다. 그러나 그 가이드라인의 테두리 안에서 가이드라인을 당신에게 가장 진정성 있는 방식으로 맞춰 쓰십시오. 안전 공간을 만드는 데 결정적인 역할을 하는, 리더로서의 당신의 권위는 부분적으로는 그룹이 당신의 일과 당신이 누구인지를 얼마나 합쳐서 인식하는지에 달려 있습니다.

시작하기 전에 한 가지만 더 언급하고자 합니다. 신뢰 서클을 만들 때는 "적은 게 많은 것입니다." 그런 정신에 입각하여 우리는 당신의 책 모임이 매번 모임을 가질 때마다 다음의 단순한 4단계 틀을 쓰기를 제안합니다. 각 단계별 세부 내용은 가이드북 후반부에 나오는 각 장별 제안 사항에 나옵니다.

1. **환영 인사, 개회 낭독, 짧막한 침묵 속에서 뒤돌아보기.** 환영 인사는 화기애애한 분위기 조성에 중요합니다. 짧막하게 책을 낭독한 1~2분간 침묵의 시간을 가집니다. 그러면 참

가자들이 그 공간 안으로 들어오는 데 도움이 됩니다. 침묵은 우리 문화에서는 희귀한 자원이며, 많은 사람이 거북스러워하는 것입니다. 그러나 침묵은 자기를 뒤돌아보는 일의 핵심 재료이며, 신뢰 서클에서는 일용할 양식입니다.

2. **시금석試金石(서클에서의 기본 수칙)을 읽음.** 잠시 후 우리는 서클의 분명한 테두리를 규정하는 일련의 시금석을 제시할 것입니다. 시금석에서 규정한 테두리는 영혼을 위한 안전 공간을 만드는 데 도움이 됩니다.

3. **열린, 자발적인 그룹에서의 나눔.** 당신의 이야기를 누군가가 들어줄 기회와, 당신의 생각을 털어놓을 기회를 동시에 얻는 '함께 홀로하기'는 각 모임의 중요한 구성 요소입니다.

4. **서클 닫기.** 우리는 서클을 '품위 있는 각주'로 마칩니다. 참가자는 침묵 속에 가라앉은 후 함께 나눈 시간 속에서 얻은 깨달음이나 모임 막바지 무렵에 느꼈던 소감을 짤막하게 이야기합니다. 폐회 낭독 등도 이 시간에 할 수 있습니다.

첫 모임 : 서문 – 세상의 눈보라(13~15쪽)

환영 인사와 뒤돌아보는 시간

처음 시작하는 개회 모임은 그룹의 문화와 분위기를 결정짓는 데 특별히 중요합니다. 신뢰 서클을 만들고, 그 속에 영혼의 안전 공간을 만드는 방법은 종종 대항문화적입니다. 그래서 당신은 참가자들에게 일반적 관계 맺기의 행동 양식을 배제해 달라고 요청해야 합니다.

당신이 처음 그룹을 환영할 때 일반적인 책 모임과 이 그룹이 어떻게 다른지 투명하게 보여 줄 것을 권합니다(모임에 사람들을 요청할 때처럼). 그룹이 만남을 시작하기 전 매 모임마다 개인 일지를 가지고 오라고 사람들에게 일러두십시오. 그 일지는 당신이나 그 밖의 참가자들이 하는 말에 집중하기 위해서가 아니라 주로 필기자 자신의 내면에서 진행되는 과정을 뒤돌아보기 위해 사용될 것임을 강조하십시오(개회 때의 뒤돌아보기 전에 151쪽에 나온 자신의 말을 필기하는 법에 대한 내용을 읽어도 좋습니다).

서문(13~15쪽)을 소리 내어 읽고 현재 국제 사회가 직면한 경제, 환경, 리더십의 도전을 볼 때 이 글에 예언적 성격이 있음을 언급하는 것도 좋습니다. 그리고 참가자들에게 10분간 침묵하면서 우리 삶의 눈보라 속에서 집으로 가는 길을 찾게 해 주는 밧줄의 개념에 대해 깊이 생각하거나 글쓰기를 하라고 요청합니다. 일지 기록과 뒤돌아보기에 도움이 될 만한 정직하고 열린 질문들이 여기에 몇 개 있습니다.

* 실제로 눈보라를 경험한 적이 있습니까? 어떤 경험이었죠?

* 비유적으로 말해서 당신이 살면서 마주친 눈보라는 어떤 것이었습니까?
* 당신에게는 눈보라 속에서 찾아갈 '집'이란 무엇입니까?
* '집'을 찾는 데 도움이 될 밧줄은 무엇입니까? 또는 누구입니까?

시금석 읽기 – 토의의 기본 규칙 확립하기

이 책의 CHAPTER 5는 신뢰 서클에서 뚜렷한 제한선이 필요함을 강조합니다(129~132쪽 읽기를 권유하는 것도 좋습니다). '용기와 새롭게 하기 센터' 공동체의 서클에서 사용하는 시금석의 표본 하나가 여기 있습니다. 각 사람에게 복사본을 한 장씩 나눠 주고 매번 모임마다 소리 내어 읽는 시간을 가지기를 권합니다.

신뢰 서클 시금석

* 환영 인사를 주고 받으라. 배움은 화기애애한 분위기에서 무르익는다. 서클에서는 서로 따뜻하게 환대함으로써 상대방의 배움을 지원한다.
* 가능한 한 충만한 존재감으로 존재하라. 이곳에 당신의 신념, 기쁨, 성공뿐 아니라 당신의 회의, 두려움, 실패까지 들고 나오라. 당신의 말하기뿐 아니라 듣기까지 동원해 존재하라.

* 이 서클에서 제안하는 것은 요청이지 요구가 아니다. 이 모임은 '나눔이 아니면 죽음을!'식의 이벤트가 아니다! 이 특별한 모임에서 당신의 영혼이 요청하는 것은 무엇이든 하라. 그렇게 할 때 우리가 뒤에서 지원함을 기억하라. 당신의 영혼은 우리보다 당신이 뭘 필요로 하는지 더 잘 안다.

* 다른 사람의 진실을 존중하는 방식으로 당신의 진실을 말하라. 우리의 현실 인식은 각자 다를 수 있으나, 신뢰 서클에서 자신의 진실을 말하라는 건 남이 한 말을 해석, 교정, 논박하라는 게 아니다. '나'를 주어로 하는 문장을 써서 당신의 중심으로부터 서클의 중심을 향해 말하라. 그 말에 대한 골라내기 작업을 사람들이 각자 알아서 하리라 믿어라.

* 고치기 금지, 구원하기 금지, 조언 금지, 남 바로잡기 금지. 이건 '남을 돕는' 직종에 종사하는 이들에게는 가장 어려운 지침 중 하나다. 그러나 이 지침은 내면 스승인 영혼을 환대하는 영혼의 안전 공간을 만드는 데 가장 핵심적인 규칙 중 하나다.

* 다른 사람에게 반응할 때 조언하거나 교정하려 들지 말고, 정직하고 열린 질문을 하는 식으로 반응하는 법을 배우라. 이런 질문들로 우리는 '서로 더 깊은 말하기로 들어가도록' 돕는다.

* 상황이 안 좋아지면 의문을 품는 쪽으로 선회하라. 토의

중 자신이 판단하거나 방어적이 된다면, 스스로에게 물어보라. "저 여자가 저 신념을 가지게 된 배경은 뭘까?" "저 남자는 지금 이 순간 뭘 느낄까?" 또는 "내 반응은 나 자신에 대해 뭘 가르쳐 주지?" 판단을 제쳐두어야 남의 말을, 그리고 자신의 말을 더 깊이 들을 수 있다.

* 당신 자신의 내면 스승에 주의를 기울여라. 우리는 다른 이에게서 배운다. 그러나 우리가 신뢰 서클에서 시, 이야기, 질문, 침묵을 탐구할 때 우리는 내면에서 배울 특별한 기회를 가진다. 고로 당신의 가장 중요한 선생인 당신 자신이 어떻게 반응하고 응답하는지 세심히 주의를 기울여라.

* 침묵을 신뢰하고 침묵으로부터 배우라. 침묵은 우리의 시끄러운 세상에서 하나의 선물이며, 그 자체로 앎에 이르는 길이다. 침묵을 그룹의 일원으로 대하라. 누군가 발언한 다음 곧장 말로 여백을 채우지 말고 되씹을 시간을 가져라.

* 심층적 보안 유지 규칙을 준수하라. 그룹 멤버들이 비밀을 존중하고, 사생활 존중과 말의 진중함의 윤리를 진지하게 여긴다는 걸 알 때 신뢰가 생긴다.

* 당신이 모임에 왔을 때 필요했던 것이 무엇이든지, 그 필요를 그대로 가진 채 모임을 마치고 돌아갈 수도 있음을 알라. 여기서 심겨진 씨앗이 훗날 자랄 수도 있는 법이다.

그룹 나눔

그룹 멤버들이 서로 아는 사이더라도 이 첫 번째 개회 모임에서의 자기소개는 대항문화적 자기소개 모델을 제시할 기회이기도 합니다. 여기서는 직업, 직장 등 우리의 외면적 자아나 역할을 소개하는 게 아니라, 우리의 내면 자아와 영혼을 소개합니다. 이 자기소개 시간은 서클에서 이루어지는 모든 것이 요청에 의한 것임을, '나눔이 아니면 죽음을!'(137쪽 참조)식이 아님을 보여 줄 기회이기도 합니다. 밧줄이나 눈보라에 대한 개인적 뒤돌아보기에서 얻은 깨달음을 나누자고 요청하십시오. 각 사람은 준비되었을 때 말하면 됩니다. 우리는 절대 빙 돌아가며 뭔가 말하라고 압박하는 제식 훈련을 하는 게 아닙니다! 우리는 개인이 원할 때만 말하기에 참여합니다.

서클 닫기

이 책의 많은 아이디어에 대해 서로의 생각을 들을 수 있는 기회를 제공합니다. 각 사람에게 이번 모임이 어떤 개인적인 의미가 있었는지 서클에서 말하도록 요청한 후 마치자고 제안합니다.

2부 각 장별 가이드

CHARTER 1 **온전함의 형상 – '이중성을 극복한 삶' 살기(19~32쪽)**

환영 인사와 뒤돌아보기

이번 모임은 방크스소나무에 대한 더글러스 우드의 인용문 (19쪽)으로 시작합니다. 그다음 침묵 속에서 10분간 아래 질문들에 대해 뒤돌아보거나 일지를 쓰도록 요청합니다.

당신의 삶과 일의 어느 부분에서 가장 온전하다고 느끼나요? '있는 모습 그대로' 존재하는 데서 오는 온전함을 느끼는 곳은 어디인가요?

"있는 모습 그대로 존재할 때의 '온전함'이 어떤 건지" 알지 못할 정도로, 우리 내면에 붙들고 있는 진실로부터 너무 멀어졌다고 느낄 때는 언제인가요? 가장 이중적이라고 느낄 때는 언제인가요? (21쪽)

시금석

우리는 매번 모임마다 어떤 식으로든 시금석을 사용할 것을 권합니다. 그렇게 해서 영혼이 출현할 안전 공간을 만들기 위한 테두리를 설정하려는 강력한 의도를 가지고 있음을 분명히 전달하십시오. '시금석 읽기'가 나올 때마다 쓸 방식은 다르게 할 수 있습니다. 시금석을 전부 낭독할 수도 있고, 참가자들에게 낭독하라고 청할 수도 있고, 몇 개만 골라 강조할 수도 있습니다. 또는 그룹 구성원 몇 명에게 시금석 중 자신에게 유난히 뜻 깊게 다가오는 걸 나눠 달라고 요청할 수도 있습니다.

그룹 나눔

참가자들에게 둘씩 짝지어 10분간 그들이 일지 쓰기를 할 때 떠올랐던 깨달음에 대해 이야기를 나누도록 요청합니다. 다시금 이건 '나눔이 아니면 죽음을!'식이 아님을 되새겨 줍니다. 아무도 내키지 않는데 억지로 나누어선 안 됩니다. 이 시간은 또한 일반적인 '주거니-받거니'식 대화가 되어서도 안 됩니다. 2인 1조씩 중간에 끊지 않고 5분간 이야기할 시간을 가지고, 상대방은 그동안 주의 깊게 듣습니다. 그렇게 10분이 다 지나면 큰 그룹으로 다시 모여 나누기를 원하는 사람들의 이야기를 듣습니다. 여기서 자기 짝이 한 이야기를 인용하지 말고 자기 생각만 말해 달라고 일러둡니다.

서클 닫기

서클의 마침 시간에서 나눔의 시간을 가진 후 신뢰 서클에 필요한 환경이 무엇인지 살펴볼 기회를 그룹에 제공합니다. 이렇게 하면 참가자들이 이제 막 경험하기 시작한 신뢰 서클이라는 환경에 대해 설명을 들을 수 있게 됩니다. 이 환경은 책 모임(CHAPTER 5) 후반부에서 더 자세히 논의될 것입니다.

이번 장에서 덤으로 할 수 있는 일

각 장마다 '덤으로 할 수 있는 일'을 포함시켰습니다. 우리가 고안한 틀과 다른 무언가를 하고 싶을 경우나, 우리가 짠 틀보다 더 길게 모임을 가지려는 경우나, 이 가이드북에서 정한 총 10회의 모임보다 더 많은 모임을 제공하고자 한다면, '덤으로 할 수 있는 일'을 사용할 수 있을 것입니다. CHAPTER 1에 대해 덤으로 할 수 있는 두 가지 내용입니다.

1. 존 미들턴 머리가 한 말, "좋은 것보다 온전한 것이 더 낫다"(27쪽)는 당신에게 뭘 의미합니까? 그 깨달음이 어떻게 당신에게 생생한 현실이 되었는지 당신 자신이나 지인에 대한 이야기를 하나 해 주십시오.
2. 27쪽의 아랫부분을 다시 읽습니다. "방크스소나무보다 더 사람을 매료시키는 모습은 온전성이 훼손되지 않은 채 서

있는 남자나 여자다. 로자 파크스, 넬슨 만델라, 그 밖에 당신이 우러러 보는 이들을 떠올려 보라. 당신은 이중적으로 살기를 거부하는 사람들에게서 우러나오는 아름다움의 한 자락을 바라보고 있는 것이다."

이 단락을 읽을 때 떠오르는 누군가가 있습니까? 그 사람을 묘사할 때 당신에게 떠오르는 됨됨이는 어떤 것인가요? 그 사람을 안다는 것이 당신 가슴속에서 무엇을 불러일으켰나요? 이런 됨됨이들은 세상에 뭘 가져다줄까요?

CHARTER 2 대협곡을 건너다 – 영혼과 역할 다시 잇기(33~59쪽)

환영 인사와 뒤돌아보기

이번 모임은 참가자들에게 이 책의 53쪽을 펴고 당신(또는 다른 그룹 멤버)이 내면 스승에 대한, 내면의 진실을 향한 여행을 홀로 진행하는 것이 너무 어렵다는 역설에 대한 내용을 소리 내어 읽을 동안 듣도록 요청합니다(53쪽 두 번째 줄에서 시작해 54쪽 마지막에서 두 번째 줄까지 읽습니다). 그 내용이 당신 그룹을 몇 분간의 침묵 속에서 뒤돌아보기로 끌어가도록 합니다.

이 장에는 어린 시절의 기억을 불러오고 자신의 재능과 소명을 찾기 위해 들을 만한, 훌륭한 제3의 상징물이 될 만한 단락이 몇 군데 있습니다. 이중적인 삶을 살아서 우리 자신을 보호하려는 본능이 일찌감치 나타나는 것에 대한 한두 단락이나 (35~36쪽), 영혼과 역할 간의 고통스러운 틈을 어떻게 다룰지에 대한 한두 단락을 소리 내어 읽습니다. 그 후 참가자들에게 약 10분간 침묵 속에서 어린아이 때 어떻게 놀았는지, 다음과 같은 질문을 뒤돌아보기의 틀로 사용하며, 뒤돌아보기의 시간을 가지도록 요청합니다.

* 자연이든, 당신 방이든, 뒷마당이든 당신이 가장 자주 놀았던 곳을 기억해 내십시오. 제일 좋아하는 놀이든, 친구(실재 또는 상상의 친구)든, 장난감이든 관련 이야기가 있습니까? 놀이 삼아 상상 속에 가졌던 비밀 생활이 있었습니까? 당신의 어린 시절 놀이를 통해 드러나는 당신의 재능이나 관심사는 무엇입니까?

* 당신은 지금 어떤 놀이를 합니까? 당신이 의식하지 못했으나 성인이 될 때까지 이어진 어린 시절의 놀이와 관심사가 있습니까? 그런 게 있든 없든 지금의 놀이와 상상의 세계를 놓고 어린 시절의 놀이와 상상의 세계를 비교하면 어떤 느낌이 듭니까?

시금석

시금석을 읽으시오.

그룹 나눔

참가자들에게 그들이 적은 추억이나 깨달음 하나에 이름을 붙이고 소리를 내어 서클 멤버들에게 말하도록 요청합니다. 다시금, 이건 요청이지 요구가 아님을 알립니다. 그룹 멤버들에게 어릴 적 기억과 경험에 담긴 재능이나 인생 방향의 실마리를 찾는 데 주안점을 두고서 들으라고 권하십시오. 그룹 멤버들에게 무언가, 또는 누군가에 의해 그들이 태어날 때부터 가지고 있던 재능과 자신이 분리되거나 단절된 적이 있는가, 이 질문을 놓고 몇 분간 일지를 쓰도록 요청합니다.

서클 닫기

자원하는 사람들은 모두 서클 사람들과 함께 깨달은 바를 나눈 후, 수련회에서 인종주의와 씨름하던 한 남자에 대한 이야기를 여러 다른 목소리로 읽도록 요청함으로써 이번 모임을 마칩니다(56쪽 "공동체에서 영혼을 잘 대해 주면 어떤 일이 일어나는지…"로 시작하는 단락부터 58쪽 "우리 자신과 우리 세상을 새롭게 하고 싶다면…"으로 시작하는 단락까지 읽습니다). 이 내용은 이번 모임에서 마침표가 될 뿐 아니라, 이어지는 두 번의 모임으로 넘어가는 이음새가 될 것입니다.

이번 장에서 덤으로 할 수 있는 일

1. 자신의 "보고 대상은 땅"이라는 걸 깨달은 공무원의 이야기(42~43쪽)는 참가자들이 그들 자신의 이야기를 떠올릴 수 있는 또 다른 제3의 상징물이 됩니다. 이 이야기를 소리 내어 읽고 멤버들에게 10~15분간 다음 주제에 대해 일지를 쓰라고 요청합니다.

> 농부는 자신의 '보고 대상이 땅'이라는 사실을 분명히 깨닫게 되자 '이중성을 극복한 삶'을 살기로 작정했습니다. 지인 중 이 농부처럼 산 사람이 있는가 생각해 봅시다. 당신 자녀나 직장 동료나 파트너일 수도 있고, 또는 당신 자신이 영혼과 역할을 재결합시켰던 사례를 당신 일지에 써 주십시오.

그 후 자신이 적은 이야기나 깨달은 바를 그룹과 나누기를 원하는 사람은 누구나 발언하도록 요청합니다.

2. 40쪽에 있는, 우리가 어떻게 익숙한 회피 패턴인 부인, 논점 흐리기, 두려움, 비겁함, 탐욕으로 미끄러져 들어감으로써 온전함에 반反하는 선택을 하는지에 대한 내용을 읽습니다. 그 부분을 소리 내어 낭독한 후 다음 질문에 대해 뒤

돌아보기와 일지 쓰기를 요청합니다. 당신 자신이나 친구, 파트너, 자식, 동료, 또는 또래 중 누군가가 이중적인 삶을 사는 것을 지켜본 적이 있습니까? 그 사람의 이름을 말하지 말고 당신이 무엇을 목격했는지 설명합니다. 그리고 그의 이중성이 어떻게 그 사람(또는 당신 자신)의 행위, 말, 태도, 감정을 통해 드러났는지 설명합니다.

CHARTER 3 참된 자아 탐험하기 – 영혼과 친해지기(61~91쪽)

환영 인사와 뒤돌아보기

'영적 유전자' 단락을 읽습니다(63쪽). 그 후 참가자들에게 어릴 적부터 가지고 있던 재능과 자질, 그들 자신의 영적 유전자에 대한 기억을 끌어내 일지를 쓰라고 요청합니다. 그 재능 중 일부는 지난 번 모임 중 어린 시절의 놀이에 대해 생각하는 시간에 글쓰기를 통해 표면화되었을 수도 있습니다. "넌 정말 직관이 뛰어나" 또는 "넌 남의 말을 잘 들어" 또는 "너의 창의력에 기대한다" 등 우리를 잘 아는 사람들이 평생 우리에게 했던 말들 속에서 깨달음을 얻을 수도 있음을 기억하십시오.

아래의 질문들에 대해 일지 쓸 시간을 어느 정도 주십시오.

* 당신이 하늘로부터 받은 재능, 당신 자신의 영적 유전자를 어떻게 이름 짓고 자기 것으로 만들겠습니까?

* 다른 사람들이 종종 당신에게 거울로 반사시켜 준 재능은 무엇이었습니까?

시금석

시금석을 읽으시오.

그룹 나눔

사람들이 뒤돌아보기를 통해 이름 붙인 재능에 대해 깨달은 바를 일부 나누도록 요청합니다. '참된 자아' 또는 영혼의 영토를 계속 정탐하려면 64쪽의 "철학자들은 우리 인류의 이 중심 core을 뭐라고 호칭할지"부터 '참된 자아'를 부르는 여러 이름을 다룬 65쪽의 두 번째 단락까지 읽습니다. 일지 쓰기와 토의를 위한 몇 가지 질문이 여기 있습니다.

* 당신은 어떻게 참된 자아를 가꿉니까? 당신 영혼의 안위를 지원하기 위한 환경이 있습니까? 당신 영혼은 활짝 피어나 당신 삶을 인도하기를 원합니다. 이렇게 하기 위해 당신의 영혼은 무엇을 갈망하고 필요로 합니까?

* 어떤 환경이 당신 영혼의 목소리와 배고픔을 묵살하는 일

에 협력자가 되고 있습니까? 당신 영혼을 묵살하기 위해, 당신 자신을 위축시키기 위해 당신은 어떤 협력을 하고 있습니까? 당신이 그렇게 협력했던 특정한 때를 생각할 수 있습니까?

서클 닫기
서클에서 깨달음을 나눕니다.

이번 장에서 덤으로 할 수 있는 일
1. 뫼비우스 띠를 더 탐구하려면(75~91쪽) 참가자들에게 자신의 띠를 만들어 4단계를 직접 시현해보고 '뫼비우스 띠 위의 삶' 각 단계에 대해 뒤돌아볼 충분한 시간을 줍니다. 다음의 질문들을 살펴보십시오.

* 내면과 외부의 삶이 하나로 합쳐지면서 난 어떤 방식으로 의식적으로 생명을 주는 무언가를 공동 창조합니까? 이런 일이 일어날 최적의 환경은 무엇입니까?
* 내면과 외부의 삶이 하나로 합쳐지면서 난 어떤 방식으로 의식적으로 죽음을 나눠 주는 무언가를 공동 창조합니까? 이런 일이 일어날 최적의 환경은 무엇입니까?
* 내 인생에서 뫼비우스 띠 위에서 의식적으로 공동 창조하

는 방식으로 살지 않고 울타리 뒤에 숨으려고 하는 부분이
나 상황은 어떤 것입니까?

2. 메리 올리버가 영혼에 대해 이해한 바를 소리 내어 낭독함
으로써 시작합니다(67쪽). 뫼비우스 띠 위의 4단계를 재현
하기 위해 종이 띠를 사용합니다. 이제 각 사람에게 종이
띠와 테잎을 나눠줍니다.

* 책 63쪽의 첫 세 단락을 소리 내어 읽습니다. 그리고 참가
자들에게 종이 띠 한 면에 자신의 타고난 재능 3~4가지를
적도록 요청합니다.
* 그리고 참가자들에게 종이 띠의 다른 면에 이 세상에서 그
들이 하는 일을 설명하는 단어들이나 구절을 몇 개 적으라
고 요청합니다.
* 이제 종이를 가지고 뫼비우스 띠를 만들고 한 면이 다른
한 면으로 이음새 없이 흘러들어가면서 서로 공동 창조하
는 방식에 주목하도록 요청합니다.

3. 당신의 내면과 외면의 삶이 뫼비우스 띠 위에서 통합되어
있던 때에 대해 일지 쓰기를 합니다. 당신의 내면과 외면의
삶이 끊어져 나갔던 때, 당신이 이중적인 삶을 살고 있다고
느꼈던 때를 일지에 기록합니다.

환영 인사와 뒤돌아보기

이번 장의 주제는 공동체 속에서 홀로 있는 것의 역설입니다. 이번 장은 생명을 주는 고독의 특징들을 살펴보고, 영혼의 목소리를 지원하는 공동체와 고독이 우리에게 모두 필요함을 설명합니다. 참가자들에게 다음의 질문에 대한 답변을 10~15분간 일지에 쓰라고 요청합니다.

'당신의 영혼을 침범하거나 위협'하거나, 당신의 영혼이 숨어 들어가게 한 공동체나 그룹이나 관계 속에 있던 적이 있습니까? 당신 내면의 삶을 유린한 그 경험에 대해 무슨 말을 하겠습니까?

당신 영혼을 따뜻하게 환대했던 공동체나 그룹이나 관계 속에 있던 적이 있습니까? 그 경험 중 어떤 면모가 당신에게 잘 맞았고 당신의 영혼이 나타나도록 했습니까?

시금석

시금석을 읽으시오.

그룹 나눔

참가자들이 3인조 소모임으로 나누어 일지 쓰기를 통해 얻은 뒤돌아보기를 함께해 보라고 요청하기 전에 소모임 시간을 위한 몇 가지 가이드라인을 제시합니다. (1) 각 사람은 5분간 말하고, 그 동안 나머지 두 사람은 존중하는 태도로 들으며, 대꾸, 질문, 동의, 반대, '주거니-받거니'식 대화는 금지됩니다. (2) 3인조 그룹의 세 참가자가 모두 말한 다음 영혼을 요청하거나, 영혼을 겁먹고 달아나게 한 경험담 속에 어떤 공통적 요소가 있었는지에 대해 함께 뒤돌아보는 시간을 가집니다. 그 후 깨달음한 바나 관찰한 바를 나누기 위해 전체 서클 대형으로 돌아옵니다.

서클 닫기

이번 장에서 자신에게 울림이 있었던 단락이나 문장을 소리 내어 읽고, 원하는 사람에 한해서 그 언어들이 왜 마음에 와 닿았는지를 나누도록 사람들에게 요청합니다. 마지막으로 이번 모임을 통해 사람들이 집에 가지고 갈 만한 일반적 깨달음이나 발언을 요청합니다.

이번 장에서 덤으로 할 수 있는 일

당신의 그룹과 더 깊이 들어가길 원한다면 아래의 시詩를 제3의 상징물로 쓸 수 있습니다.

1. 《불 같은 가르침*Teaching with Fire*》[1]에 나오는 버지니아 사
   티어의 〈접촉하기Making Contact〉라는 제목의 시를 소리
   내어 읽습니다. 그리고 다음의 질문을 사용해 일지를 쓰거
   나 당신 자신의 질문을 만들어 봅니다.

* 이 시에서 당신에게 와 닿는 부분은?
* 다른 사람이 당신을 진정 보고 듣는다는 느낌, 또는 당신
  이 다른 사람을 진정 보고 듣는다는 느낌에 대해 아는 바
  가 있습니까?

이 탁월한 시 모음집에는 월트 휘트먼, 랭스턴 휴스, 메리
올리버, 빌리 콜린스, 에밀리 디킨슨, 파블로 네루다처럼 많은
독자의 사랑을 받는 작가들의 시 88편이 수록되어 있다. 생각
을 불러일으키는 시 한 편마다 그 시가 자신의 교사 생활에서
어떤 의미가 있었는지 이야기하는 교사들의 짤막한 체험담이
곁들여져 있다.

2. 《내면으로부터 지도하기*Leading from Within*》[2]에 실린 윌리
   엄 스태퍼드의 〈있는 그대로The Way It Is〉라는 제목의 시를
   소리 내어 읽습니다. 그리고 다음의 질문을 사용해 뒤돌아
   보는 시간을 가집니다.

* 당신이 뒤따라온 실을, 뫼비우스 띠 위에서 당신이 간 길을 보여 주는 그 실을 뭐라 이름 짓겠습니까?

* 그 실을 뒤따르고 결코 놓치지 않도록 하는 무언가, 또는 누군가가 있습니까?

다양한 인생 무대의 리더들이 선정한 93편의 시가 수록된 탁월한 시 모음집이다. 각 시에는 그 시가 개인 삶과 직업 현장에서 어떤 의미를 가지는지 설명하는 짧막한 개인적 주석이 곁들여져 있다.

CHARTER 5 여행 준비하기 – 신뢰 서클 만들기(125~151쪽)

환영 인사와 뒤돌아보기

CHAPTER 5는 신뢰 서클의 핵심이 되는 특징(뚜렷한 테두리, 노련한 리더십, 열린 요청, 공통분모, 품위 있는 분위기)을 탐구합니다.

당신의 모임에 대한 뒤돌아보기를 하도록 요청합니다. 참가자들에게 이제까지 모임을 가지면서 어떤 신뢰 서클의 원칙과 방법이 가장 중요하게 작용했는지 생각해 보도록 요청합니다. 아래 질문들에 대해 약 10분간 일지 쓰기를 합니다.

* 당신에게 신뢰 서클의 핵심은 무엇입니까?
* 당신이 느끼기에 이 신뢰 서클의 성공에 중요하게 작용했던 실천 방법은 무엇이었습니까? 당신 영혼을 따뜻하게 환대한다고 느꼈던 실천 방법은 무엇이었습니까?

시금석

시금석을 읽으시오.

그룹 나눔

그룹 멤버들에게 이제까지 그들이 실천한 신뢰 서클의 수행 방법들을 소리 내어 읽어 봄으로써 뒤돌아보도록 요청합니다. 그들 생각에 신뢰 서클을 만드는 데 필수불가결한 요소는 무엇인가? 신뢰 서클의 원칙과 수행 방법들을 사용함에 있어서 그들이 개인적으로 아직 미숙하다고 느낀 부분은 어떤 부분인가?

서클 닫기

CHAPTER 5는 계절 비유를 써서 장기 신뢰 서클의 공통분모를 만드는 법을 탐구합니다. 이번 모임을 마치기 위해 각 사람에게 다음 질문의 답을 생각해 보라고 요청합니다. "난 지금 어느 계절에 있는가?" 서클 닫기 시간에 원하는 사람은 위 질문에 대한 답을 나누도록 요청합니다.

이번 장에서 덤으로 할 수 있는 일

1. 다양한 직종의 그룹을 위한 계절별 장기 신뢰 서클에 대한 자세한 사항은 '용기와 새롭게 하기 센터'의 홈페이지인 www. couragerenewal.org에서 찾아볼 수 있습니다.

2. 《삶이 내게 말을 걸어올 때》 제11장의 계절별 에세이 중 적합한 시점의 에세이를 소리 내어 낭독합니다. 그 후 참가자들에게 다음의 질문을 놓고 일지를 쓰도록 요청합니다.

   * 이 계절은 나에게 어떤 질문이나 이미지를 제공합니까?
   * 에세이 내용 중 나에게 와 닿는 부분은 무엇입니까?
   * 이번 계절에서 내가 배울 수 있는 점은 무엇입니까?

CHARTER 6 **진실은 비스듬히 말하라 – 비유에는 힘이 있다**(153~188쪽)

환영 인사와 뒤돌아보기

CHAPTER 6는 사람들에게 내면 삶의 문제들에 접근하는 길을 열어주는 비유 사용법을 소개합니다. 신뢰 서클의 요체인 비유 사용법의 가장 중요한 역할은 제3의 상징물로 쓰일 시, 이야기, 미술품, 음악 등을 신중히 고르는 데 있습니다.

시금석

시금석을 읽으시오.

그룹 나눔

CHAPTER 6는 〈목수 이야기〉를 가지고 작업하는 과정에 대한 풍부한 사례와 아이디어를 제시합니다. 허나 이 장을 그저 읽기만 하는 것은, 그룹에서 직접 이 시로 작업하는 경험을 대체할 수는 없습니다. 고로 당신의 그룹에 목수가 '생생한 만남'이라고 부르는 경험을 이번 장에서 묘사한 방식으로 제공하십시오. 이번 모임을 시작하기 전, CHAPTER 6를 다시 읽고 〈목수 이야기〉로 작업하는 법에 대한 상세한 지침을 되새깁니다.

〈목수 이야기〉를 소리 내어 읽을 때는(163~165쪽) 함께 하는 시간을 위해 뒤돌아보는 분위기와 속도를 만들면서 읽습니다. 그다음에 165~188쪽에 나오는 제안들을 따라하고, 토의는 다음의 질문들로 시작합니다.

* 당신이 느끼기에 이 이야기의 핵심은 무엇입니까?
* 이야기의 핵심이 이 시점의 당신 인생과 어떻게 교차합니까?

그다음에 파머가 제시한 질문들을 사용하며, 당신 그룹의 일지 쓰기와 대화를 인도하거나 탐구를 위한 당신 자신의 질문을 만들면서 각 연에 대해 토의합니다.

서클 닫기

참가자들에게 〈목수 이야기〉 관련 글쓰기에서 얻은 깨달음 하나씩을 나누어 달라고 요청합니다. 다음의 질문을 하십시오.

* 〈목수 이야기〉에서 당신에게 와 닿는 부분은?
* 이번 모임에서 당신에게 의미 있었던 부분은?

이번 장에서 덤으로 할 수 있는 일

1. 아래와 같은 질문들로 일지 쓰기를 한 후, 두 명 또는 세 명씩 모여서 나눔의 시간을 가지라고 요청합니다.

* 내 종 걸이는 무엇입니까?
* 내 삶의 '임금님'은 누구입니까?
* 내 삶의 나무들은 무엇입니까?
* 이 시는 내게 어떤 질문들을 남겨 놓습니까?

2. 이런 방식으로 당신 가슴에 와 닿는 다른 시 한 편으로 작업합니다. 《불 같은 가르침》에 나오는 메리 올리버의 〈여행 The Journey〉, 또는 데이비드 화이트의 〈달콤한 어둠Sweet

Darkness〉을 사용해도 좋습니다.

CHARTER 7 깊음이 깊음에게 말하다 – 말하기와 듣기, 배우기(189~214쪽)

환영 인사와 뒤돌아보기

CHAPTER 7은 종종 일상적 대화와는 사뭇 다른 규칙을 사용하는 신뢰 서클에서의 말하고 듣는 법을 탐구합니다. 신뢰 서클에서는 아울러 수단적 말하기와 표현적 말하기를 구분합니다.

그다음 참가자들에게 10~15분간 누군가가 그들에게 충고를 하거나, 그들을 '고치려고' 했거나, 그들이 남에게 그렇게 했던 일에 대해 이야기를 적는 식으로 일지를 쓰도록 요청합니다.

시금석

시금석을 읽으시오.

그룹 나눔

이 장은 우리 자신의 이야기로 진실을 탐구하는 것의 위력을 강조합니다. 고로 사람들에게 그들의 일지를 다시 읽어 보면서 개인적인 이야기를 나누도록 요청합니다.

서클 닫기

함께했던 모임 시간에 대한 깨달음, 느낌, 감사를 나눈 후 〈사랑 뒤에 오는 사랑〉(149쪽)이라는 시를 소리 내어 읽고, 그룹 사람들과 함께 "당신의 인생 잔치"가 무슨 뜻인지 생각해 봅시다.

이 장에서 덤으로 할 수 있는 일

1. 이번 모임에서는 〈사랑 뒤에 오는 사랑〉을 마감하는 글로 사용했지만, 이 시를 제3의 상징물로 사용해 보는 것도 권합니다. 지난번 모임에서 〈목수 이야기〉로 했던 것과 유사한 방식으로 이 풍성한 시로 작업할 수 있습니다. 제3의 상징물을 사용하는 내용과 이 시로 작업하는 것에 대해 제안하는 부분에 주의를 기울이며 CHAPTER 6를 다시 읽어도 좋습니다. 그룹 멤버들에게 이번 장에 나온 파머의 질문들을 던져도 좋습니다. "이 시가 당신에게 어떻게 다가옵니까? 이 시가 어떻게 지금 이 시점의 당신 인생과 교차합니까? 당신의 현재 여건에 직접적으로 와 닿는 단어나 구절이나 이미지가 있습니까?"

2. 듣기 기술을 더 깊게 파고들고 싶다면 《내면으로부터 지도하기》에서 윌리엄 스태퍼드의 〈듣기〉, 하피드의 〈난 어떻게 듣는가?〉, 존 폭스의 〈누군가 당신에게 깊이 귀 기울일 때〉 같은 시로 작업할 것을 제안합니다. 《내면으로부터 지도하

기》에는 질문하기에 대한 제안도 나옵니다.

CHARTER 8 질문 속에서 살기 – 진실을 실험하라(215~246쪽)

환영 인사와 뒤돌아보기

CHAPTER 8은 신뢰 서클 형성의 핵심이 되는 선명성 위원회의 분별 과정에 대한 설명을 제공합니다. 이 수행 방법의 개념과 취지를 돌아보기 위해 몇 분간 침묵의 시간을 가지도록 요청합니다.

시금석

시금석을 읽으시오.

그룹 나눔

선명성 위원회는 우리가 다른 사람에게 무엇이 최상인지 안다는 가식을 버리라고 요구합니다. 그 대신 우리는 다른 누군가가 그 자신의 답을 찾도록 정직하고 열린 질문을 던집니다. 이런 종류의 질문은 연습이 필요합니다. 고로 당신의 그룹이 실제로 선명성 위원회를 열기로 결정하기 전, 참가자들이 필요한 기술을 익히는 기회를 만들어야 합니다.

첫째, 217~224쪽을 소리 내어 읽으면서 정직하고 열린 질문을 위한 가이드라인을 훑어봅니다. 그다음에는 선명성 위원회에 고민거리를 내놓을 자원자 한 명이 있는지 물어봅니다. 대부분이 선명성 위원회 과정을 처음 접하기에 실수할 가능성이 큽니다. 그러니 고민거리는 집중대상자에게 실재적 문제인 동시에 너무 사적인 문제여서도 안 됩니다. 가령 "내가 고민하는 강의를 짜기 위한 가장 좋은 계획은?" 또는 "다음 글쓰기 프로젝트에서 뭘 쓸까?" 등은 적합하지 않습니다. 선명성 위원회는 가족이나 일터에서의 문제, 도전적인 인간관계, 우리가 어떻게 살아가는가에 대한 근본적인 고민 등, 보통 인생의 더 깊은 딜레마를 탐구하기 위해 사용합니다. 이 상황에서 리더가 주로 살펴야 할 점은, 그룹 사람들에게 선명성 위원회 기술을 연습할 기회를 제공하면서 자원자가 연약함을 너무 많이 드러내지 않게 하는 것입니다.

집중대상자는 자신의 딜레마를 표현합니다. 그러면 다른 사람들은 일지에 시험 삼아 질문을 적어봅니다. 그다음 질문을 한 번에 하나씩 하고, 그룹 사람들에게 그 질문이 정직하고 열린 질문이었는지, 아니라면 왜 아닌지, 어떻게 개선할 수 있는지 발언할 기회를 줍니다. 자원자는 이 질문들에 굳이 답하지 않아도 됩니다. 우리가 주로 살펴야 할 점은 열리고 정직한 질문의 틀 짜는 법을 배우는 것이지, 딜레마를 다루는 법을 배우는 것이 아닙니다. 그러나 자원자가 '유도 질문'이나 들이미는 것처럼 보이는 질문에 유난히 민감할 수 있으므로, 집중대상자로 자원한 사람은 언제나 말할 수 있도록 요청받는 느낌을 받아야 합니다.

그룹의 누군가가 집중대상자에게 한 질문들을 필기할 것을 요청함으로써 집중대상자가 그 기록을 일지 쓰기나 뒤돌아보기에 사용할 수 있도록 합니다. 이번 모임을 마칠 때 참가자들에게 이런 질문을 하려고 시도하는 것에는 어떤 특성이 있는지, 질문을 만들 때 어디서 난관에 부딪혔는지, 그러면서 뭘 배웠는지 뒤돌아보도록 요청합니다. 정직하고 열린 질문을 하는 것은 까다롭지만, 그 기술을 계발하는 것은 많은 관계를 강화·심화시킬 수 있습니다.

서클 닫기

244쪽 "그러나 너무 늦은 때는 없다"로 시작하는 버지니아 쇼레이의 이야기를 소리 내어 읽음으로써 이 시간을 마칩니다. 그후 참가자들에게 이번 시간에 깨닫고 뒤돌아본 바를 나누라고 요청합니다.

이 장에서 덤으로 할 수 있는 일

당신의 그룹 멤버들이 이제쯤 선명성 위원회에 필요한 배려와 기술을 이해할 것이므로, 이제 선명성 위원회를 전면적으로 진행할지, 그럴 준비가 되었는지, 그럴 의지가 있는지 결정하면 됩니다. 만일 책 모임 전체가 선명성 위원회에 가담하기를 원한다면 집중대상자로 섬기는 데 필요한 자원자의 수는 당신 그룹의 규모에 따라 달라집니다. 각 위원회에는 최소 네 명, 최대 여섯 명의 구성원이 필요합니다.

리더로서 당신이 할 일은 위원회의 위원을 지정하는 것입니다. 집중대상자에게 개인적으로 위원회에 참여하지 않았으면 하는 기피대상자 명단을 달라고 요청하고, 기피 이유는 불문에 부쳐야 합니다. 리더로서 해야 할 또 하나의 일은 그룹의 위원회들이 동시다발적으로 회합할 수 있는 적당한 사적 공간을 마련하는 것입니다. 선명성 위원회가 모임을 가지기 전 참가자들에게 CHAPTER 8을 주의 깊게 복습하여 핵심 원칙과 수행 방법에 대해 이해하고 헌신하게 합니다. 위원회 일정 샘플은 이 책의 226~228쪽에 나와 있습니다. 그 일정표를 사용하여 일정을 준비해 당신 그룹에 나눠 주고, 참가자들이 위원회 모임의 각 단계별 안내를 받을 수 있게 합니다.

선명성 위원회의 모임에는 총 세 시간이 소요됩니다. 한 시간은 그룹이 위원회 작업을 할 수 있도록 리더가 준비를 시키며, 질문과 우려 사항들을 처리하는 데 소요됩니다. 나머지 두 시간은 실제로 선명성 위원회 모임이 진행되는 시간입니다. 위원회들이 시작되기 직전에 핵심적인 '이중 보안' 규칙을 되새겨 줍니다.

위원회가 끝나면 이번 모임도 끝납니다. 다음번 모임에서 선명성 위원회 과정에 대해 (세부 내용이 절대 아니라) 상세하게 되돌아보는 시간을 얼마간 가지는 것도 좋습니다. 그렇게 하면 모든 참가자가 그 과정을 통해 무엇을 배웠는지 더 깊이 이해할 수 있을 것입니다.

CHARTER 9 웃음과 침묵 – 의외로 잘 어울리는 한 쌍(247~269쪽)

환영 인사와 뒤돌아보기

침묵과 웃음은 유의미한 인간관계에 빠져서는 안 될 재료입니다. 신뢰 서클에서도 그렇습니다. 이번 모임을 이용하여 참가자들과 함께 침묵과 웃음이 그들 자신의 삶과 이 그룹의 경험에서 어떤 역할을 하는지 뒤돌아봅니다.

침묵이 이번 모임의 화두이니, 응당 시작할 때 그룹 사람들에게 5분간 침묵을 나누도록 요청합니다. 침묵의 시간이 끝난 후 참가자들에게 다음 질문 중 하나 이상에 대해 일지를 쓰도록 요청합니다.

＊ 침묵이나 웃음(또는 둘 다)과 당신 자신의 관계를 어떻게 묘

사하겠습니까?

* 침묵이나 웃음이 당신의 공동체나 개인적 삶에 긍정적 영
  향을 끼친 때에 대해 이야기해 주십시오. 침묵이나 웃음이
  부정적 영향을 끼쳤던 때에 대해서도 이야기해 주십시오.

* 이 그룹에서는 침묵이나 웃음의 역할에 대해 어떤 체험을
  하셨습니까?

시금석

시금석을 읽으시오.

그룹 나눔

45분간 3인조 그룹으로 나누어 모임을 가집니다. 각 사람은
15분간 일지에 쓴 내용 중 나누고 싶은 것을 나누고, 두 명의
듣는 이로부터 정직하고 열린 질문을 받습니다.

서클 닫기

《불 같은 가르침》에 나오는 라이너 마리아 릴케의 시 〈결코 발
설되지 않은 모든 것을 난 믿는다〉를 읽거나, 이 주제와 관련 있
는 다른 시 한 편을 골라 읽습니다. 이번 모임이 각 사람에게 어
떤 의미가 있었는지 간단하게 나눔으로써 모임을 마칩니다.

이번 장에서 덤으로 할 수 있는 일

1. 우리는 모두 침묵을 지킬 능력과 각자 다른 관계를 맺고 침묵을 감당할 능력이 아마 제각각일 것입니다. 그러나 침묵을 평가절하하는 우리 문화에서 우리 가운데 대부분은 가만히 침묵하는 능력을 더 계발할 필요가 있다고 해도 크게 틀리지 않을 것입니다. 참가자들에게 침묵이 그들에게 뭘 의미하는지 탐구하기 위해, 일지에 '침묵과 대화'를 나누도록 요청합니다. 침묵과의 대화는 다음과 같이 이루어질 수 있습니다.

   자아: 침묵, 어디 갔다 왔어? 내 인생에는 네가 없었잖아.
   침묵: 난 항상 시간이 있고, 늘 초대받기를 기다리고, 네 삶에 날 요청해 주기를 기다리고 있어. 하지만 네가 오랫동안 연락이 없던데? 왜 그랬어?
   자아: 연락하려고 했는데 계속 미루게 되더라고. 난 왜 조용해지는 걸 두려워할까?

   20분간 계속 일지를 쓰면서 대화가 이루어지도록 합니다. 그리고 사람들에게 서클로 돌아가 그들이 쓴 내용을 나누도록 요청합니다.

2. 계속 침묵을 탐구하고 싶다면 《불 같은 가르침》에 나오는 파블로 네루다의 〈침묵 속에서〉를 사용하면 됩니다. 네루다의 시에 덧붙인 에세이에서 캐서린 거버는 어떻게 네루다의 고요함이 "고립의 침묵이 아니라 공동체에 우리를 잇닿게 하는 고요함"인지 설명합니다. 사람들에게 이 두 침묵의 차이에 대해, 두 침묵의 경험을 떠올리며 일지를 쓰라고 요청합니다.

CHARTER 10 **제3의 길 – 일상 속 비폭력의 삶(271~301쪽)**

이 책의 마지막 장을 다룰 준비를 할 때 미래의 가능성들을 고려해 보십시오. 당신의 그룹에서 가졌던 신뢰 서클 체험은 새로운 가능성으로 이어질 수 있습니다. 다른 관련 문헌을 가지고 정기 모임을 계속하고 싶은 참가자도 있을 것입니다. 다른 사람들과 이런 방식의 모임을 나누고 싶기에 관심이 있는 사람과 새로운 책 모임을 시작하려는 사람도 있을 것입니다. '용기와 새롭게 하기 센터'를 통해 신뢰 서클 수련회에 등록하기를 원하는 사람도 있을 것입니다. 참고로 위 수련회는 진행자 양성이 목적이 아니라 신뢰 서클 과정의 원칙과 수행 방법에 대한 더 깊은 경험을 제공하는 것을 목적으로 합니다.

환영 인사와 뒤돌아보기

폭력에 대응하는 '제3의 길'에 대한 부분(276쪽 네 번째 줄)을 소리 내어 읽으며 시작합니다. 참가자들에게 몇 분간 시간을 주어 그들이 어려운 상황에서 이런 방식으로 반응했던 이야기를 기억해 내도록 하고, 그 후 5~10분간 그 기억에 관해 일지를 쓰게 합니다.

시금석

시금석을 읽으시오.

그룹 나눔

참가자들에게 3인조 그룹으로 나뉘어 30분간 '제3의 길'에 대해 그들이 뒤돌아본 바 등을 나누도록 요청합니다. 3인조 그룹의 각 사람은 그가 뒤돌아보고 일지에 쓴 내용 중 무엇이든 원하는 것을 나누도록 10분의 시간을 가집니다. 여기서 '주거니-받거니'식 대화는 금지됩니다. 어떤 사람이 10분을 다 쓰지 않으려고 한다면, 남는 시간 동안 나머지 두 사람에게 정직하고 열린 질문을 해 달라고 요청할 수 있습니다.

서클 닫기

3인조 그룹 모임 후 전체 서클 모임에서 대화를 나누도록 요청합니다. 먼저 그룹 멤버들에게 신뢰 서클에 대해 그들이 아는 바를 어떻게 개인과 직업 세계로 가지고 갈 것인가 소리를 내면서 뒤돌아보기를 요청합니다. 그 후 신뢰 서클에서 함께했던 시간이 참가자들에게 어떤 의미가 있었는지 뒤돌아보고 축하하며 마칩니다.

이번 장에서 덤으로 할 수 있는 일

1. 비극적 틈은 추가적인 탐구를 위한 풍성한 가능성을 제공합니다. 비극적 틈과 우리의 마음이 허물어져 열릴 때 종종 일어나는 고통스러운 결과에 대한 단락을 읽음으로써, 당신은 추가로 뒤돌아보는 시간을 가질 수 있습니다. (282~294쪽)

참가자들에게 그들 삶 속의 비극적인 틈에 대해 생각할 시간을 얼마간 가지고 15분간 일지를 쓰라고 독려합니다. 아래와 같은 질문은 일지 쓰기의 틀을 제공합니다.

* 당신 삶에서 당신이 비극적 틈에 서 있는 곳은 어디입니까? 가정, 일터, 공동체?
* 그 틈들의 긴장을 어떻게 이름 붙이겠습니까?

* 틈 속에 서서 충실하게 긴장을 붙들고 서 있는 것은 왜 어렵나요? 긴장 붙들기를 하는 데 무엇이 도움이 되나요?

* 비극적 틈 속에 서 있을 때 당신은 어떻게 당신 영혼을 지킵니까?

* 비극적 틈 속에 서 있는 일을 대다수 사람보다 훌륭하게 해낸 역할 모델을 아십니까? 그 사람은 어떤 자질을 갖추고 있길래 그렇게 할 수 있었습니까?

일지를 쓴 뒤 소모임에서 뒤돌아본 바를 전체 서클 모임에서 나누라고 요청합니다.

2. 292~294쪽의 존 울먼의 이야기를 소리 내어 읽고, 이 이야기가 어떻게 비극적 틈이라는 개념을 현실에서 구현했는지에 대해 그룹 토의를 합니다. 토의용 질문으로 가능한 몇 가지 질문이 여기 있습니다.

* 재단사 울먼의 이야기 중 "울먼은 하나님으로부터 노예 제도는 가증스러운 일이니, 하나님을 믿는 이들은 노예를 풀어 주어야 한다는 계시를 받았다"는 부분을 읽었습니다. 당신이 속한 사회의 시류에 역행하는 계시를 받은 적이 있습니까? 그 계시의 본질은 무엇이었고, 당신은 그 계시를

가지고 어떻게 했나요? 비극적 틈에서 긴장과 복합성을 붙드는 동안 당신을 지탱하는 것이 무엇인지 배웠습니까?

* 오늘날 당신의 삶과 당신의 마음과 당신의 영혼에서 이런 헌신과 훈련을 불러올 만한 문제는 무엇입니까?

3 부 내면 작업을 외부 세계로 가지고 나가기

"당신 마음속에 없는 건 당신 뿔 속에도 없다."
– 찰리 파커

《다시 집으로 가는 길》의 개념들로 빚어진 신뢰 서클 책 모임을 경험한 지금, 당신 또는 당신 그룹의 멤버들은 "어떻게 하면 우리가 이 원칙과 방법을 신뢰 서클 밖의 우리 삶 속으로 가지고 들어갈까?"의 답을 적극 탐구하는 중일 겁니다. 이 질문에 대한 답은 여러 가지일 수 있습니다. 사실 우리가 다른 사람과 함께 하는 신뢰 서클의 방식을 체험한 이상, 어떤 관계에서도 '평소 분위기'로 돌아가는 건 쉽지 않습니다.

이런 방식의 존재하기를 외부 세상에 가지고 들어가는 것은, 꼭 프로그램을 만든다거나 수련회를 지도하는 걸 뜻하지는 않습니다. 우리가 이제껏 했던 일을 단지 새로운 방식으로 하면 됩니다. 가령 비즈니스 회의에서 우리는 다른 사람의 말을 반대하기 위해서가 아니라, 그의 관점을 이해하기 위해서 정직하고 열린 질문을 던질 수 있습니다. 아이들과 학생들을 대할 때 그들의 말을 더 깊이 들어주고, 해답을 주기보다는 질문을 던지면서 아이들의 질문에 판단이 아닌 호기심으로 반응할 수 있습니다.

이런 행동은 신뢰를 증진시키기 때문에 개인뿐 아니라 단체와 제도에도 새 생명을 불어넣습니다. 어떤 집단 작업이든 작업자들이 서로를 신뢰할 때 작업은 더 잘 됩니다. 모든 상황에서 우리는 자신에게 물어볼 수 있습니다. 내 언행이 관계적 신뢰를 향상시키는가, 훼손시키는가? 함께하는 사람들의 영혼을 존귀하게 대하고 있는가? 이런 질문은 자신의 영혼을 존귀하게 여기는 법을 터득한 사람만이 던질 수 있는 질문입니다.

지난 10년간 신뢰 서클을 운영하면서 우리는 종종 참가자들에게 물었습니다. "이 경험으로 당신은 어떻게 변했습니까? 이전과 달리하는 게 있습니까?"

다음은 참가자들(우리 자신 포함)로부터 받은, 그들의 언어로 표현한 위 질문에 대한 답변입니다. 이 가이드북을 마무리하는 시점에서 우리는 신뢰 서클의 경험을 어떻게 더 큰 세상으로 가지고 들어가 '뫼비우스 띠 위의 삶'을 계속 살 수 있는지에 대해 당신의 상상력에, 당신 서클 사람들의 상상력에 불을 댕기고자 그들의 이야기를 소개합니다.

불완전한 세계에서의 기쁨

학교 선생이자 '용기와 새롭게 하기 센터'의 진행자인 셀리 해어는 삶에 더 큰 주의를 기울이면서 의도적으로 선명함과 깨달음을 가지고 살 수 있게 되었다.

내가 하는 말, 행동, 어떻게 '존재'하는지에 대해 난 이제 더 의도적이 되었다. 저녁을 차리든, 개를 산책시키든, 기고문을 쓰든 매사에 난 더 존재감을 가지고서 한다. 내가 어떻게 질문하고 듣고 나 자신을 위한 공간을 만드는지, 그리고 일상 속에서 나 자신의 영혼을 어떻게 지키는지, 이제 그 변화를 스스로 보고 느낀다. 내 관계에 세심한 주의를 기울여 긍정적이고 사랑하는, 서로의 성장에 보탬이 되는 관계로 자리매김하려고 최선을 다한다.

내게 일어난 또 하나의 의미심장한 변화는 더 큰 선명함을 가지고 '예'라고 하거나, 똑같은 중요성을 가진 '아니오'라고 하게 되었다는 것이다. 이런 방식으로 사는 것은 내 삶의 풍성함을 인식하고, 따로 시간을 내어 내 속의 감사를 깊이 생각하고 표현하는 것이다. 내게 생명을 주는 것과 주지 않는 것이 무엇인지, 이제는 더 선명하게 보인다. 이 세상에서 인간으로 살다 보면 비극적 틈 속에서 살 수밖에 없음을 받아들이고, 심지어 감싸 주기까지 한다. 항상 현실과 가능성 사이의 차이를 보겠지만, 그렇다고 낙심할 필요는 없다. 내가 할 일은 그 틈 속에 서서 인생 역설의 두 극을 붙들고 있는 것이다. 예전과 같이 더이상 그 상황에 압도되지 않는다. 그 틈이 사라져서가 아니다. 틈은 항상 거기 존재할 것이다. 그러나 난 혼돈 속에서 기쁨을 누리고 역설을 감싸 주기까지하는 맷집을 키웠다. 난 내 삶을 사랑한다. 내가 하는 일을 사랑한다. 이 시공간 속에 나로서 존재함을 사랑한다. 이 불완전한 세상에 존재하는 걸 사랑한다.

노래하는 명상 사발의 비유

교육대학 교수이자 작가인 루스 셰고리는 이야기 쓰기나 시 나눔, 침묵을 위한 공간 만들기를 통해 그녀의 수업 속에서 공동체를 심화하는 법을 찾았다. 고등교육에서 그녀가 처한 어려운 작업 환경을 직시하는 한편, 이제 장난기와 창의력을 결코 잃어버리지 않고 수업에 임한다.

난 늘 시와 이야기를 좋아했지만, 이제는 시와 이야기를 가르침의 중심에 두어도 된다고 허락을 받은 것 같은 기분이 든다. 본질은 내가 가르치는 것을 학생들의 삶과 그들의 내면 스승에 잇닿게 하는 게 아닐까? 학문의 세계에서 학생들은 교실에 들어와 글쓰기를 할 때 거리를 둔 채, 자기 것이 되지 않은 학문적 목소리로 해야 하는 양 생각한다. 난 그들에게 그들 자신의 언어로 그들 자신의 경험에 뿌리 내린 이야기를 하라고 청한다. 그러면 공동체 형성이 가능해지고, 배움은 더 깊어진다.

'용기와 새롭게 하기 센터'에서 작업한 뒤 난 학생들에게 교실에서 침묵해도 괜찮다고 가르친다. 난 교실에 내 명상 사발을 가지고 들어가 수업 시작 전에 사발을 땡땡 친다. 그렇게 사발이 울렸다가 고요해지는 시간을 가진다. 이 노래하는 명상 사발은 '용기와 새롭게 하기 센터' 작업의 비유이다. 사발은 우리를 부르는 동시에 침묵을 환영하며, 공동체 속으로 더 깊이 가라앉는 과정이다. 여운이 오래 남는 사발 소리 가운데 우리는 조용히 앉는 법을 배우고, 사발 소리가 우리에게 오기를 기다린다. 이러면 마음이 차분해지면서 동시에 가슴이 설렌다. 이 경험 자체가 하나의 역설이다.

독해를 가르칠 때면 삶 속에서 책의 위력에 대해 강의하기보다는, 학생들의 삶을 뒤바꾼 책 한 권에 대한 이야기를 해 달라고 학생들에게 요청하면서 강의를 시작한다. 한 여학생은 대학 학비를 마련하지 못해 웨이트리스로 일할 때 읽었던 《월든 2Walden II》에 대해 이야기했다. 그 책을 읽고 나서 그녀는 어떤 공동체로 들어가 거기서 5년간 살았다고 한다! 그녀가 그 이야기를 들려주지 않았더라면 우리는 그녀가 그런 일을 겪었는지 몰랐을 것이다. 그녀의 이야기는 책 읽기가 어떻게 삶을 변화시킬 수 있는가를 보여 준다.

난 빗속에서 아이를 데리고 붐비는 차도를 건너는 한 남자에 대한, 나오미 시합 나이의 〈어깨Shoulders〉 같은 시(《불 같은 가르침》에 실려 있음)를 사용한다. 난 정직하고 열린, 생각을 불러일으키는 질문들을 학생들에게 던진다. "지금 당신 어깨 위에 있는 사람은 누구입니까?" "당신의 일과 삶에서 누굴 태우고 갑니까?" 그리고는 학생들에게 누군가가 자신을 무등 태우고 가던, 그들이 누군가의 어깨 위에 있었던 이야기를 해 달라고 요청한다. 그 후 우리가 쓴 내용을 나눈다. 한 학생은 자신이 이런 이야기를 하게 될 줄은 몰랐다며, 사람들이 그렇게 들을 줄도 몰랐다고 나중에 이야기했다.

이 반에는 약간 여리고 함께 일하기가 쉽지 않은 학생이 있었다. 이 〈어깨〉를 강의하던 시간에 그녀는 남편이 떠났던 때에 관한 이야기를 했다. 그녀가 자식 여섯 명을 중학교 교사 월급으로 키우던 때 말이다. 그녀의 동료들이 그녀를 짊어지고 가면서 그녀가 무너져 내리려고 할 때마다 음식을 가져다 주었다고 했다. 학교의 많은 사람이 그녀에게 무슨 일이 일어나는지 몰랐지만, 이 동료들은 알았다. 그녀는 자신이 가르치는 학생들도 나름의 사연이 있고, 우리가 종종 알지 못하는 사연이 있다는 걸 깊이 생각하게 되었다고 한다. 이야기는 상대방에 대한, 우리가 섬기는 학생들에 대한 연민과 감수성을 불러일으킨다. 스토리텔링은 사물을 일반에서 구체로, 진짜 배움이 일어나는 곳으로 실어

나른다. 나를 유난히 흥분시키는 것은 내 학생들이 이 원칙들을 자기 것으로 만들고, 나중에 그들의 교실에 있는 그들의 학생들에게 전한다는 것이다.

학문의 세계에서 일하는 법에 대해 줄 팁이 더 있었으면 한다. 학계는 일하기가 쉽지 않은 곳이다. 이곳의 문화를 완전히 바꿀 수는 없음을 인정하게 되었지만, 그 속에서도 더 나은 도구를 가지고 일하며, 또한 우리 자신의 반응을 가지고 일하는 것은 가능하다. 비록 내가 전통적인 학자의 목소리를 내지는 않지만, 이제 예전처럼 학계에 대해 많이 의심하지는 않는다. 신뢰서클 작업은 내 진정한 자아가 더 많이 나타나도록 했고, 내 열정과 창의력과 장난기가 더 많이 발동되게 했다. 난 더 이상 수업으로부터 숨지 않는다. 난 있는 모습 그대로 가르친다.

오리 호수 한가운데의 삶

목사이자 신학대학 강사인 파예 오튼 스나이더는 신뢰 서클이 그녀의 목회를 안팎으로 뒤바꾸어 놓았다고 한다. 그녀는 교인들 속에서 샘솟는 에너지와 평안과 자신에 대한 믿음과 받아들임을 느낀다고 하며, 자신이 신학대학생들과 일하는 방식도 바꾸었다고 한다.

이 '용기' 작업은 진짜다. 난 그 어느 때보다 더 깨어 있다고 느낀다. 마치 기름 탱크에 기름이 꽉 찬 느낌이라고 친구들에게 말한다. 침묵을 향한 내 욕구를 존중하고, 자연 속에서 더 많은 시간을 보내며 날마다 일지를 쓰면서, 삶에서 고요함을 느낀다. 내 자신의 영혼 작업이 제자리를 찾았다.

처음 수련회에 참석한 후 내 리더십에서 연약함과 정직함의 중요성을 깨달았다. 교인들은 십대와도 같아서 우리가 진정성 있고 더 큰 무언가와 잇닿아 있다는 것을 확인할 때까지 집요하게 털어보고 찔러본다. 그러나 우리가 그렇다는 걸 발견하면 교인들은 우리를 받아들인다. 마치 내가 어린 소녀 시절에 얼어붙은 오리 호수에서 스케이트 타던 때 같다. 친구들과 난 호수 가장자리에 서 있다가 얼음이 불안해 보이면 호수 가운데로 스케이트를 타러 가지 않았다. 그러나 얼음은 항상 가장자리보다 가운데가 더 단단한 법. 많은 목회자들은 그들의 역할 속에 있을 때, 그들의 신도들과 있을 때 그 호수를 대하듯 한다. 그들은 불안정해 보이는 가장자리를 시험해 보고 곧 두려움에 빠져 한가운데에서 스케이트 타는 위험을, 자신의 진실과 온전함을 가지고 내면으로부터 지도하는, 연약함을 감수하는 자리에 가려하지 않는다. 그러나 가장자리에 머문다는 건, 역할 뒤에 숨는다는 건, 그릇된 자기 보호 본능으로 가장 내밀한 자아를 감춘 채 일하는 건 탈진으로 가는 지름길이다. 당신의 신도를 믿고, 당신 자신을 믿고 호수 한가운데로 나아가는 것이 목회의 본질이다.

신뢰 서클에서 시詩에 내향적 주의를 기울이는 것은 공적 기도에서 더 풍부한 언어로 가는 문을 열어 주었다. 이제 침묵의 가치를 알게 되었고, 침묵을 우리 예배에 포함시켜 신도들이 자기 자신과 만날 수 있는 시간을 준다.

설교에서도 늘 바깥에서 영감의 근원을 찾기보다는 내 자신을 최고의 자원으로 여기게 되었다. 1980년대 초 신학교에서 연역적 설교론을 배웠다. 그때에는 이야기를 하나 하고 논점 세 개를 만들거나, 또는 내가 "막 먹고 뱉어라" 접근법이라고 부르는, 최대한 많이 읽고 일요일 아침에 게워내는 방법을 사용했다. 이제 난 성구집聖句集을 제3의 상징물로 사용한다. 본문 텍스트에 대한 정직하고 열린 질문을 던지고, 내가 하려는 말은 모두 그 질문에서, 그리고 내 자신의 내면 스승에서 끄집어낸다. 난 설교를 변화의 도구로 본다. 사람들이 설교에서 바라는 건 뭔가를 더 아는 것이 아니라, 거룩한 뭔가를 경험하는 것이다.

신학생을 코치할 때 난 그들에게 설교 주제와 본문을 가지고 두세 시간 동안 앉아 있으라고, 본문에 대해 정직하고 열린 질문을 하고 그들 자신의 삶에서 관련된 이야기를 찾아내 그들 자신의 진실 위에 서서 자신감을 가지고 설교하라고 한다. 학생들은 그렇게 할 수 있음을 깨닫고는 내게 감사한다. 인턴 학생들을 지도할 때 정직하고 열린 질문을 사용하여 더 많은 질문을 불러일으키는데, 그러면 학생 지도하는 일이 훨씬 재밌어진다!

목회를 시작하는 신학생들에게 무엇보다 모자란 것은 내면의 자신감이다. 이 방법은 그들 자신의 목소리를 찾도록 지원해 준다. 한 학기가 끝나면 난 학생들에게 《삶이 내게 말을 걸어올 때》를 한 부씩 나눠 준다.

피자 파티와 거울의 힘

교육계의 리더이자 교육 컨설턴트, 작가, 스토리텔러인 데이비드 해그스트롬은 신뢰 서클에서 배운 방법들을 사용하여 자신의 듣기, 거울로 반사하기, 질문하기 기술을 심화시켰다. 그는 고립된 학교 지도자들이 함께 모여 서로에게 자원이 되는 영혼의 안전 공간을 만들고 있다.

이 작업에 푹 빠져들면서, 특히 정직하고 열린 질문을 하고 거울로 반사하기와 긍정하기를 매일의 관계 속에서 실천함으로써 내 듣기의 날을 날카롭게 벼릴 수 있었다. 누구를 만나든 난 자신을 주체하지 못하고 질문을 한다. 난 늘 공동체를 세우는 일을 해왔지만(이 일을 50년 넘게 했다!), 이 작업을 더 일찍 접했더라면 훨씬 더 효율적으로 일했을 것 같다. 난 어떤 어려움이나 막다른 골목이나 문제를 놓고 대화하면 늘 상대에게 내가 줄 수 있는 최선의 것, 가장 좋은 조언을 제공해야 한다는 압박감을 느꼈다. 그러나 이제는 깨닫는다. 가장 좋은 선물은 내가 듣고 본 것을 그저 거울로 반사해서 보여 주는 것임을 말이다. 그렇게 하기 시작하자 초반부터 "아무도 내게 그렇게 해 준 사람이 없었어요. 이런 거울을 보여 준 적이 없었어요"라는 말을 대화 후에 들었다. 나중에 이런 말을 하는 사람도 있었다. "있잖아요, 당신이 보고 들은 것을 내게 거울로 반사해 준 것이 제 문제를 푸는 데 제일 많이 도움이 되었던 것 같아요." 학교에서 리더로 있던 50년간 다른 방법은 별 효과가 없었다. 우리는 강력하고 굳건하고 위대한 지도자의 모델이 되기를 선망하지만, 우리 자신의 여행에서 정말 도움이 되는 것은 이 거울로 반사하기임을 알았다. '용기와 새롭게 하기 센터'의 공동체에 참여하면서 난 더 이상 다른 사람에게 훌륭한 아이디어나 제안을 함으로써 관계를 맺으려 하지 않는다. 난 그저 그 자체로 하나의 기술인 질문의 날을 예리하게 하며, 내 거울로 반사하기 능력이 더 개선되고, 더 촘촘하고, 더 신중해지도록 노력하며 사람과 관계를 맺으려 한다.

중부 오리건 지역 학교들에 대한 내 애착 때문에 한 달에 한 번 오후 5시부터 8시까지 지역 학교 교장들을 모아 피자와 와인을 나누었다. 처음에는 그저 사교적 모임이었다. 그러다가 담소를 나누는 것도 유쾌하지만, 여기서 어떤 '서클 작업'을 할 수 있을 것 같다고 확신했다. 학교 지도자들은 매우 고립되어 있고, 일상적으로 거대한 문제와 마주해야 한다. 우리는 서로의 분별을 지원하기 위해 어떻게 정직하고 열린 질문을 할 것인가, 이런 간단한 일부터 시작해 점점 실천에 옮기는 일까지 나아갔고, 마침내 선명성 위원회 과정을 전부 배웠다. 곧 더 많은 시간이 필요함을 느껴 토요일마다 만났고, 결국 수련회를 가졌다. 이런 자리들은 사람들이 느끼던 고립감을 깨고 서로에게 지극히 도움이 되는 방식으로 서로를 위해 존재하는 계기가 되었다.

공동체에서의 직업적 소명 분별

폴 코트케 연합감리교 목사는 직업적 소명의 변화와 교회 전국 조직에 간여할지 결정하기 위해 선명성 위원회를 이용했다. 신뢰 서클 작업으로 인해 그는 더 평안함을 느끼고, 교회 신도들이 그를 새롭게 바라보기 시작했다고 한다.

기독교 언어를 빌자면, 난 신뢰 서클과 선명성 위원회의 경험으로 '거듭난' 듯했다. 선명성 위원회는 강력한 영적 방향 제시의 도구로서 내 직업적 소명을 판단하는 과정에 도움이 되었다. 난 같은 지역의 큰 교회로 초청을 받았는데, 썩 내키지 않았지만 초청 과정과 나를 초청한 사람들을 존중하는 마음 때문에 확실한 'No'도 못 했다. 선명성 위원회에 갔고, 그 결과 초청 위원들에게 내가 그들 교회에 부임하면 정확히 무엇을 하려는지 분명히 밝혔다. 난 그분들을 방어적이지 않은 태도로 대했고, 그들과 나 모두 내가 그 자리에 적임자가 아님을 알게 되었다.

난 교회 전국 조직에 더 깊이 간여해 달라는 압박도 받고 있었기에 상당히 갈등하고 있었다. 왠지 주저하는 마음이 들었고, 이전에는 자식들 때문에 못 한다고 했다. 하지만 실은 깊은 곳에서 이건 하나님이 내게 맡기신 사역이 결코 아니라는 느낌이 들었다. 그래도 뭔가 석연치 않았다. 그래서 일련의 수련회에서 이 문제를 가지고서 시간을 두고 씨름했고, 마침내 확정적인 분별에 다다를 수 있었다. 선명성 위원회를 통해서 전국 조직 사역은 내가 부름 받은 방향이 아님을 분명히 깨달았다. 내 열정은 지교회와 대학에 닻을 내린 채 대중과 만나는 접점으로서 종교 통합 공동체를 발판으로 하는 영혼 작업에 있었다. 이 분별의 결과로 난 전국 조직 사역에는 분명히 'No'라고 하고, 떠오르는 새 사역에는 'Yes'라고 할 수 있었다. 이 새로운 종교 통합 사역의 방향은 아직 제대로 파악되어 있지 않으며 조금 무섭기도 하다. 그러나 훗날 이 날을 뒤돌아보며 지금의 결정이 나에게는 결정적인 순간이었음을 알게 되리라 본다. 지금으로선 앞으로 무슨 일이 일어날지 모르겠다. 다른 선택들은 분명했고, 아마 더 안전했을 게다. 그러나 내 열정과 잇닿아 있지는 않았다.

이 신뢰 서클 덕에 내 열정과의 연결 고리를 되찾은 듯한 기분이 들고 평안이 생겨났다. 영혼과 연결하는 방법은 영혼 대 영혼, 영혼 대 역할, 영혼 대 공적 참여 등 여러 차원이 있다. 신뢰 서클 작업은 이 연결 고리를 명확히 파악하는 데 도움이 되었다. 교인들은 내게 말한다. "뭔가 달라지셨어요. 좀 선명해지신 듯해요."

역설과 복합성 환영하기

교수이자 은퇴한 대학 총장인 제이 캐스본은 열린 질문과 심층적 듣기 속으로 깊이 들어가는 일을 가치 있게 여긴다. 그는 역설의 복합성의 가치를 인식하고, 긴장과 불편함의 자리를 성장의 자리로 환영하게 되었다.

신뢰 서클 작업 결과 난 대화와 프로젝트와 내가 하는 모든 일을 더 심화시킬 방법을 모색하게 되었다. 매사에 "이 일을 더 깊이 있게 할 방법이 있는가?" 스스로에게 묻는다. 선명성 위원회에서 가졌던 많은 경험이 안겨 준 질문들을 난 소중히 여긴다. 정직하고 열린 질문은 선명성 위원회뿐 아니라 일상 상황에서도 효과가 있다. 사실 나와 함께하는 사람들은 내가 무슨 일을 하는지 설명하지 않아도 된다. 내가 훌륭한 질문을 하고 진짜 듣기에 집중하면 내가 하는 모든 일이 더 깊이 있게 된다.

이 작업 덕택에 난 역설에 대해 더 예리하게 이해하게 되었다. 역설은 종종 긴장과 불편함과 선명함의 상실로 다가오지만, 우리는 역설을 통해 허구를 넘어 궁극적으로는 더 큰 선명함을 얻는 자리로 나아갈 수 있다. 난 그래서 역설을 발견하면, 바로 그 역설을 하나의 역공간liminal space 또는 중간 지대로서 환영하는 법을 배웠다. 우리가 일단 역설적 대화를 위한 공간을 만들어 내고, 의식적으로 불편함을 감수하며 함께 있으면 우리는 복합성을 붙들고 심지어 환영할 수 있다. 복합성이야말로 대부분의 성장이 일어나는 자리다.

지빠귀새와 호랑이 딱정벌레

종교 통합 활동을 하는 목사이자 '용기와 새롭게 하기 센터'의 진행자인 캐릴 허티그 캐스본은 신뢰 서클을 통해 신성한 영혼을 위한 공간을 만든다.

신뢰 서클은 '영혼 독해력'이라는 토대 위에 나를 세워 주었다. '영혼 독해력'이란 영혼이 어떻게 의사소통하는지 이해하는 능력, 그 야생의 목소리를 어떻게 불러들이고 접근하고 듣는지에 대한 이해도를 말한다. 영혼은 문학 작품, 고독, 적절한 질문을 통해 이끌어 낸 직관이나 무언의 앎을 통해 말한다. 단, 내가 지빠귀처럼 살아야 영혼의 목소리를 들을 수 있다. 지빠귀가 8인치 정도 뛰어가다가 멈추고선 머리를 홱 들고 두리번거리며 소리를 듣는 걸 아는가? 지빠귀는 그런 식으로 먹을 걸 찾아낸다. 내 영혼도 내가 자주 멈추고 귀를 기울이기만 한다면 찾을 수 있는 길잡이와 양식을 끊임없이 내게 건넨다. 그러나 우리는 호랑이 딱정벌레와 흡사한 문화 속에서 살고 있다. 이 벌레는 자신의 몸집에 비해 지상에서 가장 빠른 생물이다. 단 한 가지 문제가 있다. 어떤 목적지를 향해 달려갈 때 이 벌레는 후진해서 간다! 얼마나 자주 내가 인생에 호랑이 딱정벌레처럼 다가갔는지! 그러나 신뢰 서클에서 12년을 보낸 후 지빠귀와 호랑이 딱정벌레는 내 속에서 더 좋은 균형점을 찾았다.

내면의 삶과 관련해 난 항상 배가 고프다. '용기와 새롭게 하기 센터'의 공동체를 찾기 전에는 이 허기가 뭐든 내 멋대로 하려는 마음 같은 것이라 생각했다. 그러나 이제는 이 허기가 건강한 것이며, 세상에서 나의 외적 행동을 깨우쳐 주고 이끌어 주는 영혼에 양분을 제공하는 데 아주 중요하다는 사실을 깨달았다. 뒤돌아보는 시간은 자기 인식, 속도 늦추기, 생명을 주는 선택을 하는 데 버팀목이 된다. '용기와 새롭게 하기 센터'에서의 작업은 어떻게 사랑하는가를, 그 방법론을 가르쳐 주었다. 심층적 듣기, 다른 이에게 목격자가 되어 주고 존중해 주기, 비폭력 실천, 복합성 다루기 같은 방법들은 여러 면에서 생명을 주고 생명을 빚는 일이다.

파커 J. 파머가 진행하던 신뢰 서클에 처음 앉았던 때를 결코 잊지 못할 것이다. 마치 고향 집에 온 듯했다. 이 과정은 내게 내가 살면서 하러 온 일을 하도록 해 주었다. 공동체에 의미 있고 성스러운 공간을 만들어 사람들이 그들 속의 깊은 앎의 자리에 잇닿고, 그 자리로부터 말할 수 있게 하는 것이다. 이런 일이 일어나는 걸 목격하는 건 성스러운 일이다. 우리 세상에는 이런 방식의 앎, 분별, 잇닿음에 대한 큰 허기와 필요가 있기 때문이다. 신뢰 서클은 존중하면서도 신뢰할 만한 방법을 제공하고, 영혼의 언어를 말하는 사람들의 공동체를 제공한다. 이 공동체는 내가 진정한 소속감을 느끼고 고향집이라고 부를 만한 곳이다.

주 석

감사의 말

1. 이런 기회에 대한 정보는 http:///www.teacherformation.org의《다시 집으로 가는 길》독자를 위한 메뉴를 클릭하면 나온다.

2. 페저 연구소에 대한 상세한 정보는 http://www.fetzer.org에 있다.

3. 지역대학 양성 센터Center for Formation in the Community College에 대한 상세한 정보는 http://www.league.org/league/projects/formation/ index.htm에서 얻을 수 있다.

4. 의과대학 교육 인증 평가 위원회Accreditation Commission for Gra-duate Medical Education의 작업에 대한 상세한 정보는 http://www.acgme.org에 가서 '수상 프로그램Award Program' 메뉴를 클릭하면 된다.

5. D. M. Thomas, "Stone", in John Wain, ed., *Anthology of Contemporary Poetry: Post-War to the Present* (Londong: Hutchinson, 1979), p. 27.

서문

1. Leonard Cohen, "The Future"© 1992 by Sony Music Entertainment, Inc.

CHARTER 1 온전함의 형상 – '이중성을 극복한 삶' 살기

1. Douglas Wood, *Fawn Island* (Minneapolis: University of Minnesota Press, 2001), pp. 3-4.

2. Thomas Merton, "Hagia Sophia," in Thomas P. McDonnell, ed.,

A Thomas Merton Reader (New York: Image/Doubleday, 1974, 1989), p. 506.

3. U.S. Department of Agriculture, *A Changing Forest* (Washington, D.C.: Government Printing Office, 2001).

4. Rumi, "Forget Your Life," in Stephen Mitchell, ed., *The Enlightened Heart* (New York: HarperCollins, 1989), p. 56.

5. Sam Waksal, interview with Steve Kroft, *60 Minutes*, CBS News, Oct. 6,2003. www.cbsnews.com/stories/2003/10/02/60minutes/main576328.shtml. 참조.

6. Noah Porter, ed., *Webster's Revised Unabridged Dictionary* (Springfield, Mass.: Merriam, 1913), p. 774.

7. M. C. Richards, *Centering* (Middleton, Conn.: Wesleyan University Press, 1989)에서 인용한 John Middleton Murry의 인용문.

8. "Persons of the Year," *Time*, Dec. 30, 2002–Jan. 6. 2003, pp. 30 ff.

9. 같은 책, p. 33.

10. 같은 책.

11. 공립학교 교육자를 위한 프로그램에 대한 정보는 www.teacherformation.org 참조.

12. 확장된 프로그램에 대한 정보는 www.teacherformation.org의 《다시 집으로 가는 길》 독자를 위한 코너를 클릭하면 나온다.

CHARTER 2 대협곡을 건너다 – 영혼과 역할 다시 잇기

1. Rainer Maria Rilke, in Stephen Mitchell, ed., *The Selected Poetry of Rainer Maria Rilke* (New York, Vintage Books, 1984), p. 261.

2. Rumi, "Someone Digging in the Ground," in Coleman Barks and John Moyne, trans., *The Essential Rumi* (San Francisco: HarperSanFrancisco, 1995), p. 107.

3. C.S. Lewis, *The Chronicles of Narnia* (New York: HarperCopllins, 1994).

4. Vaclav Havel, *The Power of the Powerless* (New York: Sharpe, 1985), p. 42. 벨벳 혁명이란 1989년 체코슬로바키아에서 공산주의 정권이 무혈 혁명으로 무너진 것을 가리킨다.

5. Rilke, *Selected Poetry*, p. 261.

6. 난 '신뢰 서클'이라는 표현을 처음 쓴 사람은 아니다. 허나 내가 아는 한 '신뢰 서클'이라는 용어에 부여한 의미는 내 고유의 것이다. 이 구절을 인터넷에서 검색해 보면 '신뢰 서클'이 개발도상국의 빈곤층의 경제적 지위를 향상시키기 위한 목적으로 사용되거나(www.lightlink.com/cdb-l/archives/12.94-3.96/1303.html), 인터넷 가상 공간의 익명성 환경하에서 개인 신원 확인 등 다양한 목적에 사용되는 것을 확인할 수 있다(www.sciam.com/2000/0800issue/0800cyber.html). 영화 〈미트 페어런츠〉에서 로버트 드니로가 연기한 캐릭터는 '신뢰 서클'을 아주 냉소적으로 조롱했다!

7. www.orgdct.com/more_on_t-groups.htm 참조.

8. C. S. Lewis, 위의 책.

9. 그가 한 말을 사용하도록 허락해 준 Johnny Lewis에게 감사드린다.

10. Diana Chapman Walsh, "Cultivating Inner Resources for Leadership," in Frances Hesselbein, ed., *The Organization of the Future* (San Francisco: Jossey-Bass, 1997), p. 300.

CHARTER 3 **참된 자아 탐험하기 - 영혼과 친해지기**

1. Mary Oliver, "Maybe," in Robert Bly, ed., *The Soul Is Here for Its Own Joy: Sacred Poems form Many Cultures* (Hopewell, N. J.: Ecco Press, 1995), p. 15.

2. Thomas Merton, *The Inner Experience* (San Francisco: Harper San Francisco, 2003), p. 4.

3. Mary Oliver, "Low Tide," *Amicus Journal*, Winter 2001, p. 34.

4. 내 우울증 체험에 대한 전면적인 기술은 내 책《삶이 내게 말을 걸어올 때》제4장에 나와 있다(San Francisco:Jossey-Bass, 2000).

5. Erica Goode, "Making Sense of Depression," *Oregonian*, Feb. 9, 2000, p. B1. 또는 Randolph M.n Nesse, "Is Depression an Adaptation?" *Archives of General Psychiatry*, 2000, 57, pp. 14-20. 참조.

6. Robert Pinsky, trans., *The Inferno of Dante* (New York: Noonday Press, 1994), I:1-7.

7. Human Rights Campaign Foundation, *Finally Free: Personal Stories:*

How Love and Self-Acceptance Saved Us from "Ex-Gay" Ministries
(Washington, D.C.: Human Rights Campaign Foundation, 2000), p. 2.

8. Mark Bowden, "Tales of the Tyrant," *Atlantic Monthly*, May 2002, p. 40.

9. W. H. Auden, "Under Which Lyre," in *Collected Poems of W. H. Auden* (London: Faber & Faber, 1946).

10. 뫼비우스 띠는 1858년 독일 수학자이자 천문학자인 아우구스트 페르디난드 뫼비우스에 의해 발견되었다. 뫼비우스 형태를 생성시키는 수학 등식은 '뫼비우스의 변환' 또는 '쌍선형 변환'으로 알려져 있다.

11. T. S. Eliot, "Four Quartets: Little Gidding," in *The Complete Poems and Plays, 1909-1950* (New York: Harcourt, 1952), p. 145.

CHARTER 4 함께 홀로 하기 – 고독의 공동체

1. Robert Bly, *The Morning Glory: Prose Poems* (New York: Harper Collins, 1975), epigraph.

2. "나는 누구의 것인가?"가 "나는 누구인가?"만큼이나 중요한 화두라는 발상은 철학자이자 하버포드 대학에서 교편을 잡았던 작가인 고故 더글러스 스티어와의 대화에서 얻은 것이다.

3. Dietrich Bonhoeffer, *Life Together* (New York, HarperCollins, 1954), p. 78.

4. Igumen Chariton of Valamo, *The Art of Prayer : An Orthodox Anthology* (London: Faber & Faber, 1997), pp. 110, 183. 참조.

5. *Fellowship*, Nov.–Dec. 1997, p.23, citing Tissa Balasuriya, *Mary and Human Liberation* (Harrisburg, Pa.:Trinity Press International, 1997).

6. Rumi, "I Have Such a Teacher," in Bly, *Soul is Here*, p. 160.

7. Rainer Maria Rilke, *Letters to a Young Poet*, trans. M.D. Herter (New York, Norton, 1993), p. 59.

8. Nikos Kazantzakis, *Zorba the Greek* (New York: Simon & Schuster, 1952), pp. 120–121.

9. 내 책 《가르칠 수 있는 용기》에 이 이야기를 사용했다(San Francisco: Jossey–Bass, 1998), pp. 59–60. 이 책에서는 다른 각도에서, 다른 목적으로 이야기를 재현했다.

CHARTER 5 여행 준비하기 – 신뢰 서클 만들기

1. Stuart Brubridge, "Quakers in Norfolk and Norwich," Quaker Faith and Practice, sec. 24. 56. 또한 www.qnorvic.com/quaker/qfp/QF&P_24.html. 참조.

2. Joseph Heller, *Catch-22* (New York: Simon & Schuster, 1996). 《캐치 22》에 대한 정의는 www.angelfire/com/ca6/uselessfacts/words/002.html 참조.

3. 신뢰 서클에 관련된 수련회와 자원에 대한 상세한 정보는 www.

teacherformation.org 웹사이트의 《다시 집으로 가는 길》독자를 위한 메뉴를 클릭하면 찾을 수 있다.

4. 교사 형성 센터Center for Teacher Formation의 '가르칠 수 있는 용기' 프로그램은 계절 비유를 사용한다. www.teacherformation.org 참조.

5. CHAPTER 4의 2번 주석 참조.

6. Thomas Merton, "The General Dance," in McDonnell, *Thomas Merton Reader*, pp. 500−505.

7. 계절 비유에 대한 더 풍성하고 개인적인 명상은 내 책 《삶이 내게 말을 걸어올 때》 CHAPTER 6 참조.

8. Derek Wolcott, "Love After Love," in *Collected Poems, 1948-1984* (New York, Noonday Press, 1987), p. 328.

CHARTER 6 진실은 비스듬히 말하라 – 비유는 힘이 있다

1. "Poem 1129," *The Complete Poems of Emily Dickinson*, http://members.aol.com/GivenRandy/r_emily.htm.

2. May Sarton, "Now I Become Myself," in *Collected Poems, 1930-1973* (New York:Norton, 1974), p. 156.

3. Emily Dickinson, 같은 책.

4. T.S. Eliot, 노벨상 수상 소감 연설문, 1948.

5. 이 책은 진행자용 가이드북으로 기획되지 않았기에 진행자가 제3의 상징물을 사용할 때 유념해야 할 중요한 점들을 다루지 않았다. 이

런 문제의 몇 가지 예를 간단히 짚고 넘어가자면, 다양한 지혜의 전통에서 제3의 상징물을 가져다 씀으로써 아무도 소외감을 느끼지 않도록 해야 한다. 제3의 상징물을 처음 사용할 때는 서클에 신자가 있을 가능성이 희박한 전통(가령 도교)이어야 한다. 그래야 아무도 방어적인 입장을 취하지 않게 된다. 서클에 있는 사람의 종교에서 이야기를 가져올 때는, (가령 기독교나 유대교) 참석자들에게 첫 번째 이야기를 다뤘을 때처럼 개방적·탐문적으로 접근해 달라고 청한다. 비교적 짤막하고 담긴 뜻이 투명한 시나 이야기를 사용해야 사람들이 자신을 이해하는 데 사용할 시간을 쓸데없이 텍스트를 해독하는 데 허비하지 않을 수 있다. 또한 진행자의 마음에 개인적으로 와 닿고 진행자로서 가르칠 수 있는 제3의 상징물만 사용하도록 한다. 신뢰 서클의 리더십에 대한 다른 중요한 세부 사항과 더 깊이 있는 깨달음은 www.teacherformation.org에서 설명한 프로그램을 통해 얻을 수 있다.

6. "The Woodcarver," in Thomas Merton, ed., *The Way of Chuang Tzu* (New York: New Directions, 1965), pp. 110-111. 〈목수 이야기〉를 맨 처음 사용한 곳은 내 책, 《적극적인 삶*The Active Life*》의 제4장이었다(San Francisco: Jossey-Bass, 1991).

7. Robert Pirsig, *Zen and the Art of Motorcycle Maintenance* (New York: Morrow, 1974). 이 책을 보면 왜 내가 이 목록에 정비공을 포함시켰는지 분명히 알게 될 것이다!

1. William Stafford, "A Ritual to Read to Each Other," in *The Way It Is: new and Selected Poems* (Saint Paul, Minn.: Graywolf Press, 1998), p. 75.

2. Nelle Morton, *The Journey Is Home* (Boston: Beacon Press, 1985), pp.55–56.

3. Barry Lopez, *Crossing Open Ground* (New York: Scribner, 1988), p. 69.

4. 난 이 '좋은 경우, 나쁜 경우' 사례 연구 방법을 내 책 《가르칠 수 있는 용기》에서 다루었다. 그 몇 쪽을 쓰고 난 후 이 책의 CHAPTER 8에 설명했듯이 '선명성 위원회'의 기본 규칙(해당 사안에 대한 정직하고 열린 질문하기 등)을 따르고, 그 규칙을 뒷받침하는 정신을 존중하면 '나쁜 경우'를 가지고 일하는 것이 더 많이 수월해짐을 발견했다. 리처드 액커만의 《상처 입은 지도자*The Wounded Leader*》(San Francisco: Jossey–Bass, 2002)를 보면 리처드 액커만이 '케이스 이야기'라고 부르는 것을 사용하는 길잡이가 나와 있다.

5. Martin Buber, *Tales of the Hasidim: Early Masters* (New York: Schocken Books, 1974), pp. v–vi.

6. 난 '열정'이란 말을 큰소리를 지르고 팔을 휘젓는, 그런 의미로 사용하지 않았다. 내가 사용한 의미는 열정이라는 단어의 어원을 되살리는 의미로, 영혼 깊은 곳에 있는 감수성, 기쁨, 아픔, 연애 감정, 영화 〈패션 오브 크라이스트〉에 나오는 예수의 열정 등을 망

라하는 개념이다. 패션(Passion)의 어원에서 patience, 즉 '인내'라는 난어노 나왔는데, 인내야말로 '영원히 계속되는 대화'에 필요한 덕목이다!

CHARTER 8 질문 속에서 살기 – 진실을 실험하라

1. Rilke, *Letters to a Young Poet*, p. 35.

2. 신뢰 서클에서 선명성 위원회를 만드는 것은 때로는 약간의 연산 작업을 요구한다. 일곱 명 이하로 구성된 서클은 구성원 한 명을 집중대상자로 하고, 나머지가 한 명을 위한 선명성 위원회인 '전체 위원회'를 구성할 수 있다. 그러나 일곱 명보다 더 큰 규모의 서클이라면 집중대상자로 자원하는 사람이 충분히 있어야만 위원회가 너무 크거나 작지 않은 상태에서 모든 사람이 위원회에 참여할 수 있다. 예를 들어 열일곱 명 정원의 신뢰 서클이라면, 집중대상자로 자원할 세 명이 필요하다. 스물네 명의 신뢰 서클이라면, 네 명이 필요하다. 선명성 위원회가 큰 서클에서 조직된다면, 위원회 위원은 진행자가 선정한다(선명성 위원회 멤버들이 신뢰 서클 밖에서 충원될 때는 집중대상자가 직접 위원회 멤버를 선택한다). 위원을 선정하기 전에 진행자는 각 집중대상자에게 희망자와 기피자 명단을 두 개 제출할 것을 요청한다. 진행자는 희망자 명단에 오른 사람은 가능한 많이 위원으로 선정하며, 기피자 명단에 이름이 오른 사람은 가급적 위원회에 오지 않게 한다.

3. 자신의 말을 책에 쓰도록 허락해 준 잭 페트라시에게 감사드린다.

4. 용기 있고 영감을 주는 여성인 고故 버지니아 쇼레이에게 감사드린다. 그녀는 나에게 이 글들을 보내 주었고, 내가 쓰도록 허락해 주었다. 그녀의 이름을 책에 쓰도록 허락해 준 남편 로스코 쇼레이에게도 감사 드린다.

CHARTER 9 웃음과 침묵 - 의외로 잘 어울리는 한 쌍

1. 이 경구를 인터넷에서 검색해 보니 불교, 무명의 승려, 마크 트웨인 등 다양한 출처가 나왔다. 고로 출처에 대해서는 입을 다무는 게 지혜로울 듯하다!

2. Helen Thurber and Edward Weeks, eds. *Selected Letters of James Thurber* (Boston: Atlantic/Little, Brown, 1981).

3. David M. Bader, *Zen Judaism: For You, a Little Enlightenment* (New York:Harmony Books, 2002), p. 75.

4. Rachel Remen, *My Grandfather's Blessings* (New York: Riverhead Books, 2000) pp. 104-105.

5. Boniface Verheyen, trans., *The Holy Rule of St. Benedict* (Atchison, Kans.: Saint Benedict's Abbey, 1949), ch. 4, no. 47.

6. "The Emperor's New Suit," in Lily Owens, ed., *Complete Hans Christian Andersen Fairy Tales* (New York: Gramercy, 1993), p.438.

7. Thomas Merton, *Raids on the Unspeakable* (New York: New Directi-

ons, 1966), p. 62.

8. Mary Oliver, "Walking to Oak-Head Pond, and Thinking of the Ponds I Will Visit in the Next Days and Weeks," in *What Do We Know?* (Cambridge, Mass.: Da Capo Press, 2002) p. 54.

CHARTER 10 **제3의 길 – 일상 속 비폭력의 삶**

1. Rumi, "Quatrain 158," in John Moyne and Coleman Barks, trans., *Open Secret: Versions of Rumi* (Santa Cruz, Calif: Threshold Books, 1984), p. 36.

2. 신명기 30장 19절.

3. '제3의 길'이라는 표현을 처음 접한 것은 베트남 전쟁 때 전쟁 당사자들을 하나로 모으려는 어느 불교 신자의 노력에 대한 글에서였다. 가장 최근에 이 표현을 접한 것은 *Wider Quaker Fellowship*의 비정기 보고서인 월터 윙크의 〈비폭력 저항: 제3의 길Nonviolent Resistance: The Third Way〉에서였다. 이 글은 원래 *Yes! A Journal of Positive Futures* 2002년 겨울호에 〈사랑이 세상을 구할 수 있을까?Can Love Save the World〉라는 제목으로 실렸던 것을 재수록한 것이다.

4. David S. Broder, "Promising Health Care Reform Passes Almost Unnoticed," *Washington Post*, Apr. 9, 2003.

5. William Sloane Coffin, "Despair Is Not an Option," *Nation*, Jan. 12, 2004.

6. E. F. Schumacher, *Small Is Beautiful: Economics as if People Mattered* (New York: HarperCollins, 1973), pp. 97–98.

7. www.rootsweb.com/~quakers/petition.htm 참조.

8. 이 하시드파의 이야기는 철학자이자 작가인 제이컵 니들맨에게서 들은 것이다. 그는 친절하게도 내가 정확하게 재현할 수 있도록 이야기를 적어서 건네주었다.

9. Mary Oliver, "When Death Comes," in *New and Selected Poems* (Boston: Beacon Press, 1992), pp. 10-11.

다시 집으로 가는 길

펴 냄 2014년 9월 10일 1판 1쇄 펴냄 / 2023년 2월 20일 1판 5쇄 펴냄

지은이 파커 J. 파머

옮긴이 김지수

펴낸이 김철종

펴낸곳 (주)한언

출판등록 1983년 9월 30일 제1－128호

주소 서울시 종로구 삼일대로 453(경운동) 2층

전화번호 02)701－6911 **팩스번호** 02)701－4449

전자우편 haneon@haneon.com

ISBN 978-89-5596-699-2 03800

이 도서의 국립중앙도서관 출판예정도서목록(CIP)은 서지정보유통지원시스템

홈페이지(http://seoji.nl.go.kr)와 국가자료공동목록시스템(http://www.nl.go.kr/kolisnet)에서

이용하실 수 있습니다.(CIP제어번호: CIP2014025880)

한언의 사명선언문

Since 3rd of January, 1998

Our Mission — 우리는 새로운 지식을 창출, 전파하여 전 인류가 이를 공유케 함으로
써 인류 문화의 발전과 행복에 이바지한다.

— 우리는 끊임없이 학습하는 조직으로서 자신과 조직의 발전을 위해
쉼 없이 노력하며, 궁극적으로는 세계적 콘텐츠 그룹을 지향한다.

— 우리는 정신적·물질적으로 최고 수준의 복지를 실현하기 위해 노력
하며, 명실공히 초일류 사원들의 집합체로서 부끄럼 없이 행동한다.

Our Vision   한언은 콘텐츠 기업의 선도적 성공 모델이 된다.

> 저희 한언인들은 위와 같은 사명을 항상 가슴속에 간직하고
> 좋은 책을 만들기 위해 최선을 다하고 있습니다.
> 독자 여러분의 아낌없는 충고와 격려를 부탁 드립니다.
>
> · 한언 가족 ·

HanEon´s Mission statement

Our Mission — We create and broadcast new knowledge for the advancement and
happiness of the whole human race.

— We do our best to improve ourselves and the organization, with
the ultimate goal of striving to be the best content group in the
world.

— We try to realize the highest quality of welfare system in both
mental and physical ways and we behave in a manner that reflects
our mission as proud members of HanEon Community.

Our Vision   HanEon will be the leading Success Model of the content group.